KATHARINA EIGNER

Salzburger Dirndlstich

ALLES DIRNDL! »Dirndl goes Nachhaltigkeit«: DAS Ereignis der Modeschule Hallein. Bei einer Modeschau im Salzburger Freilichtmuseum soll das schönste nachhaltige Dirndl gekürt werden. Aber erstens kommt es anders, und zweitens als man denkt. Noch bevor Rosmaries Tochter Susi über den Laufsteg stöckeln kann, stiehlt ihre schärfste Konkurrentin allen die Show: Ella Krumbichler bricht zusammen und stirbt wenig später. Als hätte sich Susis Wunsch erfüllt: »Kannst du nicht einfach tot umfallen?« Hat Rosmaries Tochter tatsächlich mit dem Mord zu tun? Und wer hat das »Ur-Dirndl«, ein archäologischer Sensationsfund aus dem 17. Jahrhundert, aus dem Freilichtmuseum gestohlen? Schneller als gedacht ist die Grödiger Arzthelferin Rosmarie Dorn mittendrin in ihrem neuen Fall. Außerdem kreuzen viel zu viele Männer ihren Weg, und Rosmaries Ehe steht auf der Kippe. Dass Susi plötzlich untertaucht, macht die Sache nicht besser.

© Martina Weiss

Katharina Eigner, Jahrgang 1979, ist in Salzburg aufgewachsen und flirtete an der Uni Wien zwei Semester lang mit Publizistik und Kunstgeschichte, bevor sie nach Salzburg zurückkehrte. Dort absolvierte sie eine kaufmännische Ausbildung. In einem der letzten lederverarbeitenden Betriebe Österreichs entwarf und fertigte sie Trachtentaschen. Neben ihrer Arbeit schreibt sie Krimis, Thriller und Kurzgeschichten. Sie ist Mitglied der Salzburger Autorengruppe und der Mörderischen Schwestern, für die sie monatlich Kolumnen verfasst. Katharina Eigner lebt mit ihrer Familie am südlichen Stadtrand von Salzburg.
Mehr Informationen zur Autorin unter: www.katharina-eigner.at

KATHARINA EIGNER

Salzburger Dirndlstich

KRIMINALROMAN

GMEINER

Immer informiert

Spannung pur – mit unserem Newsletter informieren wir Sie
regelmäßig über Wissenswertes aus unserer Bücherwelt.

Gefällt mir!

Facebook: @Gmeiner.Verlag
Instagram: @gmeinerverlag
Twitter: @GmeinerVerlag

Besuchen Sie uns im Internet:
www.gmeiner-verlag.de

© 2022 – Gmeiner-Verlag GmbH
Im Ehnried 5, 88605 Meßkirch
Telefon 0 75 75 / 20 95 - 0
info@gmeiner-verlag.de
Alle Rechte vorbehalten
2. Auflage 2022

Lektorat: Claudia Senghaas, Kirchardt
Herstellung: Mirjam Hecht
Umschlaggestaltung: © U.O.R.G. Lutz Eberle, Stuttgart
unter Verwendung einer Stickerei von Katharina Eigner
Druck: GGP Media GmbH, Pößneck
Printed in Germany
ISBN 978-3-8392-0297-5

PROLOG

18.08 Uhr. Der Museumswärter dreht seine letzte Runde. Sein hellblaues Hemd ist unter den Achseln nass geschwitzt. Er lächelt verlegen und wischt sich über den Nacken. Es ist ein heißer Sonntag, vielleicht der letzte heiße in diesem September. Ich werde beides nicht mehr genießen können, weder den Sonntag noch den September. Dafür steht zu viel auf dem Spiel.

Hier drin ist es feucht und finster. Es riecht nach Moder, Tod und Holz. Kalt ist es auch. Die Welt, draußen vor dem dicken Gemäuer, ist bunt und lebendig. Mein Leben dagegen ist wie ein Fächer voller Grauschattierungen. Ein dunkler Weg, gepflastert mit Heimlichkeiten und Lügen. Eine Abwärtsspirale, die mich hinabzieht, schneller und schneller ins finstere Verderben.

Draußen glänzen hauchdünne Spinnfäden vor dichtem Laub. Filigrane Kunstwerke, die mich an Großmutter erinnern. An ihre ungewöhnlich tiefe Stimme. Die langen weißen Haare. Tagsüber zu einem dicken Zopf geflochten, abends ein seidiger, weiß schimmernder Wasserfall über ihren Schultern. Ich höre die Nähmaschine surren, wenn ich an Großmutter denke. Sehe das gelbe Maßband, wie es von ihrem Nacken baumelt, und rieche ihren unverwechselbaren Duft von Lavendelseife und Nivea-Creme. Ihre einzigen Schönheitselixiere bis ins hohe Alter.

Die Stunden bei ihr waren die schönsten der Woche. Mit anderen Kindern zu spielen, empfand ich als öde und lang-

weilig. Der beste Spielplatz, fand ich, war Großmutters Nähzimmer. Nadeln, Faden und ein Stück Stoff reichten mir, um eigene Welten zu erschaffen. Ich bewegte mich in einer Galaxie aus Schnitten und Stoffrollen. Das Nähzimmer war mein Kosmos, mein Wunderland voller Farben und Muster. Ein Land, zu dem nur Großmutter und ich Zutritt hatten.

Ich schrecke hoch; bin ich schon wieder eingenickt?

Kälte und Moder haben mich in ihren Klauen, drücken immer fester zu und verjagen auch noch das letzte bisschen Wärme aus mir, aus meiner Seele und meinem Herzen.

Da ist wieder diese Stimme, ganz nah bei mir. Eine tiefe, alte Stimme. Großmutter? Nein, der Museumswärter. Ich habe seinen Namen vergessen. Kaum zehn Meter entfernt von mir hinkt er am Haus vorbei. Sein Gang ist unrhythmisch, das Hüftleiden schreitet voran. Er muss Schmerzen haben, trotzdem ist sein Gesicht zerfurcht von Lachfalten.

Zeit, nach Hause zu gehen, ruft er und scheucht die Besucher aus den Häusern. Er tippt auf seine Armhanduhr, winkt die Letzten Richtung Ausgang. Seine Stimme ist freundlich, aber bestimmt. Die Besucher gehorchen. Eltern rufen ihre Kinder, heben Rucksäcke auf und klappen Brotdosen zu. Da und dort liegen Getränkepackungen oder Papiersäckchen im Gras. Der Wärter hebt den achtlos weggeworfenen Müll auf und schüttelt den Kopf.

Das Warten im Troadkasten ist eintönig und kraftraubend, aber solang der Wachmann draußen eifrig Besucher nach Hause scheucht, habe ich keine Wahl. Ich reibe mit den Handflächen über meine Oberarme, um mich zu wärmen. Das Buch, das ich unter meiner Jacke versteckt habe, stört bei der Bewegung. Ich taste durch den Stoff danach und lächle. Es ist meine Versicherung. Kurz schließe ich die Augen. Ich bin müde. Das Planen hat mich ausgelaugt, die Warterei zerrt an meinen Nerven. Aber ich weiß, dass ich es tun muss. Für uns.

Der Innenraum des gemauerten Turms, früher ein Getreidespeicher, misst keine zehn Quadratmeter. Zwei schwere Holztruhen, in denen Korn oder Mehl aufbewahrt wurde; mehr Möbelstücke gibt es hier nicht. Fünf aneinandergereihte Glasvitrinen bedecken in Augenhöhe eine Wand, gegenüber ragt eine Holztreppe, steil wie eine Hühnerleiter, vom Boden in das Obergeschoss. Die massive Eingangstür aus Eichenholz beansprucht den halben Raum, wenn sie nach innen aufschwingt. Für einen Stuhl ist hier kein Platz. Wie lange stehe ich hier schon?

In vier der Vitrinen sind Mordwerkzeuge ausgestellt. Vorrichtungen, die den Tod herbeiführen. Durch Ertränken, Erschlagen, Zerquetschen oder Aufspießen. An manchen klebt noch Blut. Die Texte zu den Mausefallen, sicher 50 an der Zahl, finde ich widerlich. Minutiös wird der blutige Sieg des Menschen über die Nagetiere dargestellt. Eine Chronik der Feigheit, die sowieso niemanden interessiert.

Eine Großfamilie hastet an der offenen Tür vorbei. Im Bollerwagen, den der Vater zieht, sitzen drei Kleinkinder mit gelben Matschhosen, Gummistiefeln und geringelten Hauben. Sie stopfen sich Kekse in den Mund, eines winkt mir zaghaft zu. Das kleinste, noch kein halbes Jahr alt, schlummert in der Bauchtrage der Mutter.

Pünktlich um 18.10 Uhr klickt die Zeitschaltuhr. Das Licht an der Decke und in den Vitrinen erlischt. Es ist das Signal zum Nachhausegehen. Für die Besucher und den Wärter. Nicht für mich. Ich starre dem Wärter nach. Sein hellblaues verschwitztes Hemd leuchtet zwischen den Ästen der Kastanie, bewegt sich immer weiter von mir fort. Er steuert auf ein Bauernhaus mit roten Geranien zu. Gleich wird er hinter dem Hauseck verschwinden, sich weiter Richtung Ausgang vorarbeiten und dann, pünktlich um 18.15 Uhr, das Freilichtmuseum verlassen. Der Wärter, dessen Namen ich vergessen habe, funktioniert wie ein Schweizer Uhrwerk. Er ist pünktlich, verlässlich und verlässt nie seine Bahn. Wie immer wird er nach dem Dienst ohne Umweg nach Hause zu seiner Frau fahren. Vielleicht brät sie ihm Lachs und serviert Salat aus dem eigenen Garten, weil sie auf seine Leberwerte achtet. Gut möglich, dass sie sogar gemeinsam Nacktschnecken aus dem Gras in ihrem kleinen Paradies klauben, sie in einem Glas Bier ertränken und pünktlich um 20.15 Uhr den Fernseher einschalten. Wie immer.

1. KAPITEL

Erzählt von drei Weisen und fluoreszierender Eitermasse, von Fußball, der Wilden Jagd und einem Steinmassiv zwischen Österreich und Bayern. Es geht um Pipebands und Handwerk, außerdem um Infotainment. Stufe Rot auf der Macho-Skala. Ich bin geduldig und werde erwartet.

Hämorrhoide und Furunkel winken schon von Weitem und steuern auf mich zu. Nagelpilz ist auch dabei. Sie umringen mich wie die drei Weisen aus dem Morgenland. Statt Weihrauch, Gold und Myrrhe haben sie medizinische Scheußlichkeiten im Angebot.

Zum ersten Mal seit Langem könne sie wieder schmerzfrei sitzen, strahlt Hämorrhoide und singt eine Lobeshymne auf die neue Heilsalbe. Schön, dass wir helfen konnten, nicke ich und will weiter. Aber nix da.

»Moment!« Hämorrhoide zerrt tatsächlich eine Tube Heilsalbe aus ihrer Handtasche. »Hab ich immer dabei.« Es folgt ein Vortrag über ihre arteriovenösen Gefäßpolster an der Enddarmschleimhaut. Über harten Stuhlgang, falsche Diagnosen und Prävention durch ballaststoffreiche Ernährung. Währenddessen hält sie mahnend die Tube in die Höhe. Nach dem Monolog entsteht kurze peinliche Stille, die Hämorrhoide zum Luftholen nutzt. Sie schraubt den Tubenverschluss auf und drückt einen Klecks Paste auf die Kuppe des Zeigefingers.

Ihren knielangen Trenchcoat, der den Weg zum Hinterteil versperrt, lupft sie mit einer Hand und präsentiert mir ihre Kehrseite. Ich bekomme eine detailreiche Einweisung, wie die Salbe an den wunden Stellen aufzutragen ist. Dabei wandert Hämorrhoides Hand mit dem Salbenklecks auf dem Finger immer wieder Richtung Auspuff.

Furunkel, wortkarg wie immer, beschränkt sich auf endloses Kopfnicken. Wie ein Wackeldackel segnet er Hämorrhoides Worte und Taten kommentarlos ab. Auf seiner linken Wange spannt die Haut über einem Hügel gelber Eitermasse, der bis an den unteren Rand der Sonnenbrille reicht. Die Nachmittagssonne lässt sein blasses Gesicht wächsern glänzen und bringt den Eiter unter der dünnen, zum Zerreißen gespannten Hautschicht zum Leuchten wie phosphoreszierendes Gel.

Nagelpilz, der Dritte im Bunde, schielt immer wieder zu Hämorrhoide und knetet peinlich berührt seine beigefarbene Jacke. Unverkennbar ein Modell aus der Vorjahreskollektion vom Kaffeeröster. Modisch wird sich der nie weiterentwickeln. Eine durch und durch blasse Erscheinung. Farbliches Highlight sind die gelbbraunen Zehennägel, die aus den pflanzengegerbten Sandalen ragen. Ein optischer Leckerbissen, der Mann.

Aber optische und andere Herausforderungen gehören zu meinem Berufsalltag wie der Krautsalat zum Schweinsbraten und die Kugel zu Mozart, denn ich bin die rechte Hand der Grödiger Hausärztin.

Grödig ist eine 7.000-Seelen-Gemeinde, eingequetscht zwischen der Stadt Salzburg und Anif, dem Untersberg und unseren deutschen Nachbarn. Der kleine Ort, längst nicht so mondän wie Salzburg, mit nicht halb so vielen Promis wie Anif, liegt dem Untersberg zu Füßen wie hingerotzt. Dafür bietet es ein Fußballstadion, drei Kirchen und eine Schokoladenfabrik.

Manchmal könnte man meinen, Grödig ist ein Ort der Sehnsucht und des Verzichts.

Das Stadion, zum Beispiel, war vor gut zehn Jahren Geburtsstätte eines Fußballwunders. Adi Hütter, ein begnadeter Trainer, schmiedete die Grödiger Elf zum Aufsteiger des Jahres, was sage ich: des Jahrzehnts. Die Dorfmannschaft legte sich mit der Crème de la Crème der österreichischen Klubs an und kletterte die Bundesligatabelle hoch. Spätestens als die Busse von *Rapid Wien* und *Sturm Graz* sich den Weg durch die Maisfelder zum Grödiger Fußballplatz bahnten, konnte keiner mehr die vermeintlichen Underdogs ignorieren.

Adi Hütters Mannschaft kämpfte wie David gegen Goliath und erspielte sich den Respekt der Berichterstatter und gegnerischen Klubs. Der Mannschaft am Untersberg flogen die Herzen ebenso zu wie die Spielregeln, an die man sich in der höchsten österreichischen Liga zu halten hat, koste es, was es wolle. Um die Anforderungen der höchsten Spielklasse im Land zu erfüllen, musste das Stadion umgebaut werden. Ein finanzieller und logistischer Kraftakt, aber Grödig war im Fußballhimmel.

Bis zum Wettskandal. Bestochene Spieler, Gier und dubiose Verbindungen zur Wettmafia beutelten den Klub schwer und ließen den Nimbus zusammenbrechen. Die Elf strauchelte, Adi Hütter wurde abgeworben. Der Geist der Unbezwingbaren war dahin, und der Kitt, der die Mannschaft bis dahin geeint hatte, zerbröselte. Grödig fiel fußballmäßig wieder in den Dornröschenschlaf wie all die Jahre zuvor. Die treuesten Fans in Blau-Weiß schwenken zwar immer noch Fahnen und schmettern Parolen, aber der Lack der höchsten Spiel-klasse ist längst abgeblättert.

Abgesehen vom Fußballwunder besticht Grödig mit seinem einzigartigen Angebot an Vereinen. In Grödig ist das Hobby Programm, fadisieren muss sich hier niemand. Die Traditionsbewussten sind bei den Weihnachtsschützen oder im Krippenbauverein, die Detailverliebten bei der Bastelrunde, die Ischiasgeplagten beim Wohlfühlyoga und die Figurbewussten bei Zumba oder Bauch-Beine-Po. Für alle Unentschlossenen mit Hang zum Fernweh gibt es Pipeband und Offshore-Segelklub, obwohl Grödig weder in den schottischen Highlands noch an einem der Weltmeere liegt. Werbestrategen würden der Gemeinde ob dieses Angebots dringend raten, einen USP herauszuarbeiten. Also ein Alleinstellungsmerkmal. Sich auf das Wesentliche zu besinnen und den Fokus auf die Besonderheiten der Gegend zu legen, anstatt in allen Gewässern zu fischen und sich dabei zu verzetteln. Aber was nach Unentschlossenheit oder sogar Chaos klingt, ist vielleicht sogar Grödigs Stärke. Außerdem enden sowieso alle Fäden, die jemals an Grödig vorbeiführen oder es umgarnen, am großen gemeinsamen Nenner, dem Untersberg. Schon was den Verkehr betrifft, führt an ihm kein Weg vorbei. Vier der fünf Grödiger Ortsteile grenzen direkt an den Kalkriesen mit der markanten Form, und die Verbindung von Fürstenbrunn im Westen nach Sankt Leonhard im Osten führt am Berg entlang.

Überhaupt, der Untersberg. Er ist viel mehr als nur ein Steinmassiv zwischen Österreich und Bayern. Der Untersberg ist Wasserspender, Wanderziel und Forschungsobjekt. Sagenumwoben und geheimnisvoll. Ein Schutzschild im Süden von Salzburg und Grödig, an dem alle Unbill abprallt. Wetterfronten ebenso wie Urlauber mit Wohnwägen, die die Autobahn aus Kostengründen meiden, an der kurvenreichen Straße scheitern und den Verkehr zum Erliegen bringen. Oder Touristen, die an ihrem Wochenendtrip Salzburgs Hausberg mit Sandalen bezwingen wollen und sich dann doch von der Bergrettung aus den Felsen klauben lassen. Wanderfaule erreichen das Hochplateau mit der Seilbahn und lassen sich vom spektakulären Blick über das Salzburger Becken verzaubern.

Aber der Koloss, in dem versteinerte Schnecken und anderes Meeresgetier ebenso schlummern wie Riesen, Zwerge, Bergfrauen und andere Sagengestalten, kann auch anders. Er ist voller Magie. Seine Gegner hält er mit Dolinen, Abgründen und Höhlen in Schach, aus denen man sich selbst nicht mehr befreien kann. Wer die unsichtbaren Grenzen des Untersbergs nicht respektiert, wird verschluckt und kehrt nie wieder zurück.

Einmal im Jahr, in einer Rauhnacht vor Weihnachten, werden die Gestalten der Wilden Jagd zum Leben erweckt und ziehen zu Füßen des Untersbergs von Haus zu Haus, um das Böse zu vertreiben. Bei ebendieser Wilden Jagd konnten meine Freundin Vroni und ich voriges Jahr einen Mord verhindern, man erinnert sich. Wobei *verhindern* nicht ganz stimmt: Viel eher hat sich der dritte geplante Mord ungünstig *verschoben*. Wer anderen eine Grube gräbt, kann ich da nur sagen. Aber jetzt habe ich den Faden verloren.

Ich bin Arzthelferin. Und Arzthelferin in einer 7.000-Seelen-Gemeinde zu sein, erfordert Flexibilität. Multitasking. Keine Scheu vor Arbeit und im Idealfall eine hohe Ekel-Toleranz.

Zu meinen Aufgaben gehört nicht nur organisatorischer Kram wie das Ausdrucken von Rezepten und Jonglieren mit Terminen. Das wäre Understatement und würde meinem Beruf nicht ansatzweise gerecht. Als Arzthelferin ist man quasi Mädchen für alles. Man tauscht Druckerpatronen, rückt die Sessel im Wartezimmer zurecht, schlichtet die Zeitschriftenstapel in der Leseecke und sortiert das Kinderspielzeug nach Alter und Farbe. In der Früh bin ich die Erste in der Ordination, lüfte, stelle genügend Lulubecher ins Patienten-WC, gieße den Gummibaum und kümmere mich um dezente Hintergrundmusik. Darüber hinaus bin ich das linke und rechte Ohrwaschel unserer Kunden. Beim Warten auf Rezepte, beim Ausmachen von Folgeterminen oder bei der Blutabnahme werden die Leute gesprächig und erzählen, wo der Schuh drückt. Die einen mehr, die anderen weniger. Bei einigen fließt der Informationsstrom, kaum dass sie die Praxis betreten haben, und reißt alle anderen Wartenden mit. Andere verlieren nur hin und wieder Worte wie ein gelegentlich tropfender Wasserhahn. Die Selbstbewussten, die in vermeintlichen Good News baden, surfen auf ihrer Gute-Laune-Welle daher. Und wieder andere, wie der Rettenbacher, unser Haus- und Hofhypochonder, sind wie ein Fass, in dem sich Todessehnsucht und Angst sammeln. Denen bleibt man am besten fern, denn wie bei einer Regentonne reißt die Oberflächenspannung bei der kleinsten Berührung, und ehe man zur Seite hüpfen und sich in Sicherheit bringen kann, schwappt der Redefluss über, und man bekommt nasse Füße.

Aber mein Beruf hat auch Vorteile: Ich erfahre Interessantes und Erstaunliches, manchmal völlig überraschend, meistens unter dem Siegel der Verschwiegenheit. So ein Wartezimmer ist ein Informations-Hotspot, es ist Infotainment und Seelsorge in einem. Mir sind keine menschlichen Abgründe fremd, und ich habe längst aufgehört, mich über Dinge zu wundern.

Fürs Putzen hat sich meine Chefin die Pelzinger Miri geangelt, eine wahre Perle. Gott sei Dank, sonst müsste ich mich auch noch um die Staubflusen im Wartezimmer kümmern.

Alles in allem liegen mir – bis auf wenige Ausnahmen – unsere Patienten sehr am Herzen. Sogar am Sonntag, wenn ich privat unterwegs bin. Aber einige bringen mich dann doch dazu, am Hippokrates-Eid zu zweifeln, und daran, ob es sich wirklich lohnt, alle zu heilen.

Leute wie Hämorrhoide, zum Beispiel. Ihr Mitteilungsdrang überschreitet die Grenze des Erträglichen, sie kennt kein Tabu. Selbst intimste Themen posaunt sie in die Welt hinaus, sie erwartet Aufmerksamkeit, Zustimmung und Applaus. Hämorrhoide schert sich nicht um die Interessen ihrer unfreiwilligen Zuhörer und bleibt stur auf Kurs, wenn sie erst in Fahrt ist. Die Frau ist eine Herausforderung für das Schamgefühl. »Das waren ja richtige Kirschen am Auspuff«, trötet sie ungeniert und reißt mich aus meinen Gedanken, »quasi Ring of Fire. Aber jetzt, mit der Salbe … kein Vergleich!«

Ich nicke anerkennend und suche nach einer Fluchtmöglichkeit. Der Status Quo ihres Anus interessiert mich nicht im Geringsten.

»Ja, dann …« Auffällig schiebe ich den Jackenärmel hoch und schaue auf die Uhr. »Jessasmarandjosef, in ein paar Minuten fängt die Modeschau an. Jetzt muss ich mich aber wirklich beeilen!«

Nagelpilz wird hellhörig und nestelt nervös am Zipp seiner Bauchtasche. »Ich wusste gar nicht, dass im Freilichtmuseum Modeschauen stattfinden.« Ausgerechnet er interessiert sich für Kleidung, schau an. Ich deute zum Veranstaltungsort, dem Salinenstadel. »Es ist eine Dirndl-Modeschau.«

Nagelpilz kramt in seiner Bauchtasche und holt ein mehrfach zusammengefaltetes Stück Papier heraus: das aktuelle Tages-Veranstaltungsprogramm des Freilicht-museums. Nagelpilz fährt mit dem Finger über den Flyer. Seine Brille hat er vergessen oder will sie nicht aufsetzen, also kneift er die Augen zusammen, um besser sehen zu können. »Dirndl goes Nachhaltigkeit?«

So lautet das Motto der Modeschau. Ich nicke und räus-pere mich. »Jetzt muss ich aber wirklich. Sie entschuldi-gen mich ...«

Aber Nagelpilz hebt einen Zeigefinger und liest laut: »Heute ist nicht nur Handwerkstag, sondern gleichzei-tig Dirndlgwandlsonntag *und* Modeschau.« Er glubscht glückselig. »Da weiß man ja gar nicht, wo man zuerst hinschauen soll.« Nagelpilz streckt mir den Flyer hin, aber mir graust. Sogar seine Fingernägel sind braun und splitterig. Für eine Nagelpilz-Übertragung von Mensch zu Mensch genügen schon kleinste Partikel. Ich will mir nichts einfangen, also lehne ich dankend ab und zwinge mich, nicht hinzustarren.

»Ein Event-Jackpot, sozusagen.« Hämorrhoide lächelt gekünstelt. Nagelpilz liest weiter vom Flyer vor. »Die Modeschau ist eine Kooperation der *Modeschule Hallein* und des Designers Alexis K.«

»Alexis K.?« Endlich hört Furunkel mit dem Kopfwa-ckeln auf. Seine Sonnenbrille, durch den abrupten Wackel-stopp aus dem Gleichgewicht gebracht, rutscht nasenab-wärts und liegt auf der Eiterbeule auf. Furunkel verzieht schmerzhaft das Gesicht und stupst die Brille mit dem Zeigefinger zurück nach oben.

»Alexis K. ist doch der mit den Dirndln?«

Ich nicke. »Früher hat er Haute Couture entworfen und ist rund um den Globus gejettet. Vor ein paar Jahren hat er das Reisen an den Nagel gehängt, ein Haus in Salzburg gekauft und designt seitdem nur noch Trachten.«

Furunkel betupft mit dem Zeigefinger vorsichtig die Eiterbeule und blickt Nagelpilz über die Schulter, um mitzulesen.

»Meine Nichte besucht auch die *Modeschule Hallein*!« Nagelpilz wedelt mit dem Flyer vor meiner Nase herum. »Allerdings erst seit ein paar Wochen.« Daher also sein plötzliches Interesse an Mode. Vielleicht hat die Nichte Erbarmen, denke ich und starre auf seine beigefarbenen Jeans mit der Bügelfalte. Noch ist nicht alles verloren. Vielleicht leuchtet für den geschmacksverirrten Onkel doch noch Licht am Ende des beigen Tunnels.

»Die Modeschau ist ein Projekt der vierten Klassen«, meldet sich Hämorrhoide gelangweilt zu Wort, und auf Furunkels fragenden Blick: »Eine meiner Freundinnen unterrichtet an der Modeschule.«

Sie steckt mit frostiger Miene ihre Heilsalbe wieder ein und streicht den Trenchcoat überm Hintern glatt. Der große Auftritt von vorhin ist endgültig vorbei.

»Die Schülerinnen haben Alternativen zu Konsumzwang und Wegwerfgesellschaft erarbeitet. Die Aufgabenstellung war, alte und gebrauchte Dirndl aufzupeppen und umzuschneidern«, erkläre ich.

»Upcycling ist ja jetzt ganz in.« Nagelpilz wippt aufgeregt mit den Zehen. Englische Ausdrücke stehen ihm nicht, finde ich.

»Bei der Modeschau präsentieren alle ihre eigenen Entwürfe. Am Ende wird ein Siegermodell gekürt.« Wobei für mich längst feststeht, wer das Rennen macht. Das Modell meiner Tochter ist unangefochten der Hammer! Finde ich. Susi hat ein Dirndl aus dem Recyclingcontainer gefischt, es umgeschneidert und mit ihrem Entwurf des Original Glanegger-Dirndls kombiniert. Eine handwerkliche Meisterleistung!

»Und was ist der Preis?« Hämorrhoide hat den Aufmerksamkeitsschwund verkraftet und zeigt sich jetzt doch interessiert. Offenbar hat ihre Freundin nicht alle Infos preisgegeben.

»Der Hauptgewinn ist ein zweimonatiges Praktikum im Atelier von Alexis K.«

Nagelpilz pfeift anerkennend durch die Zähne. »Macht sich gut im Lebenslauf, so ein Praktikum! Alexis K. hat ausgezeichnete Referenzen in der Branche.«

Während ich mich frage, woher er das weiß, gibt auch Furunkel seinen Senf dazu. »Das Freilichtmuseum ist genau die richtige Bühne für eine Dirndl-Modeschau.«

Was für eine rauchige Stimme er hat! Warum ist mir das bisher nie aufgefallen?

»Bei so viel Tradition auf einem Haufen passt eine Trachtenmodeschau haarscharf dazu! Und erst recht am Dirndlgwandlsonntag! Das nenn ich Timing!« Furunkel nimmt richtig Fahrt auf und faselt etwas von Eventmanagement. Klingt, als hätte er tatsächlich Ahnung davon. Als ich es endlich schaffe, mehr auf sein rauchiges Timbre zu achten als auf die Eiterbeule, meldet sich eine andere Stimme.

»Rosmarie, kommst du jetzt endlich?« Laurenz, mein Mann. Er steht auf der Brüstung des Salinenstadels und strotzt vor Ungeduld. Wie ein Herrscher, der seinem Gefolge zum wiederholten Male die Grundregeln des Gehorsams erklären muss. Jedes Mal dasselbe, wenn ich bei Events nicht an seiner Seite bin. Der Laurenz ist ein handfester Macho, muss man so sagen. Ohne tägliche Dosis an Bewunderung, Hofstaat und Pflege geht gar nix. Er gibt sich gern als Patriarch und Besserwisser. Aber hinter dem ganzen prähistorischen Gehabe steckt pure Unsicherheit. Das ist jetzt nicht nur so dahingesagt, um ihn zu verteidigen. Ich weiß das aus jahrelangen Beobachtungen. Wäre er tatsächlich der Macho, der er gern wäre, hätte ich ihn nie geheiratet. Im tiefsten Innern ist der Laurenz warmherzig, liebevoll und sehr aufmerksam. Immer auf der Suche nach Bestätigung und alles andere als selbstsicher. Nur leider – weiß der Himmel warum – kann er das geschickt verbergen. Jetzt zum Beispiel. Sein Gesichtsausdruck ist eine Mischung aus Gereiztheit, Empörung und, beim Blick auf Furunkels Eiterbeule, Abscheu. Ich hab ja diesen ganzjährigen Pool an Verständnis für seine Allüren und Minderwertigkeitskomplexe, aus dem ich unseren Ehealltag speise. Aber jetzt, mit diesem Auftritt, kann er mich mal. So eine geballte Ladung aus Imponiergehabe, übersteigertem Selbstbewusstsein und Besitzdenken, wie er sie gerade auf mich abfeuert, muss ich mir nicht gefallen lassen! Dazu noch in diesem Kommandoton, der alles im Umkreis von 100 Metern übertönt. Damit hat er eindeutig Alarmstufe rot auf der Macho-Skala erreicht. Normalerweise ein Grund, ihm so richtig den Kopf zu waschen. Oder, weit wirkungsvoller: ihn zu ignorieren. Aber diesmal tut er mir sogar einen Gefallen mit seinem Machismo. Laurenz ist mein Ticket aus den Fängen der drei Weisen. Eine Szene kann ich ihm später immer noch machen. Werde ich auch. Aber nicht jetzt.

Nagelpilz bringt es diplomatisch auf den Punkt. »Ich glaub', da wartet jemand auf Sie, Frau Dorn.«

Ich schicke ein »Komme gleich« Richtung Laurenz in die laue Abendluft, die sogleich zerrissen wird. Von einem Schrei. Ohrenbetäubend, empört und schrill.

2. KAPITEL

Erzählt von Wutausbrüchen, Siegesfackeln und Klapp-
sesseln, von Glamour, Trachtenjacken und Florian Silbereisen. Es geht um Spuckeflecken, Gentlemen und
Herzrhythmusstörungen. Der Laurenz schämt sich,
und die Hermi will endlich in See stechen.

»Du Trutschn!«

Auf den Schrei folgt dumpfes Rumpeln und hektisches
Klack-Klack. Schnelle Schritte mit Absätzen auf Metall.
Der Lärm kommt vom Salinenstadel, aber nicht von der
Balkonseite, sondern von der Außenstiege, die in den ers-
ten Stock führt.

Zwei Mädchen im Dirndl, beide stark geschminkt,
mit Zopffrisuren und schwarzen High Heels, stehen auf
den Stufen. Modeschülerinnen in ihren Laufstegmodel-
len wahrscheinlich. Stimmungsmäßig definitiv Konflikt
statt Kuschelkurs.

Eine der beiden versucht, die andere abwärts zu stoßen. Kampflustig und angespannt wie eine Sehne funkelt
sie unter ihren aufgeklebten Wimpern hervor und macht
wieder einen Schritt nach unten, auf ihre Rivalin zu.

»Schleich dich, hast eh keine Chance!«

Ich kenne die beiden. Nicht persönlich, aber von Susis
Schulfotos. Sie sind in derselben Klasse wie meine Tochter, und von der oberen, die keift wie eine Furie, kenne

ich sogar den Namen. Krumbichler Ella. Laut Susi Inbegriff des Bösen, zumindest soweit das bei einer 19-Jährigen möglich ist. Mittelmäßig begabt, scheut keine Intrigen, um sich bei Wettbewerben nach vorne zu mogeln. Ein Gemüt wie ein Metzgerhund, trampelt empathiebefreit auf ihren Mitschülern herum und rückt sich selbst ins beste Licht. Sagt die Susi. Ihren Spitznamen hat sich die Krumbichler Ella, aufgedonnert wie eine Drag-Queen, redlich verdient: Kruella, nach der dunklen Gestalt mit Vorliebe für Dalmatinerfell aus dem Disney-Film.

Wieder ein Rumpeln: Die beiden Mädchen haben das untere Ende der Stiege beinahe erreicht, Kruella legt der anderen die Hände auf die Schultern und gibt ihr einen kräftigen Stoß. Die strauchelt, steigt mit dem hohen Absatz ins Leere, knickt mit einem Fuß um, kippt nach hinten und purzelt die restlichen drei Stufen abwärts. Mit einem dumpfen Aufprall landet sie rücklings im Kies. Kruella stöckelt ungerührt wieder zurück in den Veranstaltungsraum, als wäre nichts gewesen.

In zwei Sätzen bin ich bei der Gefallenen und ziehe sie vom Boden hoch. »Geht's?«

Das Mädchen steht wackelig auf ihren schwarzen Sky Heels und verzieht das Gesicht vor Schmerz. Wahrscheinlich ein verknackster Knöchel oder eine Bänderzerrung. Ihre Frisur ist zerzaust, und am Dirndl ist der Saum heruntergerissen. Alles in allem schlechte Bedingungen für den großen Auftritt.

»Jetzt bin ich am Arsch!« Sie wischt mit dem Handrücken über die Nase, reißt sich die Pumps von den Füßen und humpelt die Treppe hoch. »Diese Bitch, ich bring sie um!«

»Kommstdujetztendlichoderwas? Rosmarie!« Wieder Laurenz. Den hätte ich beinahe vergessen.

Hämorrhoide, Nagelpilz und Furunkel winken meinem charmebefreiten Göttergatten freundlich zu.

»Schöne Grüße an das Fräulein Tochter! Wir drücken ganz fest die Daumen!« Nagelpilz hält den Flyer wie eine Siegesfackel in die Höhe und zeigt Laurenz mit der anderen Hand einen gedrückten Daumen, aber der winkt nur majestätisch von der Brüstung herab und dreht sich um. Also erinnere ich die drei Weisen an ihre Kontrolltermine kommende Woche, verabschiede mich hastig und eile in den ersten Stock, Richtung Laurenz und Modeschau.

*

18.12 Uhr. Ich stehe schon zu lange hier, die Zeit wird knapp. Bald muss ich am anderen Ende des Geländes sein, mich unter die Menge mischen und tun, als würde ich dazugehören. Als hätte ich nichts anderes im Sinn als den roten Teppich, das Scheinwerferlicht und den Applaus.

Ich zähle von zehn rückwärts und reibe die Fingerkuppen von Daumen und Ringfingern aneinander, um mich zu beruhigen.

Das Einatmen durch die Nase fällt schwer, trotzdem lausche ich meinem eigenen Rhythmus. Starre durch das dichte Laub der Kastanie und suche das helle Blau des Wachmannhemdes. Seit Tagen fiebere ich diesen Minuten entgegen.

Ein Schweißtropfen löst sich im Nacken, rieselt vom Haaransatz zwischen den Schulterblättern zum Träger des BHs hinab. Es ist kein Angstschweiß. Schuld ist die

Septemberhitze. Kein Platz für Angst, auch keinen Grund. Und selbst wenn: Es gibt kein Zurück.

Das Gesicht des Wachmannes taucht auf. Leuchtet zwischen dem Grün der Kastanienblätter zu mir herüber.

Jetzt muss es schnell gehen.

Ich fische eine Rolle Paketband aus dem umgehängten Stoffbeutel. Taste mit den Fingernägeln die Rolle ab und zupfe den Anfang des klebrigen Streifens hoch. Ich halte inne – außer meinem galoppierenden Herzschlag ist nichts zu hören.

Weiter! Vorsichtig presse ich den ersten braunen Streifen ans Glas der Vitrine, reiße ihn an der Kante ab und ziehe den nächsten Streifen von der Rolle. Presse wiederum Klebeband an die Scheibe und reiße es akkurat ab. Zigmal wiederhole ich das. Meine Bewegungen sind schnell und fließend. Eine Seite des Glasquaders ist komplett mit Klebeband bedeckt. Ein Blick auf die Uhr: Bestzeit. Kaum zwei Minuten sind vergangen. Ich stopfe die Rolle zurück in den Beutel und taste nach dem Stiel des Hammers. Den Kiesweg draußen lasse ich dabei nicht aus den Augen. Die Besucher, der Wachmann und die humpelnde Dame von der Tageskassa sind längst gegangen, aber ich darf mich nicht in Sicherheit wiegen. Eine einzige Sekunde Unachtsamkeit könnte alles zerstören.

Zwischen Taschentuchpackungen, einer Stoffmaske und einem kleinen Handtuch ertasten meine Finger den glatt polierten Holzgriff des Werkzeugs. Das kleine Handtuch wickle ich um den Kopf des Hammers, fixiere es mit einem Gummiband und beginne mit dem heikelsten Teil meiner Arbeit. Vorsichtig klopfe ich gegen die Scheibe, von rechts oben beginnend nach links unten, immer an jede Stelle zweimal. Klack-klack, klack-klack.

Im Geiste teile ich die Scheibe in ein Raster, arbeite Reihe für Reihe ab. Klack-klack, klack-klack. Jedem dumpfen Geräusch folgt ein leises Splittern. Ich lasse den Hammer zurück in die Tasche gleiten, löse die Klebestreifen von der Vitrine. Das Sicherheitsglas hat sich in einen klebrigen Scherbenteppich verwandelt. Vorsichtig und beinahe lautlos lässst sich die zerbrochene Scheibe aus dem Rahmen entfernen. Nur als der Scherbenteppich den Holzboden berührt, klirrt es leise.

Aus der Vitrine strömt modriger Geruch. Ich hebe den mitgebrachten Pizzakarton auf, lege die Stoffteile vorsichtig hinein und klappe den Deckel zu. Dann verlasse ich, pünktlich um 18.15 Uhr, das Freilichtmuseum durch den Haupteingang.

*

Durch das Salzburger Freilichtmuseum am Fuß des Untersbergs weht der Geist aus sechs Jahrhunderten und nimmt die Besucher mit auf eine Reise in die Vergangenheit.

Auf 50 Hektar Grundfläche in der Gemeinde Großgmain sind 100 Bauten ausgestellt, die Lebens- und Schicksalsort der einfachen Bevölkerung waren. Sieben Kilometer Spazierwege machen die entstaubten Chroniken der einzelnen Gaue erlebbar, und obwohl das Leben der Bauern, Knechte und Mägde frei von jeder Romantik war, ist das Museum für viele zum Sehnsuchtsort nach der »guten alten Zeit« geworden. Die idyllische Kombination aus gepflegter Landschaft und authentisch restaurierten Höfen macht das Museum zur Traumkulisse für Feiern und Filmteams.

Der Salinenstadel, ursprünglich ein Holzlager im deutschen Bad Reichenhall, wurde abgetragen, renoviert und auf österreichischem Boden wieder aufgebaut. Sein neuer Standort ist, keine zehn Kilometer entfernt von Bad Reichenhall, der Flachgauer Teil des Freilichtmuseums Großgmain, wo er seit dem Jahr 2004 steht. Ebenerdig altern landwirtschaftliche Großgeräte vor sich hin, der erste Stock wird für Veranstaltungen vermietet. Der Stadel ist oben wie unten an einer Längsseite offen. Feiern und Veranstaltungen sind also an das Kälteempfinden der Gäste gekoppelt, denn bei niedrigen Temperaturen wird's schnell ungemütlich und zugig. Zudem fehlt dem Stadel die Nachmittagssonne, was selbst an warmen Herbsttagen wie heute zum Problem werden kann.

Die Stiege aus großmaschigem Metallgitter, die an der Hinterseite in den ersten Stock führt, erlaubt keine Höhenangst. Wer den Blick in die Tiefe fürchtet, scheitert genau hier und bleibt der Feier fern. Außerdem scheppert die Stiege bei jedem Schritt blechern. Zuspätkommen wird hier akustisch bestraft. Ich zähle die Schrauben, mit denen die Stiege am Stadel befestigt ist, und frage mich, wie viel von Laurenz' kritischem Architekten-Adleraugenblick ich schon übernommen habe.

Im großen fensterlosen Raum sind hölzerne Klappsessel in Reihen aufgestellt. Die runden Holztischchen, sonst wie kleine Inseln lose im Raum verstreut, sind weggeräumt.

An den Holzwänden hängen Entwurfzeichnungen der Schülerinnen. Der hölzerne Laufsteg, über den meine Tochter Susi und die anderen bald stöckeln werden, versprüht nur ein Mindestmaß an Glamour. Gute zehn Meter lang, mit rotem Spannteppich ausgekleidet und von Plastik-Buchskugeln mit bauschigen Schleifen flankiert.

Im Saal sind nur mehr einzelne Sessel frei, den Rest besetzen Familienangehörige der Schülerinnen und Schüler. Eltern, Geschwister, einige Großeltern und zwei Hunde. Ausnahmslos alle Frauen tragen Dirndl. Bei den älteren sind die Schürzenstoffe konservativ Ton-in-Ton zum Kleid, die jüngeren haben ihr Outfit mit Lederjacken und außergewöhnlichen Musterkombinationen aufgepeppt. Da und dort sind Schürzen mit indigoblauem *Ikat*-Muster oder der Silhouette der Salzburger Altstadt zu sehen.

Die Männer tragen karierte Hemden zu ihren Trachtenjacken und Lederhosen. Bei einigen Paaren sind sogar Dirndlschürze und Trachtenhemd farblich aufeinander abgestimmt. Jetzt ist einer der Momente, in dem sich mein Desinteresse an Elternnetzwerken rächt: Ich fühle mich, als ob ich nicht dazugehöre. Einigen der Anwesenden bin ich auf Elternabenden oder Sprechtagen begegnet, aber ich kenne niemanden namentlich. Und niemand kennt mich, geschweige denn nimmt Notiz von mir.

Laurenz und Hermi haben in der dritten Reihe Platz genommen. Ich schlängle mich, so gut es geht, zu ihnen durch und setze mich zwischen meinen Mann und meine Schwiegermutter.

»Die Susi als Fetzentandlerin. Wenn ich *das* gewusst hätt'!« Hermi, links von mir, verschränkt die Arme unter der dirndlverpackten Brust und presst die Lippen fest zusammen. Ihre Kiefer mahlen aufeinander, auf der Stirn schwillt eine Ader an. Ich ahne Schlimmes: Das hier ist die Ouvertüre zu einer Katastrophe.

»Wenn du *was* gewusst hättest?« Laurenz, rechts von mir, schüttelt ungeduldig den Kopf und legt eine Hand an die Ohrmuschel. Die laute Musik hat einen Teil der Botschaft übertönt. Statt einer Antwort deutet Hermi zum Laufsteg, aber Laurenz zuckt ahnungslos die Schultern. »Dann, was?«

»Dann wäre ich daheim geblieben und hätte mir das *Traumschiff* angeschaut.«

»Mama, bitte!« Laurenz schließt genervt die Augen.

»Was, bitte?« Hermi beugt sich über mich nach rechts und funkelt ihren Sohn wütend an. »Ich hab gleich gesagt, dass ich nicht mitkommen will. Da!« Sie reckt ihr Kinn zur offenen Seite des Stadels. »Da draußen scheint die Sonne! Im Radio haben sie gesagt, heut ist der letzte Abend, an dem man draußen sitzen kann. Ich wär' jetzt lieber im Garten, aber nein …! Wir hocken herinnen in dieser Bruchbude, dieser windigen! Es zieht wie in einem Vogelhaus, und die Lautsprecher schnalzen einem das Trommelfell durch.«

»Im Freilichtmuseum gibt's keine Bruchbuden.«

Wie immer, wenn es um Bauwerke geht, hat er diesen überheblichen Ton drauf, mein Göttergatte. An Gesprächspartner, die ihm in Sachen Architektur unterlegen sind, verschwendet er nur ungern seine Zeit. Und wenn, dann im Oberlehrer-Modus. »Das sind Original-Bauernhöfe. Liebevoll abgetragen, restauriert und wieder aufgebaut.«

»Liebevoll abgetragen, dass ich nicht lach'!« Hermi winkt ab. »Lauter alte Schupfen sind das, die tragt man am besten warm ab. Und ich sag dir noch was …!«

Ihr Zeigefinger piekst über mich hinweg in Laurenz' Brust.

»Deinen Architekten-Klugschiss kannst dir sparen! Was hab ich davon, dass ich in einem Original-Bauernhof aus dem 16. Jahrhundert hock, wenn ich mir dafür eine Lungenentzündung und einen Gehörschaden hol?«

So weit wie möglich nach hinten gelehnt, schaue ich zwischen den beiden hin und her. Links, rechts, links, rechts. So muss sich das Publikum in Wimbledon fühlen.

»Du übertreibst maßlos.« Laurenz fischt einen Zettel in Postkartengröße aus der Innentasche seines Sakkos. Hermi holt zum nächsten verbalen Gegenschlag aus, aber Laurenz' ganze Aufmerksamkeit gilt bereits dem zerknitterten Flyer, den er liebevoll glatt streicht.

»Wirst sehen, morgen bin ich krank. Aber bitte, wenn du mich unter die Erde bringen willst ...« Understatement war noch nie Hermis Stärke. Außerdem ist sie eine Rossnatur, das muss an dieser Stelle gesagt werden. An meiner Schwiegermutter beißen sich Magen-Darm-Viren, Schafblattern und sogar ganze Pandemien die Zähne aus. Aber im Grunde hat sie recht: Es ist zugig und saukalt herinnen, und das bei mindestens 25 Grad Außentemperatur. Der einseitig offene Stadel, in dem die Modeschau stattfindet, ist nach Norden ausgerichtet. Die Abendsonne streift das Bauwerk nicht einmal mehr. Auch in Sachen Gehörschaden hat Hermi nicht übertrieben: Die Bässe wummern so laut, dass der Sessel unter meinem Hintern vibriert.

Ich wickle mein Wolltuch enger um die Schultern und recke den Kopf nach hinten, zur Lärmquelle. Neben dem Mischpult steht ein Endvierziger mit Lederjacke und Sidecut. Auf der rechten Kopfseite trägt er die grau melierten, kinnlangen Haare hinters Ohr geklemmt, die linke Kopfseite bedecken millimeterkurz getrimmte Stoppeln.

Bart und Schläfen sind ebenfalls angegraut, die Augenpartie faltig. Um seinen Hals ist ein Palästinenserschal geknotet. Ein Berufsjugendlicher, denke ich und drehe mich wieder um. Der DJ nickt zur Musik, hat die rechte Hand am Kopfhörer und tobt sich mit der Linken am Lautstärkenregler aus.

»Ich könnte den Verantwortlichen dort hinten bitten, dass er die Musik leiser dreht«, schlage ich vor. Hermi schaut mich an, als wäre ich ein hoffnungsloser Fall.

»Den Diedschäi, meinst? Glaubst, ich weiß nicht, wie das heißt? Ich bin alt, aber nicht deppert.« Dann beugt sie sich wieder über mich nach rechts und redet auf den Laurenz ein. »Kann ich halt morgen nicht zum Aquajogging, wenn ich mir jetzt eine Lungenentzündung hol'.«

»Das Leben ist kein Wunschkonzert, Mama. Vielleicht wird's ja auch nur ein Schnupfen.« Der Laurenz zuckt nicht einmal mit der Wimper. »Außerdem sind Schwimmbäder eh grauslich.« Er wischt und scrollt auf seinem Smartphone und checkt seine Mails. »Glaub mir, du willst gar nicht wissen, was in so einem Becken alles schwimmt«, murmelt er gnädig in Richtung Hermi. »Am schlimmsten ist es nach den Mutter-Kind-Gruppen und den Seniorenkursen. Haare, Popel, Körperflüssigkeiten.« Kurzer Blick Richtung Hermi über den Rand seiner Nickelbrille. »Vom Chlor mag ich gar nicht erst anfangen!«

In der Hoffnung auf Unterstützung wendet sich Hermi an mich. »Der Arzt hat mir Schwimmen dringend empfohlen, und es tut mir gut.« Ich weiche ihrem Hypnoseblick aus. Es ist eindeutig, worauf sie hinaus will: Ich soll Partei für sie ergreifen. Ihre Verbündete sein. Laurenz überreden, seine Mutter nach Hause zu fahren, damit sie nicht weiter im zugigen Stadl sitzen muss, sondern mit

Florian Silbereisen auf große Fahrt gehen kann. Hermi starrt unerbittlich weiter. Ich schlucke und zupfe nervös meinen Dirndlrock zurecht, sie hebt abwartend die Augenbrauen. Dieses uralte Spiel ist simpel, aber effektiv: Wer zuerst wegschaut, verliert. Hermi weiß das natürlich und schafft damit jedes Mal eine Punktlandung auf meinem schlechten Gewissen. Allein der Gedanke daran, Mitschuld an ihren Rückenschmerzen zu haben, ist mir unerträglich. Genau da setzt Hermi regelmäßig den Hebel an. Aber nicht heute, nehme ich mir vor und starre tapfer zurück. Zumindest so lang, bis ich blinzeln muss. Also räuspere ich mich und winke einer imaginären Freundin, die in der Nebenreihe sitzt. Wegschauen, um jemanden zu begrüßen, hat nichts mit Niederlage zu tun, rede ich mir ein.

Die angelächelte Dame, die ich noch nie zuvor gesehen habe, winkt natürlich nicht zurück, sondern hebt ratlos die Schultern und schaut nach links und rechts. Wahrscheinlich denkt sie, ich hätte sie mit jemandem verwechselt.

»Die kennt dich wohl nimmer, oder?« Hermi winkt nun ebenfalls der Dame zu, quasi, um deren Erinnerung aufzufrischen.

»Lang nicht mehr gesehen«, murmle ich als Erklärung und höre auf zu winken, »außerdem hat die immer schon ein miserables Personengedächtnis gehabt.«

Hermi schüttelt den Kopf und wechselt die Taktik. Mitleidsmasche und Vorwürfe bringen nicht den gewünschten Erfolg, also geht sie in die nächste Runde. Sie kramt umständlich in ihrer Tasche.

»Was suchst du denn?«, flüstere ich unsinnigerweise, denn die Discobeats übertönen sowieso alles.

Statt einer Antwort flucht Hermi vor sich hin. Sie holt einen Schlüsselbund, eine Packung Mund-Nasen-Masken und eine kleine Trinkflasche aus den Untiefen ihres Lederbeutels und legt alles auf meinen Knien ab.

»Irgendwo müssen die doch sein.« Sie schüttelt zuerst den Kopf, dann schaut sie anklagend zur miserablen Deckenbeleuchtung. »So ein finsterer Kobel da herinnen, da kann man ja nix finden.« Sie hält die Tasche an ihr Ohr, schüttelt sie immer wieder und lauscht dann. Suchen nach Gehör. Ganz leise ist ein Klack-klack zu hören. »Ah!« Hermi fischt eine kleine grüne Schachtel aus ihrer Tasche. »Kräuterzuckerl.« Sie hält mir die Packung verheißungsvoll unter die Nase. »Magst auch eines?«

Ich schiebe den Karton mit dem Hustinettenbären sachte, aber bestimmt von mir weg. »Nein, danke.« Gott bewahre! Nichts ist schlimmer als das langsame Auswickeln von Zuckerln während einer Veranstaltung, bei der Stille geboten ist. Verhaltenes Knistern und Zusammenfalten von raschelndem Papier, das jede Lautlosigkeit durchbrich, bereitet mir Herzrhythmusstörungen. Hermi ist diesbezüglich unbelastet: Nahrungsaufnahme und Kulturgenuss schließen einander nicht aus, findet sie. Und Anstandsregeln sind sowieso dazu da, um gebrochen zu werden, lautet ihr Credo. Dem Laurenz wiederum, Spezialist in Sachen Fremdschämen, bereiten peinliche Situationen Höllenqualen. Was Hermi zu nutzen weiß. Ihre Faustregel: Peinlichkeit proportional zum verfrühten Aufbruch. Bevor Laurenz strafende Blicke der anderen Zuschauer ertragen muss, zieht er die Reißleine und verlässt die Veranstaltung. Das Zuckerlprinzip hat Hermi schon oft große Dienste erwiesen. Egal ob Kabarett, Kino oder Konzert: Meine Schwiegermutter beendet langweilige Events gerne auf ihre Art und Weise.

Aber nicht heute. Denn Laurenz kennt die Tricks seiner Mutter mittlerweile und tippt unbeeindruckt auf den Flyer. »Du findest einen unechten Kapitän und eine pensionierte Bordkellnerin besser als deine Enkelin auf dieser Modeschau?«

»Sicher!« Hermi stopft sich ein Zuckerl in den Mund. »Alles ist besser, als sich ein paar Fetzen aus der Altkleidersammlung anschauen zu müssen«, schmatzt sie laut. Ein paar Zuschauer drehen sich zu uns um und senden tödliche Blicke, aber Hermi räumt mit stoischer Ruhe ihre Handtasche wieder ein. Hinter uns schwenkt der Techniker zwei Scheinwerfer zum Laufsteg; der rote Sisalteppich ist jetzt grell beleuchtet. In meiner Magengrube kribbelt es. Als würde nicht Susi, sondern ich gleich über den Laufsteg schweben. Es wird ernst.

»Das sind keine alten Fetzen, sondern Kreationen, das weißt du genau«, wispert Laurenz verhalten über mich hinweg. »Upcycling nennt man das. Die Susi hat Blut und Schweiß geschwitzt für dieses Projekt, weil sie unbedingt gewinnen will. Und wenn deine Enkelin dran ist, dann tu mir einen Gefallen und …« Weiter kommt er nicht; er wird durch abgehacktes Knacksen unterbrochen.

»… darf ich … herz… zur diesjährigen Mo…d…sch… der Modeschule Ha… begrüßen!« Ganz vorne, auf einem winzigen Podest, kämpft eine Frau im Kleinen Schwarzen mit dem Mikrofon. Immer wieder setzt sie zu ihrer Rede an, aber das Mikro streikt und sendet nur Fiepen, Quietschen und Rückkopplungen. Hermi stößt mir ihren Ellbogen in die Rippen.

»Wer ist das jetzt wieder? Die Direktorin?«

»Nein, die sitzt dort drüben.« Laurenz deutet auf eine gepflegte Mittvierzigerin im Blaudruckdirndl am Ende der ersten Sitzreihe. »Die Dame am Mikro ist Alumna.«

»Red' Deutsch mit mir!« Hermi boykottiert Fachausdrücke.

»Eine Absolventin der Modeschule«, wispere ich gegen die lauten Wortfetzen an und werfe einen Blick in das Programmheft.

»Moderation: Bine Hummelbrunner«, lese ich Hermi vor. »Heute helfen viele mit, die selbst die Modeschule besucht haben. Anders wäre die Organisation gar nicht möglich. Sagt zumindest die Susi.«

»Pscht!« Laurenz hätte gern Ruhe.

Die Moderatorin schaltet das Mikro ein und wieder aus, pustet darauf und zerrt am Kabel. Außer einem Summen jenseits der erträglichen Dezibelgrenze tut sich nichts. Der Herr im Trachtenjanker vor mir zuckt zusammen, presst sich die Hand aufs rechte Ohr und schaltet hektisch sein Hörgerät aus. Vorne, auf dem Mini-Podest, seufzt die Bine Hummelbrunner genervt, blinzelt gegen das Scheinwerferlicht und schirmt die Augen mit der rechten Hand ab. »Technik, bitte!«

Aus dem hintersten Winkel des Saals wuselt ein zerstrubbelter Teenager mit schwarzem Hoodie zwischen Scheinwerfern und Stühlen hervor. Zweimal stolpert er über seine viel zu langen Schuhbänder und schafft es dann doch bis ganz nach vorn, zur Moderatorin. Er drückt ihr ein neues Mikro in die Hand. Das andere nimmt er an sich, schaltet es ab und wickelt das Kabel auf. Sekundenlang ist es mucksmäuschenstill.

»Und warum trägt die kein Dirndl?«, fragt Hermi in das Konversationsleck hinein. »Gelten für die Gottoberste andere Regeln?« Sie zeigt mit dem Finger auf Bine Hummelbrunner. »Ist die besser, oder was?«

Neben mir sinkt Laurenz tief in seinen Sessel, stellt den Kragen seiner Jacke auf und schämt sich. Gegen Hermis Metzgergemüt ist er ein Seelchen. Währenddessen trollt sich der Kapuzenpulli wieder zu den Schweinwerfern und zeigt der Moderatorin von hinten ein Daumen hoch.

»Vielleicht«, räuspere ich mich, »will sie den Schülerinnen nicht die Show stehlen?«

»Wohl eher umgekehrt«, schnaubt Hermi, »die will sich in Szene setzen, wennst mich fragst.« Das hier sei eine Dirndl-Modeschau, und das schwarze Etuikleid unangebracht, schimpft sie. Wer sich, wie meine Schwiegermutter, in ein Dirndl aus dem vorigen Jahrtausend gequetscht hat, aus dem vorne der Busen quillt und sich am Rücken Speckfalten abzeichnen, erwartet modische Solidarität von allen Beteiligten.

»Meine Damen und Herren, liebes Publikum …« Zweiter Anlauf für die Moderation. »Danke, dass Sie so zahlreich erschienen sind.« Hummelbrunner schaut zu Hermi. »Und danke, dass die meisten von Ihnen sich an das textile Motto des heutigen Abends halten …« – kurze Pause zur Spannungssteigerung – »… Dirndl goes Nachhaltigkeit.«

Sie erntet verhaltenen Applaus. Ihrem eingefrorenen Lächeln nach hätte sie mehr erwartet, aber das hier ist nicht die *New York Fashion Week*, sondern das Freilichtmuseum Großgmain. Keine Presse, keine Modezaren, keine international gefeierten Entwürfe. Hier sitzen Verwandte der Modeschüler, um Fotos für Familienalben und *Instagram* zu schießen, zur moralischen Unterstützung und damit der Saal zumindest zur Hälfte gefüllt ist. Die Stars des heutigen Abends sind erst am Beginn ihrer Laufbahn.

Ein stiernackiger Glatzkopf mit Lederhose steht auf und drängt sich räuspernd durch die Sesselreihen. Das Tuscheln um mich herum klingt empört.

»Das ist doch der Alexis K!«, »Wieso geht der jetzt schon?«, »Wahrscheinlich hat er noch etwas anderes vor heute Abend.«

Die Direktorin erwischt Alexis am Jackenärmel, als er an ihr vorbei huschen will, und flüstert aufgebracht. Wahrscheinlich will sie ihn zum Bleiben bewegen, aber Alexis schüttelt den Kopf und verlässt den Saal. Somit ist der einzige echte Promi dahin.

Den Landeshauptmann und den Bankdirektor kann man gerade noch unter Lokal-Prominenz verbuchen, aber auch die schieben schon verstohlen ihre Jackenärmel hoch und schauen auf die Uhr. Der Mann von Welt langweilt sich verhalten und stilvoll, aber davon sind die beiden noch Lichtjahre entfernt.

Neben mir brodelt Hermi wutmäßig immer noch im selben Sud. »Dirndl goes Nachhaltigkeit, so was Blödes! Das kann man nicht auf Deutsch sagen, oder was?«

»Mama, bitte!« Laurenz hat bereits rote Ohren vor Scham.

»Ist doch wahr! Immer diese englischen Ausdrücke! Klingt so, als ob man sich für die deutsche Sprache schämen müsst!«

Die Moderatorin räuspert sich betont laut, bevor sie weiterredet. Nach den üblichen Begrüßungsfloskeln, dem Dank an den Landeshäuptling als Schirmherrn und die *Raiffeisenbank* als Sponsor der Veranstaltung, nimmt ihre Rede richtig Fahrt auf. Sie spricht überdeutlich, macht gekonnt Pausen und setzt ihre Hände beim Reden ein. Diese Frau ist für die große Bühne geschaffen, keine Frage. Sprechtempo und Lautstärke nehmen zu, jetzt wandert sie beim Reden sogar auf und ab. Besonders weit kommt sie allerdings nicht, denn das Podest, auf dem sie steht, ist nicht größer als zwei nebeneinander gestellte Bierkisten. Sie referiert über Wegwerfgesellschaft und Verschwendung, textilen Überfluss, Ressourcenknappheit und Mut zum Upcycling.

»Die redet vielleicht geschwollen«, wispert Hermi wieder viel zu laut. »Warum sagt sie nicht gleich, dass ihnen nichts Neues mehr einfällt und dass sie deshalb alte Dirndln anziehen?«

Hummelbrunner, ganz toughe Lady, übergeht Hermis Kommentar und bleibt rhetorisch auf Schiene. Sie spult ihre vorbereitete Rede ab, die um gut zwei Nummern zu lang ist, und kommt ins Schwafeln. Das laute Schnarchen in der Ecke rechts hinten blendet sie ebenso aus wie die eingenickte Frau Doktor Muckenthaler. Die Kulturverantwortliche des Landes Salzburg hat ihren Kopf an die Schulter vom Landeshauptmann gelehnt, aus ihrem Mundwinkel tropft Speichel. Ein dunkler Fleck bildet sich auf der hellen Leinenjacke des Landeshäuptlings, breitet sich aus und ist schließlich unübersehbar, aber rhetorische Größen wie Hummelbrunner stehen über solchen Dingen. Erst nach einer gefühlten Ewigkeit beendet sie ihre Ansprache.

»... und darum appelliere ich an Sie: Seien Sie mutig! Lassen Sie sich von unseren Schülern und Schülerinnen inspirieren! Kramen Sie Ihre textilen Schätze hervor und hauchen Sie ihnen neues Leben ein!« Sie nickt beifallheischend und steckt ihre Textkärtchen weg. »Danke!« Dann steigt sie von ihrem Bierkisten-Podest.

Diesmal fällt der Beifall üppiger aus, das Publikum ist erleichtert. Frau Doktor Muckenthaler schreckt aus ihrem Dämmerschlaf hoch, entdeckt den selbst verursachten Spuckefleck auf einer fremden Jacke und dreht sich beschämt weg. Als sie sich den Mundwinkel abwischt und dabei meinen Blick bemerkt, steht sie auf und huscht schleunigst aus dem Saal. Neben mir drückt Hermi ihr Kreuz durch und ächzt. Laurenz klatscht begeistert, stupst mich an und deutet nach vorn. Der Vorhang zwischen Laufsteg und Umkleide bewegt sich.

»Jetzt geht's gleich los!« Laurenz zückt sein Smartphone und öffnet die Kamera-App, obwohl noch gar nichts zu sehen ist.

Der DJ legt »Here Comes the Hotstepper« von Ini Kamoze auf. Wie im Film *Pret-à-Porter* aus den 90ern; nur, dass hier wahrscheinlich kein Modezar im Taxi an seinem Sandwich erstickt. Kein Modezar weit und breit, kein Taxi in Sicht. Und so intrigant, wie die Modewelt im Film beschrieben wird, ist sie wahrscheinlich gar nicht. Oder? Wobei … an einem Sandwich kann man überall ersticken. Oder an einer Leberkässemmel … Nein! Halt, stopp! Meine Fantasie geht mit mir durch und galoppiert wie ein übermütiger Gaul durch die Sesselreihen im Salinenstadel. Ich straffe mich und verscheuche den Gedanken. Die drei Toten im vorigen Herbst haben mir gereicht. Noch einen Mordfall brauche ich nicht.

»An welcher Stelle ist die Susi dran?« Ich fische auf Laurenz' Schoß nach dem Flyer und suche nach dem Namen unserer Tochter. Obwohl das Thema Modeschau die letzten Wochen beherrscht hat, habe ich die Reihenfolge der Auftritte nicht mehr am Schirm. Vielleicht vor Aufregung vergessen.

»Typisch.« Laurenz ist der fleischgewordene Vorwurf. »1.000 Dinge im Kopf, aber das Wichtigste, die Familie, schafft es nicht in dein LZG.«

»Mein was?« Laurenz liebt Kürzel. Er formuliert gern kryptische Botschaften. Meistens unbewusst, weil er massiv unter Zeitdruck ist und in wenigen Sekunden maximalen Inhalt vermitteln will. Aber manchmal setzt er die Kürzel bewusst ein, um seinen Gesprächspartnern Überlegenheit zu demonstrieren. Ich weiß etwas, was du nicht weißt, lautet dann die Botschaft. So wie jetzt.

»Dein LZG. Langzeitgedächtnis. Da bleiben nur Dinge verankert, die einem wirklich wichtig sind.« Er nimmt mir das abgegriffene Programmheft aus der Hand und rückt seine Brille zurecht. »Die Auftritte wurden alphabetisch gereiht; die Susi ist auf Platz 4.«

Jetzt fällt es mir wieder ein; unsere Tochter hat davon erzählt. Von den Streitigkeiten, als es um die Reihung bei der Modeschau ging. Von den Lappalien, die heftige Debatten ausgelöst haben. Von Stutenbiss und Neid, nur weil alle so weit wie möglich vorne gereiht seinwollten. Ursprünglich sollten die Auftritte nach System geordnet werden, Dirndl nach Farben und Materialien sortiert auftreten. Also alle Rottöne, die Blaudrucke, Baumwoll- oder Samtmieder. Den gordischen Knoten aus Streit und Eifersüchteleien hat die zuständige Lehrerin kurzerhand gelöst und auf das gute alte Alphabet gesetzt. A zuerst, Z zuletzt. Sprich: zuerst Auer, dann Atteneder und Buttinger. Czech hat die Schule gewechselt und fällt aus, also folgt D. D wie Dorn. Susi Dorn.

Laurenz fährt mit dem Finger über die Textspalten. Einmal, zweimal. Er blättert eine Seite vor, wieder zurück und kneift die Augen zusammen. »Aber …«, seine Stirn ist faltig wie die Haut eines Bassets, »das gibt's doch nicht.« Er tippt auf das Papier. Ich folge seinem Blick und verstehe, was ihn so aufregt: Susis Name steht ganz rechts unten. »Erst auf Platz 25? Nach Zuckerstätter?«

Ich hebe ratlos die Schultern. Tatsächlich steht Susi als Allerletzte am Programm. Und was noch komischer ist: Kruella steht auf Platz 1, noch vor Auer und Atteneder, den beiden As. Komisch, dass Susi nichts davon erzählt hat. Meine Tochter ist temperamentvoll und alles andere als verschwiegen, besonders wenn sie sich ungerecht behandelt fühlt. Keine, die solche Sachen einfach schluckt und schweigt. Die Programmhefte und Flyer wurden bereits vor Tagen gedruckt. Einen derartigen Fehler – wenn es sich überhaupt um einen Fehler handelt – hätte Susi niemals akzeptiert. Aber jetzt, wo bereits die Schweinwerfer an sind und die Modeschau jeden Moment beginnt, hilft das alles nichts mehr. Wir werden uns wohl oder übel 24 Kreationen lang gedulden müssen, bis unsere Tochter über den Laufsteg schwebt. Laurenz ist jedenfalls in seinem Vaterstolz gekränkt.

»Selbst wenn die Susi Nummer 1 gewesen wäre, hätten wir nicht einfach so vor dem Ende abhauen können.« Ein missglückter Trostversuch meinerseits. Dass jemand Susi absichtlich ans Ende der Veranstaltung verschoben hat, ist offensichtlich. Aber warum? Laurenz nestelt unruhig an den Knöpfen seines Jacketts. Zur Schau gestellte Demütigungen seiner Kinder sind Gift für sein Ego.

»Ich hab halt gedacht, sie ist ganz vorne mit dabei!« Er lässt kurz seine Mundwinkel hängen, hat sich aber schnell wieder im Griff.

»Na super.« Hermi stopft die Zuckerl in ihre Tasche und zerrt am Reißverschluss. Die vorzeitige Flucht ist geplatzt und die Kreuzfahrt mit Florian Silbereisen somit endgültig vom Tisch.

Inzwischen bewegt sich der Vorhang hinter dem Laufsteg heftiger. Stimmen sind auch zu hören. Zuerst verhalten, dann laut und energisch.

»Was ist denn da los?«, fragt Hermi und legt die Hand ans rechte Ohr. »Klingt wie die Stimme von der Susi.« Sie reckt den Kopf in Richtung der Lärmquelle. »Als ob sie mit jemandem streitet.«

»Warum sollte sie?« Laurenz nimmt die Brille ab und faltet sie bedächtig zusammen.

Vielleicht wegen dem Programmheft?, denke ich. Weil sie auf ihrer Startnummer 4 besteht?

Als hätte Laurenz meine Gedanken gelesen, schüttelt er den Kopf. »Meine Tochter bewahrt in jeder Situation Contenance.«

Ratsch! Ein Stück Stoff zerreißt, zumindest hört es sich so an.

Und dann: ein gellender Schrei. »Du Miststück!« Die schrille Stimme fährt allen in die Knochen. »Kannst du nicht einfach tot umfallen?«

Kollektives Atem-anhalten. Wurde hier gerade jemandem der Tod gewünscht?

»Das *ist* die Susi!« Hermi strafft sich; womöglich wird der Abend doch noch interessant. Laurenz rutscht unruhig von einer Pobacke auf die andere und reckt den Hals. Sein Smartphone hat er immer noch gezückt.

»Das klingt nicht gut, wenn du mich fragst!« Ich muss sofort zur Susi und springe auf, aber der Laurenz erwischt einen Zipfel meines Dirndlrocks und hält mich zurück.

»Bleib da, die werden sich das schon ausmachen.« Er nickt wissend, obwohl er gar nichts wissen kann.

Ich setze mich langsam wieder, habe aber kein gutes Gefühl dabei. Womöglich braucht mich meine Tochter. »Meinst du?«

»Meine ich«, beruhigt mich der Laurenz. »Da geht's sicher nur um eine Lappalie. Ist doch klar: lauter junge Mädchen, aufgeregt wegen der Modeschau, womöglich unterzuckert, weil sie vor Aufregung zu wenig gegessen haben …«

»… oder damit sie in ihre Dirndl passen«, unterbricht Hermi und zupft ihr Schürzenband zwischen der Bauchspeckfalte und der Hüftspeckfalte hervor.

»Gestern Abend waren sie fort und haben sich Mut angetrunken. Übermüdet sind sie also auch. Und heute, wo der große Moment endlich da ist, liegen die Nerven blank.

Verständlich, es geht schließlich um etwas. Sie haben monatelang auf diese Modeschau hingearbeitet.« Er streicht mir eine Strähne aus dem Gesicht, die sich aus meiner Aufsteckfrisur gelöst hat. »Sie sind a) übermüdet, haben b) Restalkohol im Blut, sind c) unterzuckert und d) mit der Situation überfordert. Eine explosive Mischung, nicht mehr und nicht weniger.«

Er könnte recht haben, aber ich bin nicht überzeugt. Die Stimmen sind immer noch aufgebracht. Mittlerweile haben sich andere dazu gemischt. Eine der Stimmen kommt mir bekannt vor: Sie gehört Maria, Susis bester Freundin. Ein Ruhepol, durch nichts aus dem Gleichgewicht zu bringen. Wahrscheinlich setzt sie auf Deeskalation.

Um uns herum murmeln die Zuschauer etwas von Zickenkrieg und Stutenbissigkeit. Die Direktorin erhebt sich von ihrem Platz in der ersten Reihe und gibt dem DJ ein Zeichen. »Musik lauter!«, soll das wohl heißen. Dann stöckelt sie Richtung Vorhang. Aus den Boxen dudelt jetzt Bobby McFerrins »Don't worry, be happy ...«

Ein musikalischer Versuch, die Wogen zu glätten.

»Wäre das nicht die Aufgabe der Direktorin? Für Ruhe zu sorgen?« Hermi zuckt die Schultern. »Aber bitte, mir kann's ja wurscht sein.«

Die Direktorin verschwindet kurz zwischen den Stoffbahnen. Ich verstehe zwar nur wenig, aber der Stimmlage nach zu urteilen, wäscht sie ihrem Schäfchen grad ordentlich den Kopf. Der dicke Wollvorhang ist wie eine Akustikschranke, aber ein paar Wortfetzen dringen trotzdem zu uns durch. Es klingt wie »Unglaublich – unreif – unkollegial«. Oder bilde ich mir das nur ein? Irgendwann lugt die Direktorin wieder Richtung Publikum. Sie presst sich den Vorhang links und rechts neben das Gesicht und wirkt leicht verzweifelt. War wohl nichts mit Wogen glätten. Aber bevor das Publikum neugierige Fragen stellt, reißt sie sich zusammen. Businessmiene, Körperhaltung. Dann gibt sie dem DJ ein Zeichen.

Der Lichtkegel schwenkt auf dem roten Teppich hin und her wie ein Betrunkener auf dem Heimweg, und Bobby McFerrin wird jäh abgewürgt. Hermi wickelt ein letztes Zuckerl aus, irgendwo raschelt eine Taschentuchpackung. Für ein paar Sekunden ist es mucksmäuschenstill, und dann, endlich: Trommelwirbel.

3. KAPITEL

Erzählt von *Queen*, großem Drama und Erotik, von Tequila, Empathie und einem Zettel am Zeh. Es geht um einen Rettungswagen und Totenstille. Die Luft flirrt, und der Rettenbacher fährt vor.

Kruella erscheint. Den Blick zum Boden gerichtet, Hände in die Hüften gestemmt, wächst sie aus dem Boden, quasi wie ein Pflänzchen an einem lauen Maientag. Eine zarte Blüte auf dem roten Teppich. Sie wirkt grazil, elegant, elfenhaft. Wie nicht von dieser Welt. Ein Kranz aus Mohnblumen und Hortensien steckt in ihren blonden Locken, zartrosa Nebel umspielt die schlanken Fesseln, und sachte, ganz sachte weht der Dirndlrock um Kruellas Knie. Eine Schaumgeborene in Tracht, die alle in ihren Bann zieht. Eine anmutige Frühlingsgestalt. Als stünde sie im Morgennebel auf einer Wiese wie Flora, die Blumengöttin, die beim Sprechen Frühlingsrosen haucht. Krumbichler Ella, so zickig sie auch sein kann, versteht etwas von Drama und großen Auftritten, das muss man ihr lassen. Das Publikum verharrt wie eingefroren, wartet auf eine erste Regung, einen Blick oder sonst was. Aber Kruella lässt sich Zeit und kostet den Moment aus. Sekunden verstreichen. Vielleicht sogar Minuten.

»Krumbichler. Ella.« Eine blecherne Stimme moderiert aus dem Off. »Klasse 4a. Sinfonie aus Spitze, Taft und Samt.«

Noch immer blickt Kruella zu Boden und bewegt sich nicht. Sie ist angespannt wie eine Sehne. Eine Raubkatze vor dem Sprung. Bereit loszulegen.

Erst als *Queen* »I want it all« schmettern, hebt sie den Kopf. Die Musik hätte passender nicht sein können. Kruellas Blick ist der einer Löwin. Sie fixiert einen imaginären Punkt hinter dem Publikum, setzt sich in Bewegung, und instinktiv begreifen alle: Dieses Mädchen will alles. Wirklich alles.

In Zeitlupe macht Kruella die ersten Schritte. Und jetzt, da die erste Spannung verflogen ist, haften alle Blicke auf ihrem Modell. Kruellas Dirndl ist die stoffgewordene Verheißung. Ein Oberteil aus mitternachtsblauem Samt, der sich passgenau an ihren formvollendeten Busen schmiegt. Den Rock zieren schwarze und silberne Ranken und eine Abschlussborte aus dunkelblauem Taft, passend zur einfärbigen Seidenschürze in einem Marineton, so tief und unergründlich wie der Ozean am Marianengraben. Ihr Busenansatz wird unter der zarten, schwarzen Spitzenbluse nur angedeutet, aber wahre Erotik nimmt man ohnehin mit dem Löffel und nicht mit dem Suppenschöpfer. Kruella ist eine jugendliche Königin der Nacht, ein in die Luft gehauchtes Versprechen, eine trachtige Illusion, die die Blicke mit ihrem Hüftschwung lenkt … und plötzlich stolpert.

Irgendwoher kommt ein unterdrückter Aufschrei, Kruella fängt sich wieder, richtet den Blumenkranz zurecht und stöckelt weiter. Aber sie ist verändert. Ihre Konzentration ist dahin, der Blick wirkt seltsam glasig, schweift unruhig umher, ihre Wangen sind gerötet. Die Körperspannung hat nachgelassen, statt hocherhobenen Hauptes stolpert Kruella beinahe unbeholfen über den Laufsteg. Sie hat echte Gleichgewichtsprobleme, die Drehung am Ende des Laufstegs macht ihr sichtlich Mühe. Jetzt strauchelt sie wieder, verfängt sich in einer Teppichfalte und landet wie ein gefällter Baum und erstaunlich träge der Länge nach auf dem roten Läufer.

Einen Moment lang geschieht gar nichts. Vielleicht weil das Publikum denkt, auch dieses spektakuläre Ende gehöre zu Kruellas inszeniertem Auftritt. Zumindest solang das dramatische Gitarrensolo von *Queen* zu hören ist. Aber auch nach dem letzten Akkord bleibt Kruella schwer atmend »out of order«.

»Aus, aus, aus!« Die strenge Stimme der Direktorin macht einen Schnitt. Szene beendet. Sie wachelt mit der Hand und wirft optische Giftpfeile Richtung DJ. Mit ein paar Riesenschritten, als hätte sie keine Bleistiftabsätze, sondern Siebenmeilenstiefel an den Füßen, ist sie bei Kruella und kniet neben dem gefallenen Engel auf dem Teppich.

»Na, die macht ein Trara.« Hermi hält nicht hinterm Berg mit ihrer Abneigung gegen Kruella. »Schreit herum, gibt an wie drei Steigen Nackerte und lässt sich bemitleiden. Die glaubt wohl, alle sind nur wegen ihr da. Die soll aufstehen! So ein Theater!«

»Wozu sollte sie Mitleid heischen?«, frage ich streng. »Sie hatte doch sowieso die ganze Aufmerksamkeit. Zumindest hat sie sich nicht absichtlich fallen gelassen.«

»Wer's glaubt, wird selig.« Hermi ist mit einem Metzgergemüt gesegnet. Dass sie eigentlich eine herzensgute Seele ist, übersieht man da leicht.

»Massiver Alkoholeinfluss, ganz sicher.« Laurenz bleibt bei seiner Theorie vom Mut Antrinken. »Die ist total zugedröhnt. Glasiger Blick, schwankender Gang ... Zu viel getankt gestern. Und wahrscheinlich keine leichten Sachen, sondern das harte Zeug. Wodka, Tequila … was die Jungen halt so trinken.« Er nickt wissend. »Wer's Rauschen fürchtet, darf in den Wald nicht geh'n.«

»Jedenfalls könnt sie jetzt Platz machen. Die anderen wollen schließlich auch noch drankommen.« Hermi wird langsam ungeduldig.

Es hagelt böse Blicke und Kommentare von den Sitznachbarn ringsum »So was Unsensibles!«, »Geht's noch?«

In diesem Moment hebt Kruella den Kopf, gerade so weit, dass ihr Kinn nicht mehr den Boden berührt, und erbricht sich auf den roten Teppich.

»Wir brauchen einen Arzt!« Die Stimme der Direktorin klingt hektisch. Sie wischt Kruella eine Haarsträhne aus der Stirn und stützt ihr Kinn, damit sie nicht ins eigene Erbrochene plumpst. »Ist zufällig ein Arzt im Publikum?«

»Ja, hier!« Von ganz hinten drängt sich eine Frau Mitte 50 durch die Sesselreihen, gefolgt vom DJ.

»Das ist doch die Putschauer, die Gerichtsmedizinerin!« Wieder Hermi, diesmal etwas leiser. »Die war letztens im Fernsehen, wie sie das arme Mädchen aus der Salzach gefischt haben. Weißt schon, die eine, die vor ein paar Wochen einfach in der Stadt verschwunden ist. Blutjung und hübsch, ewig schad.« Sie deutet mit dem Kinn Richtung Kruella. »Wirst sehen, die liegt auch bald mit einem Zettel am Zeh im Kühlfach.«

»Mama, jetzt reicht's aber!«

»Was denn, ich bin nur realistisch. Das Mädel schaut jetzt schon aus wie eine Leich, das sieht doch ein Blinder mit Krückstock.«

»Wir brauchen zwei starke Herren, bitte!« Frau Doktor Putschauer unterbricht Hermis düstere Prognosen und zitiert meinen Mann nach vorne, zum Epizentrum des Geschehens. »Hochheben, bitte.« Laurenz und der Direktor der *Raiffeisenbank* folgen aufs Wort und heben die reglose Gestalt vorsichtig hoch. »Sie muss vom Boden weg.«

Laurenz und der Bankdirektor bemühen sich, Kruella nicht an der Oberweite und dem vollgekotzten Kleid zu berühren. Schwierig.

Ein paar Schülerinnen schieben wortlos Tische aneinander, um eine Liegefläche für Kruella zu schaffen. Ich versuche, Familie oder zumindest eine beste Freundin von Kruella auszumachen. Jemanden, der neben ihr stehen, ihr über die Haare streichen und gut zureden könnte. Vergeblich. Auch Susi ist ein wenig abseits positioniert und starrt mit versteinerter Miene auf ihre Erzrivalin.

»Stabile Seitenlage, bitte!« Die Gerichtsmedizinerin dirigiert die zwei Herren und nimmt ihr Wolltuch von den Schultern. Zusammengerollt stopft sie es Kruella unter den Kopf.

Wie schnell sich Dinge ändern, denke ich mit Blick auf das Häufchen Elend, das noch vor Minuten wie eine junge Göttin alle verzaubert hat. Jetzt, ohne Blumenkranz und rosa Nebel, dafür mit der Strickjacke einer Mitschülerin zugedeckt und einer Laufmasche in der Strumpfhose, wirkt Kruella erschreckend real im Vergleich zu vorher. Auf ihren Wangen sind Schlieren von Wimperntusche, in einer Haarsträhne klebt Erbrochenes, und auf die Tischplatte unter ihrem Gesicht tropft rote Flüssigkeit.

»Nasenbluten.« Doktor Putschauer fischt ihr Smartphone aus der Tasche ihres Dirndlrocks. »Wir brauchen sofort einen Rettungswagen.«

»Das kommt sicher vom Aufprall vorhin.« Die oberschlaue Diagnose geht auf Hermi. Sie hat es auf ihrem Platz nicht mehr ausgehalten und steht jetzt neben Kruella und Frau Doktor Putschauer. »Das arme Mädel ist ja mit dem Kopf direkt auf den Boden geknallt.«

Zwischen uns sind ein paar Sesselreihen und tuschelnde Großmütter, deswegen höre ich nur Wortfetzen.

»Gefäß geplatzt«, Schädel-Hirn-Trauma«, »Weiß ich vom Bergdoktor.«

Die erfahrene Ärztin reagiert mit einstudierter Freundlichkeit. »Ja, vielleicht.« Sie lächelt. »Vielleicht aber auch nicht.«

Nach und nach zwängen sich alle Mädchen, auch die, die nicht fertig für ihren Auftritt geschminkt sind, hinter dem Vorhang und aus der improvisierten Umkleidekabine hervor. Einige haben noch Lockenwickler im Haar, andere halten Dosen mit Haarspray. Auf dem Kleiderständer hinter dem Vorhang hängen Holzbügel, Dirndl, Bademäntel und Kleidersäcke. Bei Maria, Susis Freundin, ist erst die linke Augenpartie geschminkt. Zur rechten ist sie nicht mehr gekommen. Sie hält einen Augenbrauenstift in der einen und eine Lidschattenpalette in der anderen Hand und starrt unverwandt zu Kruella herüber. Überhaupt finde ich in keinem der Gesichter Mitleid. Wobei mit jemandem zu leiden selten bis gar nicht hilft. Einziger Effekt ist, dass das Leid des einen den anderen gleich mit in den Abgrund reißt. Mitgefühl ist da schon hilfreicher. Empathie. Aber auch das suche ich hier vergeblich. Die Blicke der Mitschülerinnen sind distanziert bis desinteressiert. Kruellas Auftritt vor der Modeschau war zwar zickig, aber dass niemand aus ihrer Klasse sich um sie sorgt, schockiert mich dann doch.

Niemand aus Susis Klasse steht näher als unbedingt notwendig bei Kruella. Ein paar Mädchen tuscheln, zwei rücken Kleiderbügel in der Umkleidekabine zurecht, und die anderen stehen herum und warten, worauf auch immer. Nur die Direktorin und Frau Doktor Putschauer kümmern sich um Kruella und weichen nicht von ihrer Seite.

Im Saal herrscht Totenstille. Nicht die Stille, die Minuten zuvor noch bombastisch Kruellas Erscheinen eingeläutet hat. Auch nicht die Stille, die beim konzentrierten Arbeiten an Modezeichnungen, Texten oder Modellen herrscht. Oder beim Recherchieren in einer Bibliothek. Es ist auf bedrückende Art so leise, dass man sogar Kruellas flachen Atem hören kann. Das drohende Unheil wabert von irgendwoher durch die Luft, unsichtbar, aber zum Greifen deutlich, zieht an einem vorbei, lässt sich nicht verscheuchen und hinterlässt Kopfweh und ein ungutes Gefühl in der Magengegend. Ich kenne diese dumpfe Stimmung; sie macht sich breit, wenn Mückenschwärme tief fliegen, aber die Gewitterwolken noch weit entfernt sind. Wenn sich weiße Schäfchenwolken grau färben. Das Unheil kommt in kleinen Dosen. Schleichend pirscht es sich an und macht es sich inmitten ahnungsloser Menschen bequem. Man spürt, dass sich etwas zusammenbraut. Orientierungslose Teilchen irren umher, finden einander und ballen sich zu einem Nimbus aus negativer Masse. Die Katastrophe macht sich warm für ihren großen Auftritt.

Im Salinenstadel, zwischen Mischpult, Laufsteg und der bleichen Ella, flirrt die Luft. Sie ist aufgeladen von Unausgesprochenem, von schlechtem Karma und düsteren Gedanken. Pflanzen, das habe ich mal gelesen, verhalten sich anders, wenn Gewitter aufziehen. Gänseblümchen blühen dann nicht auf, Klee lässt die Blätter hängen.

Auch Tiere haben feine Antennen, was Unwetter, Antipathie und spürbare Aggression betrifft. Draußen, vor dem Salinenstadel, hat das Flattern und leise Zwitschern der Vögel aufgehört. Die Blaumeisen, die vorher noch keck nach Krümeln gesucht und sie aufgepickt haben, haben diesen Ort des Dramas verlassen und sich ein gemütlicheres Plätzchen gesucht. Sogar die Ameisen haben ihre Straße auf der Holzbrüstung des Salinenstadels verlassen und sich verzogen. Es ist die Ruhe vor dem Sturm.

Das alles ist kein gutes Zeichen. Ich weiß nur noch nicht, wofür.

Wenn Kruellas Zusammenbruch tastsächlich auf ein Saufgelage zurückzuführen ist, stellt sich die Frage, wer außer ihr daran teilgenommen hat. Wohl kaum jemand von ihren Klassenkolleginnen, denn die gehen der blonden Schönheit geschlossen aus dem Weg. Aus den Augenwinkeln sehe ich wie Susi, mit Nadel und Faden bewaffnet, notdürftig ihr zerrissenes Dirndl flickt. Als sie das Haus heute am Morgen mit ihrem Modell im Kleidersack verlassen hat, war das Kleid noch intakt. Jetzt ist die Naht zwischen Oberteil und Rock schwer beschädigt. Das Leinen am Mieder ist ausgefranst. Anscheinend hat Kruella ihr tatsächlich den Dirndlrock vom Oberteil gerissen.

Ein Scheppern unterbricht die drückende Stille. Es ist das gemächliche Klappern von beschlagenen Hufen auf Kies. Ein Pferd schnaubt, dazu quietschen Reifen, und eine Stimme, die mir bekannt vorkommt, dringt herauf. Beruhigende Worte in gebetsmühlenartigem Singsang.

»Komm-mei-Pferderl, hopp-mei-Pferderl, gemma-gemma-braaaaaav! Komm-mei-Pferderl, hopp-mei-Pferderl ...«

Über den Kies vor dem Salinenstadel zockelt gemütlich ein Pferd und zieht eine Kutsche hinter sich her, die sicher 100 Jahre auf dem Buckel hat. Vermute ich. Ein schwarz lackiertes altmodisches Gefährt mit dunklen Samtvorhängen an den Fenstern. Links und rechts an der Kabine sind zwei Laternen aus Glas montiert, in denen weiße Kerzen stecken. Auf dem Kutschbock kauert, feierlich gekleidet, ein schmächtiges Männchen jenseits der 70. Im dunklen Anzug, der um gut zwei Nummern zu groß ist, verliert er sich. Der Zylinder – ebenfalls nicht passgenau – rutscht immer wieder nasenabwärts über die Augen und nimmt ihm die Sicht. Alle paar Sekunden nimmt er beide Zügel in die rechte sehnige Hand und schiebt mit der linken die Krempe zurück auf die Stirn. Aus der Brusttasche des cremefarbenen Hemdes lugt, wenn mich nicht alles täuscht, ein Flachmann hervor. Somit ist klar, wer da vorbeifährt. Ich ächze und schließe kurz die Augen. Dort unten sitzt, in seiner ganzen Pracht und morbiden Herrlichkeit, mein Lieblingspatient auf dem Kutschbock: der Rettenbacher. Ungebetener Dauergast bei meiner Chefin und – laut eigenen Angaben – bereits unzählige Male nur knapp dem Tod von der Schaufel gesprungen. Der Rettenbacher frönt seiner Todessehnsucht schon seit Jahren, und die Sorge um sein eigenes Begräbnis bereitet ihm schlaflose Nächte. Daher habe ich ihm voriges Jahr das Unternehmen *Seelenwiese* empfohlen. Eine Art Partyservice fürs Begräbnis, bei dem man Deko, Devotionalien und Drucksorten ganz nach eigenen Wünschen, farblich aufeinander abgestimmt und nach Themen sortiert, gestalten kann. Zu Lebzeiten, wohlgemerkt. Quasi Baukastensystem. Begräbnis to go. Selber gestalten, selber sterben. Wer will sich schon auf den fragwürdigen Geschmack der Verwandtschaft verlassen müssen? Zumal, wenn es tatsächlich soweit ist, kein Einspruch möglich ist, jedenfalls vonseiten des Verstorbenen. Der Rettenbacher war Feuer und Flamme für die prä-mortalen Gestaltungsmöglichkeiten beim Bestatter. Seit geraumer Zeit beschäftigt er sich also nicht nur mit tödlichen Krankheiten, sondern auch mit der Organisation und Finanzierung seiner eigenen Trauerfeier.

Und wie es aussieht, ist sein neuestes Projekt die Wahl des Fahrzeugs, mit dem er dereinst die letzte Reise antreten soll. Er tippt sich wortlos an die Krempe und schiebt sie nach oben, als er mich sieht, schnalzt mit der Zunge und redet auf das Pferd ein. Und obwohl mir der Rettenbacher oft den letzten Nerv raubt: Genau jetzt tut er mir gut. Sein eintöniges Gemurmel in immer derselben Tonlage beruhigt mich. Zum ersten Mal finde ich es schade, dass der Rettenbacher weiterzieht, anstatt noch ein bisschen zu verweilen.

»Was, um Himmels willen, ist das?« Die Direktorin steht an der Brüstung und schaut dem Gespann irritiert nach. Wenn dringend ein Rettungswagen gebraucht wird und stattdessen, in aller Seelenruhe, der Rettenbacher mitsamt Kutsche auftaucht, ist das leicht skurril. Muss ich zugeben. Fast so, als ob sich das Schicksal einen Stresstest in Sachen Humor ausgedacht hätte.

Ich kann mir ein Grinsen nicht verkneifen und winke dem Rettenbacher hinterher. »Das ist ein Leichenwagen.«

4. KAPITEL

Erzählt von Pferdegetrappel, Halsketten und Nähmaschinen. Es geht um alte Bekannte, Oldtimer und
morsche Hüftgelenke. Meine Schwiegermutter ist im
Flow, Kruella auf sich allein gestellt und eine Ärztin
entsetzt.

»Wer hat den bestellt?« Die Gerichtsmedizinerin mustert mich scharf. Hat sie mich im Verdacht? Traut sie mir
einen derart geschmacklosen Scherz etwa zu?

»Das ist doch nur der Rettenbacher«, winke ich ab. In
Frau Doktor Putschauers Gesicht steht ein großes Fragezeichen, also schicke ich eine Erklärung hinterher.

»Einer von Frau Doktor Fleischers Patienten. Der Rettenbacher ist Hypochonder mit ausgeprägter Todessehnsucht. Momentan sucht er ein stilvolles Gefährt für seinen letzten Weg.«

Die Gerichtsmedizinerin rollt die Augen zum Himmel. Für die Faxen vom Rettenbacher fehlt ihr offensichtlich der Humor. Durchgefallen im Stresstest. Überhaupt
scheint sie eine ziemlich spaßbefreite Person zu sein. Verständlich, wenn man tagein, tagaus an Leichen herum-
schnipselt. Allein. Womöglich noch in einem gefliesten
Kellersaal, neonbeleuchtet und ohne lebendige Kollegen.
Vielleicht hat sie sich ihren Humor einfach abtrainiert,
wer weiß?

»Und deswegen«, rede ich weiter, nur damit es nicht wieder so schrecklich leise ist, »testet der Rettenbacher sämtliche Modelle, ob sie ihm zusagen. Bevorzugt Oldtimer und alte Leichenkutschen.«

Stil hat er ja, der Rettenbacher. Muss man ihm lassen.

Von unten ist ein sanftes Wiehern zu hören. Das Pferdegetrappel entfernt sich langsam Richtung Ausgang.

Nach 20 Minuten ist der Rettungswagen immer noch nicht da. Frau Doktor Putschauer hält Kruella bereits das dritte Taschentuch unter die Nase, um die Blutstropfen aufzufangen. Die Direktorin steht etwas abseits, schaut alle paar Minuten auf ihre Uhr und telefoniert mit verhaltener Stimme. Ich höre, wie sie den Namen der Schulsekretärin nennt und sich nach Kruellas Kontaktdaten erkundigt. Gehört denn niemand zu dem armen Mädchen, frage ich mich und mustere die umstehenden Frauen verstohlen. Keine der Anwesenden, weder im Stadel noch draußen auf dem Vorplatz, scheint mir passend als Ellas Mutter. Kann es wirklich sein, dass Eltern ihre Tochter zu so einem Event nicht begleiten würden? Mein Hals wird eng bei dem Gedanken. Eltern. Reflexartig greife ich nach dem Kreuz an meiner Halskette.

Um mich herum wird es lauter und lebendiger. Die Schockstarre der ersten Minuten ist verflogen, langsam macht sich wieder Gemurmel unter den Gästen breit. Das lange Warten, ob auf die Rettung oder einen Neubeginn der Modeschau, ist zermürbend. Die meisten haben sich, da es derzeit ohnehin nichts zu sehen und noch weniger zu tun gibt, von ihren Stühlen erhoben und verziehen sich nach draußen, um allerletzte Sonnenstrahlen zu tanken. Einige Großeltern quälen sich ungelenk die metallene Stiege hinab, mit freundlichen Grüßen von der Hüfte.

Es werden Zigaretten angezündet, Gerüchte gestreut, und drei Herren jenseits der 70 behaupten ständig, bereits den Rettungswagen gesehen zu haben.

»Besonders beliebt ist sie nicht gerade, oder?«, flüstere ich meinem Mann zu.

»Wen meinst du?« Laurenz steht ein wenig nutzlos neben einem der Plastikbuchsbäumchen mit Schleife. Um wenigstens irgendetwas zu tun, zieht er ein Mikrofasertuch aus der Brusttasche und putzt seine Brille.

»Na, das Mädchen.« Ich neige meinen Kopf Richtung Kruella.

Laurenz zuckt die Schultern. »It's lonely at the top.«

»Versteh ich nicht.«

Laurenz haucht auf seine Brille und kippt sofort in den Erklärmodus. »Wer an die Spitze will, muss a) Außergewöhnliches leisten und b) Außergewöhnliches aushalten. Das trifft eben nicht auf viele zu.« Dann wischt er an den Gläsern herum, hält die Brille ins Licht und setzt sie wieder auf.

In diesem Moment parkt die Rettung vor dem Salinenstadel.

Frau Doktor Putschauer stellt sich an die Brüstung und winkt. »Hier herauf, bitte!«

Noch immer befindet sich Kruella in Seitenlage auf der Tischplatte. Wie sie so daliegt, angekotzt und demaskiert, kann sie einem nur leidtun. Sie wollte an die Spitze, fürs Erste zumindest an die Spitze dieser Modeschau. Wie sie sich den Platz verschafft hat, ist allerdings die Frage. Ich ziehe den zerknitterten Flyer aus der Rocktasche meines Dirndls, sehe mir die Namenseinträge genauer an und zähle bis zum Buchstaben K. In alphabetischer Reihenfolge wäre Krumbichler Ella erst als Zwölfte an der Reihe gewesen.

Das hat ihr offenbar nicht gereicht. Die Reihenfolge der Auftritte hat sich also geändert, beziehungsweise: *wurde* geändert. Von Kruella. Ziemlich eindeutig, dass sie sich selbst auf Platz 1 katapultiert hat. Außer jemand anderes hat sich für sie die Finger schmutzig gemacht. Ich stecke den Flyer wieder weg. Wer hoch steigt, fällt tief. Und schnell.

»Wann geht's jetzt weiter mit der Modeschau?« Hermi schwänzelt um Frau Doktor Putschauer und die Direktorin herum.

»Noch steht nicht fest, ob die Modeschau überhaupt fortgesetzt wird.« Die Direktorin klingt müde. Sie ist blasser als vorher, und das Make-up, das sich in den Falten um ihre Mundwinkel gesammelt hat, lässt sie älter wirken. »Im Krankenhaus wird man der Ursache für Ellas Zusammenbruch auf den Grund gehen.« Sie dreht nervös ihren Ehering am Finger; anscheinend glaubt auch sie nicht so recht an die Alkohol-Theorie.

Frau Doktor Putschauer nickt den Sanitätern zu, die soeben mit der Bahre über die Stiege heraufkommen, gefolgt vom Notarzt.

Die wenigen Schülerinnen, die im Weg stehen, gehen zur Seite.

Hermi macht nur ungern Platz. »Was heißt da ›überhaupt‹! Nur weil gestern eine zu tief ins Glas geschaut hat? Soll sie halt nix trinken, wenn sie's nicht verträgt!« Ihr Unverständnis ist beinahe greifbar. »Und was ist mit denen?« Sie deutet auf die Schülerinnen, die planlos zwischen Umkleide und Sesselreihen herumstehen oder sich gelangweilt über die Brüstung beugen.

Jetzt schaltet sich die Gerichtsmedizinerin ein. »Was soll mit denen sein?« Ihre Stimme ist frostig. »Haben die auch zu tief ins Glas geschaut?«

Man muss kein Experte sein, um zu begreifen: Hier knistert es gewaltig. Zu viele Interessen, die aufeinanderprallen. Eine Gerichtsmedizinerin, die zwischen wissenschaftlichem Interesse und der Hoffnung, Ellas Körper nicht öffnen zu müssen, schwankt. Eine Direktorin, die sich der Pietät verpflichtet fühlt und am liebsten alle nach Hause schicken würde. Und Hermi, die einfach nicht hinnehmen will, dass sie komplett umsonst auf die *MS Deutschland* verzichtet hat.

»Monatelang haben diese Mädchen gerackert und an nichts anderes gedacht als an die Modeschau. Nächtelang hat der Susi ihre Nähmaschine gesurrt.«

»Oma, bitte!« Susi schämt sich für Hermis kampflustige Rede.

»Was denn? Stimmt doch, oder?« Meine Schwiegermutter schaut sich beifallheischend um. Das kenne ich: gehört zum Warmlaufen. Nichts kann sie aufhalten. Auch nicht Susi.

»Ja eh, aber…«

»Dirndl goes Nachhaltigkeit!« Hermi nimmt Susi an den Schultern und schiebt sie direkt vor die Direktorin. »So oft hab ich das in letzter Zeit von ihr gehört, dass es mir schon bei den Ohren rausgekommen ist.« Meine Tochter läuft rot an vor Scham und verdreht die Augen. Wahrscheinlich wünscht sie sich gerade eine Erdspalte, die sie auf der Stelle verschluckt.

»Dirndl goes Nachhaltigkeit!«, wiederholt Hermi. »Von mir aus hätt man das ruhig auf Deutsch sagen können, aber bitte. Überhaupt: Nachhaltigkeit! Ein ganz schwammiger Begriff. Ausgelutscht und inflationär. Jeder Diskonter hat schon nachhaltige Karotten im Programm, was das mit Dirndln zu tun hat, muss man sich schon einmal fragen.«

Die Sanitäter heben Kruella stumm von der Tischplatte hoch und legen sie auf die Bahre. Der Notarzt zieht ihre Augenlider hoch und leuchtet mit einer Taschenlampe auf die Pupillen. Keine Reaktion.

»Hier geht's nicht um mich, sondern um mein Enkerl.« Hermi lässt nicht locker. »Meine Enkeltochter hat jedes Wochenende Flohmärkte abgegrast, in Altkleider-Containern gewühlt und weiß Gott wie viele Entwürfe gezeichnet.«

»Lass gut sein, Oma!« Susi will sich aus Hermis Griff winden, aber nix da. Meine Schwiegermutter ist im Flow.

»Was denn? Das kann die Direktorin ruhig wissen, wo du überall nach Stoffen gesucht hast!«

Ein paar Mädchen kichern nervös, andere nicken zustimmend.

Die bewundernden Blicke von Susis Mitschülerinnen geben Hermi zusätzlichen Rückenwind. »Die haben sich wohl einen ordentlichen Auftritt verdient, oder nicht?« Sie deutet auf den Laufsteg und den DJ, der neben dem Mischpult steht und an seinen Nägeln kaut.

Keine Spur mehr von ihrem Plan, mit Florian Silbereisen über die Weltmeere zu schippern.

»Sie haben sicher recht, was die Modeschau betrifft«, windet sich die Direktorin und will weiterreden, aber Hermi schneidet ihr das Wort ab.

»Und wie ich recht hab!« Sie deutet mit dem Kinn auf Kruella. »Die wird auch nicht schneller gesund, wenn die Modeschau vorbei ist und wir alle heimgehen. Das arme Mädel hat eh nix mehr davon, so oder so!«

Frau Doktor Putschauer schüttelt den Kopf ob Hermis rohem Argument, verkneift sich aber jeden Kommentar. Stattdessen verstaut sie Kruellas Blumenkranz,

ihre Schuhe und ein paar Schminksachen in einem Stoffbeutel. Dann nimmt sie das Wolltuch, das vorhin Kruellas Kopf gestützt hat, schüttelt es energisch aus und legt
es sich um die Schultern.

Der Notarzt sieht sich im Saal um. »Wo sind die Angehörigen der Patientin?«

»Keine Angehörigen.« Die Direktorin seufzt.

»Es darf auch eine Freundin mitfahren und der Patientin beistehen, wenn sie aufwacht.«

Der Notarzt schaut auffordernd in die Runde. Betre-
tenes Wegsehen und Stille. Dieselbe Stille wie bei Elternabenden, wenn Freiwillige für das Amt des Elternvertre-
ters gesucht werden. Oder wenn sich bei *Tupperparties*
mindestens zwei Gäste für Folgebuchungen breitschlagen lassen sollen.

»Ich komme mit.« Frau Doktor Putschauer nickt uns
und der Direktorin kurz zu und trabt hinter den Sanitätern die Metallstiege hinunter, Kruellas Habseligkeiten im
Gepäck. Am Vorplatz, umringt von den unvermeidlichen
Schaulustigen, wird die Bahre in den Wagen geschoben.
Ein Sanitäter setzt sich ans Steuer, der andere steigt mit
Frau Doktor Putschauer zu Kruella in den Fond. Erst
als die Wagentüren geschlossen sind, setzt leises Gemurmel ein.

Die Direktorin räuspert sich. »Wie gesagt, jetzt muss
erst einmal die Ursache geklärt werden …«

Hermi strahlt. »Na also. Dann kann ja inzwischen die
Modeschau weitergehen!«

»Aber …«

Hermi unterbricht die Direktorin mit Freddy Mercu-
rys Worten: »The Show must go on!«

5. KAPITEL

Erzählt von Österreichs Glanzzeit, dem Konjunktiv, Punschkrapfen und Schaumgetränken. Ich zweifle an Hermis Urteil, muss mich rechtfertigen und habe mich gerade noch im Griff. Ein Kühlgerät rebelliert, Laurenz schneidet Kräuter, geht in Charmeoffensive und verspielt seine Chance.

Sicher hat Hermi nur mit den allerbesten Absichten die Modeschau gerettet. Sie hat es gut gemeint mit Susi und den anderen Modeschülerinnen. Aber gut gemeint ist eben das Gegenteil von gut gemacht. Anders gesagt: Nicht immer lassen sich Halbtote erfolgreich reanimieren, wobei in diesem Fall die Präsentation und nicht Kruella gemeint ist.

Dementsprechend ist der restliche Abend verlaufen. Die Mädels sind zwar pflichtschuldigst über den Laufsteg gestöckelt, aber die Konzentration war dahin und die Stimmung im Arsch. Alles nicht verwunderlich in Anbetracht der Ereignisse. Einige haben sich in der Reihenfolge geirrt und den Laufsteg gestürmt, obwohl sie noch nicht dran waren. Andere haben die Choreografie vergessen und sind planlos nach den ersten Schritten stehen geblieben. Der DJ hat falsche Songs aufgelegt und musste mit Rückkopplungen bei den Lautsprechern kämpfen. Kurz gesagt: Es war von vorn bis hinten der Wurm drin.

Dirndl goes Nachhaltigkeit hat sich zum Desaster entwickelt. Zum Schluss haben die Zuschauer den Salinenstadel zügig und erleichtert verlassen.

Als wir nach der Modenschau heimkommen, schmeißt Susi den Kleidersack mit ihrem Modell achtlos in die Ecke und verkrümelt sich wortlos in ihr Zimmer.

»Was hat sie denn?« Hermi lässt versonnen den Löffel in ihrem Häferl kreisen. Sie ist noch auf einen Absacker, respektive *Almkaffee*, zu uns mitgekommen. Entweder, um den Abend alkoholisch ausklingen zu lassen oder um ihn doch noch irgendwie zu retten.

Almkaffee hat nichts mit koffeinhaltigen Getränken zu tun. Auch nicht mit Almen, zumindest nicht mehr zwangsläufig.

Der *Almkaffee* ist ein heißer österreichischer Gruß an die Leber: süß, hochkalorisch und hochprozentig. Nichts für nüchterne Mägen und definitiv nichts für Autofahrer. Viel eher ein Sinnbild der österreichischen Seele, quasi in flüssigem Aggregatzustand. Auf seine Zutaten heruntergebrochen, ist Almkaffee nichts anderes als Milch mit Zucker, Gewürzen und Alkohol. In Wirklichkeit steckt natürlich viel mehr in diesem Gebräu: Sehnsucht, Verzicht, das Jammern und viele Konjunktive. Also ein Gutteil von dem, was Österreich ausmacht. Sehnsucht nach der guten alten Habsburgerzeit. Bekanntermaßen sonnt sich Österreich gern im Glanz vergangener Epochen. Wie eine gealterte Diva, die sich wieder und wieder Aufnahmen von einst geerntetem Applaus anhört und dem Ruhm wehmütig nachjammert. Denn das Jammern ist in der österreichischen DNA verankert wie der Konjunktiv und fixer Bestandteil unserer Sprache. Wobei es hier ein starkes Ost-West-Gefälle gibt. Wien ist die Hochburg der Jammerer, am Bodensee schaut man eher nach vorn statt zurück.

Salzburg bildet nicht nur geografisch, sondern auch in Sachen Jammern und Konjunktiv die goldene Mitte, zumindest was die Häufigkeit angeht. Die Möglichkeitsform wurde extra für uns Österreicher erfunden, nehme ich an. Diese ureigene Art, der Realität zu begegnen, bildet die Grundlage der Habsburgischen Heiratspolitik und der Neutralität: Alles ist im Bereich des Möglichen. Nur nicht festlegen! Der Konjunktiv ist eine Institution, Pfeiler sämtlicher österreichischer Gesellschaftsschichten und unverzichtbar in allen Lebenslagen. Das beginnt bei simplen Bestellvorgängen im Kaffeehaus. Selbst wenn uns ein Kellner gekonnt ignoriert oder mit Verachtung straft, erinnern wir Österreicher ihn nicht mit dem Imperativ an seine Pflichten. Der Imperativ ist uns zu geradlinig, zu wenig blumig und elegant. Wir mögen es verschwurbelt und schöpfen die möglichen Grammatikkonstruktionen voll aus. »*Könnte* ich bitte bestellen?« Oder, um in Sachen Höflichkeit noch eins draufzusetzen: »Entschuldigung, ich *würde* gerne ein Stück Sachertorte bestellen.« So geht ordern in Österreich. Erstens, weil gewisse Kellner den Eindruck vermitteln, dass man als Gast nur stört. Man entschuldigt sich also erst einmal für die eigene Anwesenheit. Und zweitens, weil wir Österreicher uns immer ein Hintertürchen offen lassen. Einen Plan B. Es könnte ja auch sein, dass wir kurzfristig unsere Entscheidung ändern und statt Sachertorte doch lieber einen Punschwürfel hätten. Je nachdem, wie frisch die Ware in der Kühlvitrine ist oder welche Mehlspeise der Kellner empfiehlt. Das kann man Entscheidungsschwäche nennen oder Diplomatie, jedenfalls geht in Österreich gar nichts ohne Konjunktiv.

Also formulieren wir Wünsche als Fragen. Selbst Notwendigkeiten wie das Bezahlen hübschen wir mit dem gnädigen Schleier des Konjunktivs auf: Ich *würde* gern zahlen. Wir würden immer gern, sogar wenn der Kuchen trocken, der Schlagrahm ranzig und der Kaffee dünn war. Was natürlich ein Paradoxon ist, denn wer gibt schon gern sein sauer verdientes Geld für eine grausliche Mehlspeis und geschmacklosen Kaffee aus? Auch das kann im Land der Kaffeehäuser passieren. Für diesen Fall haben wir Österreicher ebenfalls typisches Verhalten parat: das Jammern. Am liebsten mit Hilfszeitwörtern im – erraten! – Konjunktiv. Erfüllt sich nämlich ein geäußerter Wunsch nicht oder wird ein Traum nicht real, wechselt der Österreicher übergangslos zur magischen Beschwörungsformel »Hätti-tati-wari«. Im Schriftdeutsch: hätte ich, täte ich, wäre ich. Und hier schließt sich der Kreis, denn die Vanille- und Zimtschoten im *Almkaffee* stehen für das Jammern und den Konjunktiv gleichermaßen: *Hätte* der Habsburger Kaiser Karl V. sein Reich, in dem die Sonne nie untergeht, erhalten, dann *täten* wir uns jetzt mit der Ernte in Süd- oder Mittelamerika oder auf den Philippinen bedeutend leichter. Diese Länder *wären* nämlich immer noch Teil des Habsburgerreiches. Wir *müssten* uns also nicht mit Verzollung oder ausländischen Währungen herumschlagen, weil sich das extrem ausgedehnte Herrschaftsgebiet über mehrere Kontinente spannen *würde*.

Aber leider: Österreich ist zum Zwergstaat geschrumpft, das muss man so sagen, und verfügt nicht einmal mehr über einen läppischen Hafen. Von Ruhm und Glanz ist wenig über, singt schon Rainhard Fendrich. Es ist ein Jammer, ein Elend, ein tragischer Verlust. All das lässt sich aber mit ordentlich Alkohol hinunterspülen und vergessen. Mit Schnaps oder Rum. Oder mit beidem, im Idealfall flüssig vereint. Zur Tarnung werden die trostspendenden Promille in Milch eingerührt und mit viel Zucker schnurstracks ins Blut gejagt. Milch und Alm sind beim Almkaffee weitere Komponenten der Sehnsucht. Sie gaukeln Bodenständigkeit und Nähe zum einfachen Leben vor, was die Beliebtheit des heißen Schaumgetränks bei Wiener Trachten-Herbstfesten erklärt.

Das verquirlte Ei gibt dem Gebräu Sämigkeit und ist unverzichtbar für die luftige Schaumkrone. Leider habe ich kein *Almkaffee*-Rezept, ich weiß nicht einmal, ob es eines gibt, das an Tante Zenzis einzigartig ausgewogene Mischung heranreicht. Tante Zenzi hat mich in die hohe Kunst der Zubereitung eingeführt, die zum Teil Gefühlssache ist. *Almkaffee* muss cremig sein, heiß und süß und wird – wahrscheinlich, um sich bei Trunkenheit am Henkel festhalten zu können – in Tassen serviert. Aber jetzt habe ich den Faden verloren.

Hermi zieht ihren Löffel aus der Tasse und schleckt ihn ab.

»So ein Luder, diese Kruella.« Dann nippt sie am *Almkaffee* und lässt den Löffel wieder in die Flüssigkeit gleiten.

Mit dem Rücken am warmen Kachelofen umklammere ich den Kaffeebecher, den mir meine beste Freundin Vroni geschenkt hat.

»Das dachte ich, dass Sie das denken – typisch!« steht darauf. Einer von Miss Marples weisen Sprüchen.

»Luder? Also, ich weiß nicht.« Ich puste auf die Schaumkrone. »Ist das nicht ein zu hartes Urteil?«

Hermi rückt ein Stück von mir ab. »Was soll das heißen: zu hartes Urteil?« Sie mustert mich mit zusammengekniffenen Augen.

Ein klares Signal, dass ich mich auf Glatteis bewege. Hermi sieht ihre Ansicht infrage gestellt, was als absolutes No-Go gilt. Zumindest innerhalb der Familie. Als Patriarchin sorgt Hermi für Zusammenhalt und Einigkeit und steht hinter uns allen, egal was passiert. Dasselbe erwartet sie umgekehrt von uns: bedingungslose Loyalität. Mit allen Konsequenzen. Sie selbst bezieht schnell Position und hat kein Erbarmen gegenüber Außenstehenden, wenn sie das Wohl der Großfamilie in Gefahr sieht. Über ihre Enkel lässt sie sowieso nix kommen und verteidigt sie wie eine Löwin. Sobald sie nur den Hauch einer Ungerechtigkeit wittert, fährt sie die Krallen aus. So wie jetzt.

»Ich hab doch gesehen, wie dieses Miststück sich aufgeführt hat: eine richtige Rampensau, die geht über Leichen.«

Wenn sie nicht bald selbst eine ist, liegt mir auf der Zunge.

Hermi hält es nicht mehr aus auf der Ofenbank. Sie steht auf und wandert mit der Tasse im Wohnzimmer hin und her. »So eine, die weiß genau, was sie will.«

»Na gut, die Sache mit der Startnummer war nicht in Ordnung. Hätte man auch anders gestalten können, den Auftritt, das gebe ich zu.« Ich sehe Hermi beim Hin- und Hertigern zu. »Aber immerhin hat sie einen Plan. Sie hat ein Ziel und will es erreichen. Ein toughes Mädchen eben. Das ist doch grundsätzlich nicht verkehrt, oder?«

Hermi lacht freudlos und schüttelt den Kopf. »Typisch Rosmarie. Immer nur das Positive im Menschen suchen. Hast eben noch nicht genug gesehen von der Welt, sonst würdest du anders reden. Deiner Susi hat sie jedenfalls das Dirndl zerrissen!«

Hermi knallt ihre halb leere Tasse auf den Küchentisch. *Almkaffee* schwappt über und bildet einen See auf dem unlackierten Holz.

»Der Fischer Xaverl ist mit ihrer Oma in die Schule gegangen. Eine ganz widerliche Familie ist das, sagt er. Die Alte war damals genauso ein Trampel wie diese Kruella.«

»Mama, sie heißt Ella. Krumbichler Ella.« Laurenz steht ein wenig abseits, mit der Hüfte an die Küchenarbeitsfläche gelehnt und checkt seine Mails am Handy. *Almkaffee* hat ihm noch nie geschmeckt. Und der Nachrichtenaustausch zwischen seiner Mutter und dem Fischer Xaverl geht ihm gegen den Strich. Immer schon. Der rotgesichtige Pensionist mit dem schwachen Herzen ist Grödigs Nachrichtenverteiler Nummer eins. Laurenz kann Tratsch nicht ausstehen.

»Warum sagen dann alle Kruella zu ihr?« Hermi holt einen Putzfetzen aus meiner Küche und wischt die *Almkaffee*-Lacke weg.

»Weil sie so egozentrisch ist wie Cruella im Film *101 Dalmatiner*.« Laurenz wischt mit dem Finger übers Display und überfliegt seine Nachrichten. »Das ist nur ein Spitzname, Mama. Kein freundlicher, übrigens.«

»Na also, passt doch wunderbar! Dann sag ich erst recht Kruella zu dieser Trutschn.« Hermi stapft in die Garderobe und zwängt sich in ihre neuen Sneakers, die ihr Susi beim gemeinsamen Shopping aufgeschwatzt hat. Blütenweiß mit dem 3-Streifen-Logo seitlich und breiten Satinbändern in Neon-Pink.

»Und das arme Mädel, das sich fast den Knöchel gebrochen hat beim Streit auf der Stiege?«

Sie hängt den Schuhlöffel zurück an den Haken.

»Die passt jetzt in keinen Schuh mehr mit ihrem geschwollenen Fuß!« Die pinkfarbene Steppjacke hängt sie sich nur lose um die Schultern. »Und die Einser-Startnummer hat sie sich auch unter den Nagel gerissen!« Aus den Augen meiner Schwiegermutter sprühen Giftpfeile. »Ich weiß schon, was du jetzt sagen willst: Man muss auch das Positive im Menschen sehen. Die Hintergründe, warum sich jemand so aufführt. Aber ich sag dir was: vergebene Liebesmüh bei diesem Rotzmensch! Die sieht sich als Nabel der Welt!«

Dermaßen in Rage habe ich Hermi lange nicht mehr erlebt. Ihr knochiger Zeigefinger piekst auf meinen Brustkorb. »Und mit *der* hast du Mitleid?«

»Das habe ich nicht gesagt«, weiche ich aus. »Ich bin nur nicht sicher, ob sie wirklich ein Luder ist oder …«

»Was soll sie denn sonst sein?« Hermi baut sich vor mir auf und stemmt die Hände in die Hüften.

»Also, auch wenn die Mama vielleicht ein bisschen übertreibt …«

Laurenz hält den zerknitterten Flyer von der Modeschau in die Höhe und tippt auf die Startnummern, »muss man schon die Sachlage nüchtern betrachten. Diese Ella hat einiges auf dem Kerbholz. a) Manipulation, b) tätlicher Angriff auf eine Mitschülerin, c) mutwillige Zerstörung eines Kleidungsstücks der Konkurrenz.«

Kurze Pause. Wahrscheinlich wartet er, ob Hermi und ich ihm folgen können. Oder um eine Erklärung bitten. Aber außer, dass Hermi alle paar Sekunden bestätigend nickt, passiert nichts. Ich deute ihm mit der Hand weiterzureden.

»Du hast selber gesagt, dass sie wenig Freunde hat. Das wird schon seinen Grund haben!«

Hermis Kopfwackeln ist mittlerweile so heftig, dass ich um ihre brüchigen Halswirbel bange. Ihr Zeigefinger saust wieder durch die Luft, in meine Richtung. »Glaubst, die Susi hat einfach zum Spaß gesagt, was sie gesagt hat?«

Sie wiederholt die Worte meiner Tochter zwar nicht, aber ich kann mich auch so daran erinnern. »Warum kannst du nicht einfach tot umfallen?«

»Nein, das glaube ich nicht.« Ich stehe auf. Es ist taktisch unklug zu sitzen, wenn das Gegenüber sich vor einem aufbaut wie eine kampflustige Amazone. Da hat man rhetorisch eh schon verloren. Außerdem kann ich Hermi dann zur Tür begleiten. Für heute habe ich genug.

»Trotzdem«, ich bin jetzt auf Augenhöhe mit meiner Schwiegermutter und halte ihrem Blick stand, »ist Ella im Grunde ihres Herzens vielleicht nur ein armes Schwein, das Aufmerksamkeit braucht.«

»Aufmerksamkeit?« Hermi funkelt mich an. Sie nimmt Susis Kleidersack, aus dem das zerrissene Dirndl halb heraushängt, und hält ihn mir vor die Nase. »So schaut das aus, wenn man Aufmerksamkeit sucht, ja? Zu wem hältst du eigentlich? Zu dieser Wahnsinnigen oder zu deiner Tochter?«

Hermi schleudert den Kleidersack auf die Ofenbank und stampft grußlos aus dem Haus.

Ein paar Augenblicke ist es still. Hermis letzter Satz hallt noch in mir nach und breitet sich aus wie der Gong einer Klangschale. Glaubt Hermi tatsächlich, ich würde mich gegen meine eigene Tochter stellen? Genau genommen ist das eine Frechheit. Eine ungeheuerliche Anschuldigung. Nur weil ich das Wort Luder meide. Laurenz seufzt zentnerschwer und legt sein Smartphone beiseite.

Er verschränkt die Arme und starrt auf die Magnete, mit denen Lisis Zeichnungen am Kühlschrank befestigt sind.

»War das notwendig?«

»Hm.« Ich zucke die Schultern und stelle meine Tasse ins Abwaschbecken. Hermi hat überreagiert, verbal eindeutig eine rote Linie überschritten. Streng genommen wollte sie nur Susi verteidigen. Ihre Ausdrucksweise war emotional und übergriffig, aber notwendig? »Nein«, fasse ich zusammen, »war es nicht.«

»Im Ernst?« In Laurenz' Stimme schwingt jetzt ein vorwurfsvoller Unterton mit, schwer wie eine Abrissbirne, die Schwung holt für den vernichtenden Schlag. Dieser Ton gefällt mir nicht. Moment – meinen wir überhaupt dasselbe? Ich hake nach. »War *was* im Ernst notwendig?«

Laurenz nimmt die Magnete ab und legt sie nebeneinander auf die Küchenarbeitsplatte. Er schiebt sie konzentriert hin und her, als wäre die Steinplatte ein Schachbrett und er am Zug. Fokussiert wie Magnus Carlsen, der seinen Titel als Schach-Weltmeister verteidigt.

»War *was* notwendig?« Mein Ton ist jetzt eine Spur schärfer.

Laurenz befestigt die Zeichnungen wieder auf der Kühlschranktür. Diesmal sind die Magnete von links nach rechts in aufsteigender Größe sortiert. Meine Frage ist immer noch unbeantwortet.

Stattdessen öffnet Laurenz die Kühlschranktür, aber außer dass er die Gemüselade öffnet und wieder schließt, passiert minutenlang nichts. Mit nervigem Piepston macht der Kühlschrank klar, dass ihm mittlerweile zu warm wird und er gerne geschlossen werden würde. Mein Mann starrt noch immer unschlüssig auf die Vorräte, überfordert vom reichhaltigen Angebot. Wahrscheinlich ist er gedanklich abgedriftet und cruist geistig durch einem Neubau, den er gerade plant. Gut möglich, dass er irgendwo zwischen Heizwärmebedarf, Traufenhöhe und Estrich-Dehnfuge hängen geblieben ist. Wie immer in der heißen Phase vor dem Abgabetermin ist Laurenz kein guter Gesprächspartner. Die Antwort bleibt er mir wohl schuldig.

»Keine Ahnung, was du meinst«, murmle ich, um das wirre Gespräch zu beenden. Over und Aus.

»Das weißt du ganz genau.« Laurenz zieht eine andere Lade heraus, schließt sie und schweigt wieder. Nur Piepsen.

Langsam werde ich ungeduldig. »Nein, weiß ich nicht. Sag's mir.«

»Du machst dir schon wieder viel zu viele Gedanken.«

»Worüber?« Das schrille Gepiepse ist unerträglich.

»Über die Sache vorhin. Und die Modeschau. Ich versteh gar nicht, warum du dich so aufregst!« Laurenz nimmt die Butterdose und schließt den Kühlschrank.

»*Ich* reg mich auf?« Der Kleidersack, den Hermi auf die Ofenbank gepfeffert hat, gleitet langsam auf den Parkettboden.

»Ja!« Laurenz holt den Brotkorb aus dem Kasten und schneidet zwei Scheiben vom Laib ab. Ich könnte schwören, die Breite beträgt jeweils exakt acht Millimeter, laut meinem Mann das Idealmaß für Brotscheiben.

»Du hörst schon wieder das Gras wachsen!« Er schmiert Butter aufs Brot und überlegt.

»Weißt du«, er holt die Küchenschere aus dem Messerblock, »dass es voriges Jahr genau gleich angefangen hat? Mit diesem Toten in Fürstenbrunn.«

Er zieht den Topf mit dem Schnittlauch vom Fenster zu sich heran und schneidet ein paar Halme ab. Längenmäßig tanzt kein einziger aus der Reihe.

»Ich kann mich noch gut an deine Miss-Marple-Spiel-chen erinnern.« Jetzt hält er die Halme über die Butter-brote und schnippelt. Lauter genormte Schnittlauchteil-chen landen auf den Broten. »Du hast ja geglaubt, ich krieg nichts mit von deiner Ermittlerei.« Mit dem Zei-gefinger schnippt er das restliche Grün von der Schere. »Und am Ende warst du überzeugt, du hättest den Mord aufgeklärt!«

Mir bleibt die Spucke weg. Ich will etwas sagen, aber meine Zunge klebt am Gaumen und versagt den Dienst. Also lasse ich das einen Moment sacken. Mit allem hätte ich gerechnet, aber nicht damit. Mein Mann hat sich ein ganzes Jahr lang ahnungslos gestellt. Warum?

Laurenz betrachtet kritisch sein Werk. Ein paar unschöne Schnittlauchhaufen in der Mitte und einzelne Röllchen am Rand: Symmetrie geht anders. Laurenz klaubt die Abtrünnigen einzeln aus der Butter und ver-teilt sie gleichmäßig.

»Ich hab mich so geniert.«

»Du hast *was*?« Urplötzlich ist mir heiß. Brennend heiß. Nicht vom Kachelofen, sondern vor Wut. Laurenz will noch Schnittlauch abschneiden, aber ich reiße den Topf an mich und bringe ein paar Schritte Abstand zwi-schen uns. Der Schnittlauchverlust zwingt ihn, mich anzu-schauen. Endlich.

»Ich hab dir damals schon erklärt, dass du dich mit solchen Aktionen nur lächerlich machst. Und was ich von diesen Weibern halte.« Seine Gemütsruhe ist wie ein Turbo für meine Wut.

»Welche Weiber?« Ich hole mit dem Topf aus zum Wurf.

»Diese Möchtegern-Detektivinnen. Miss Marple, Zirb-ner Juli und wie sie alle heißen. Spielt aber keine Rolle, weil sie eh alle aus ein und derselben Form gegossen sind. Lauter gelangweilte Gschaftsnasen, die Wetterfleck tragen und sich für wahnsinnig schlau halten. Jedenfalls schlauer als die Polizei.«

Gschaftsnasen im Wetterfleck! Das wütend-heiße Brodeln im Bauch schwappt die Speiseröhre hoch und brennt in der Kehle.

»Das sind Ermittlerinnen im Fernsehen, Laurenz!«

Den Schnittlauchtopf halte ich immer noch auf Schulterhöhe. »Außerdem waren es zwei Tote, Laurenz! Zwei! Einer in Fürstenbrunn und einer in Sankt Leonhard. Keine Fernsehleichen, sondern echte Menschen, deren Tod niemanden gekümmert hat!«

Laurenz kommt auf mich zu und beutelt sein weises Haupt. »Natürlich.« Wie ein geduldiger Lehrer, der einer Dumpfbacke zum x-ten Mal die Welt erklärt. Er nimmt mir den Topf aus der Hand. »Die Polizei war komplett hilflos, aber Gott sei Dank hat Frau Rosmarie Dorn den Fall aufgeklärt, als hätte sie nie etwas anderes gemacht.« Ich weiche aus, als er mir eine Haarsträhne aus der Stirn streichen will. Laurenz lächelt verschmitzt. »Und die Tasse?« Er deutet mit dem Kopf Richtung Abwaschbecken. Dort, wo das Häferl mit dem Miss-Marple-Spruch steht.

»Was soll damit sein?« Vroni hat dieselbe Tasse daheim. Schließlich haben wir den Fall um die toten Bauarbeiter gemeinsam gelöst.

»Das dachte ich mir, dass Sie das denken.« Kurzes freudloses Lachen und Kopfschütteln. »Alle Welt tappt im Dunkeln, nur meine Frau hat die Erleuchtung, stimmt's?«

»Möglich.« Die Wut hat die Ohren erreicht, färbt sie rot und lässt sie pulsieren. Ich spüre das.

»Soweit ich weiß, bist du gelernte Arzthelferin und nicht Kriminalkommissarin.«

Erklärt er mir jetzt meinen Beruf? Ernsthaft? Meine Kiefer mahlen aufeinander. Eine gesunde Prise Machogehabe steht Männern, finde ich. Es verstößt zwar gegen jede Regel des Feminismus, aber mich zieht das an. Das hier geht jedenfalls zu weit. Sein Mansplaining kann er sich ...

»Schau«, sagt Laurenz jetzt auch noch und sieht mich geduldig an, »nehmen wir an, den Mord im letzten Jahr hättest tatsächlich du aufgeklärt ...«

»Morde!«, bessere ich ihn aus. »Es waren zwei!«

»Also gut, zwei. Ist ja auch egal. Nehmen wir also an, die Polizei hätte ohne deine Hilfe den Täter nicht ausforschen können. Dann hättest du dich vor Jobangeboten nicht retten können, oder? Allerdings ...«, er legt eine Hand auf den Mund und tut, als denke er angestrengt nach, »hat dich in den letzten Monaten niemand um Rat gebeten, oder? Weder die *CIA* noch der *MI6* haben Sturm geläutet und ganz dringend nach dir verlangt. Nicht einmal die österreichische Polizei war da, oder hab ich was verpasst?«

»Du hast keine Ahnung«, presse ich hervor. Die Sache mit dem ruhmreichen Roderich, einem schicksalsgebeutelten Polizisten, habe ich Laurenz verschwiegen. Aus guten Gründen. Erstens, weil ich nicht an die große Glocke hängen wollte, was Vroni mir über den ruhmreichen Roderich anvertraut hatte: Der Arme war frisch verwitwet und hatte sich wegen Mobbing von seiner früheren Dienststelle nach Anif versetzen lassen. Nichts, womit man hausieren geht. Zweitens, weil das Ermittlungsdebut von Vroni und mir nur Futter für Laurenz' Spott gewesen wäre.

»Wahrscheinlich hast du recht: Ich hab keine Ahnung.«

Laurenz stellt den Schnittlauchtopf auf die Arbeitsplatte, kommt auf mich zu und nimmt mich in den Arm. Es fühlt sich eng und unbequem an. Sein dunkelblauer Wollpulli kratzt. Aber so schnell gibt er nicht auf.

»Rosmarie!« Dem verliebten Dackelblick meines Mannes konnte ich noch nie so richtig widerstehen. Gebe ich zu. Gewisse Schwächen gehören zum Leben.

»Hm?«, brumme ich unwillig und starre ihn nicht mehr ganz so finster an. Unmöglich, seinem Blick auszuweichen.

»Jetzt sei nicht so verkrampft.« Laurenz nimmt mein Gesicht liebevoll in beide Hände. Meine Wut schrumpelt zusammen wie ein Luftballon, zwei Wochen nach einer Feier. Unsere Blicke verschmelzen quasi. Laurenz haucht Küsse auf meine Nasenspitze, meine Stirn und zieht mich enger an sich.

»Mein Dornröschen.«

In meinem tiefsten Innern legt sich ein Schalter um. Die stechende Hitze weicht wohliger Wärme. Diesen Kosenamen hebt sich Laurenz für ganz besondere Momente auf, und er hat mich lange schon nicht mehr so genannt. Die Wut will nicht länger stören und verabschiedet sich auf leisen Sohlen. Jede Faser meines Körpers entspannt sich, ich atme tief ein – habe ich vergessen, wie gut sein Aftershave riecht? Mit geschlossenen Augen kuschle ich mich an meinen Mann. Nie war sein Wollpulli weicher. Laurenz küsst mich, als hätte ich nach einer langen Irrfahrt über die Weltmeere endlich zu ihm zurückgefunden. Leidenschaftlich und vielversprechend. »Rosmarie«, haucht er zwischen zwei Küssen in meine Halsbeuge, »Rosmarie, komm.« Laurenz nimmt meine Hand, zieht mich sanft zur Tür und steuert das Schlafzimmer an. »Ich hab da ein Rezept gegen deine Flausen im Kopf.«

Und das ist der Moment, in dem die Romantik verschwindet. Auf Knopfdruck. Als ob bei einer Bühne die Lichter ausgehen. The show is over, zurück zur Realität, Ende Gelände.

Ich fasse es nicht und bleibe mit einem Ruck stehen. »Bist du übergeschnappt?« Ich ziehe meine Hand aus der seinen. Die angenehme Wärme, die sich in mir breitgemacht hat, sinkt wie Treibsand in sich zusammen, zieht das Stimmungshoch mit in die Tiefe und hinterlässt eine dumpfe Leere.

Laurenz erstarrt in der Bewegung. Alles an ihm, was noch kurz zuvor aufrecht und pulsierend in Richtung oh, là, là gezeigt hat, sackt in sich zusammen. Ein paar Atemzüge lang steht Laurenz reglos in der Tür und starrt mich unverwandt an. Dann dreht er auf dem Absatz um und stürmt aus dem Haus.

6. KAPITEL

Erzählt von Stickzeug, Zimt und Nelken, von Keksen und Schnappschüssen. Ich kann nicht schlafen, Susi flucht und Laurenz arbeitet. Ich bin träge, ratlos und betrunken und brauche Kaffee. Ein Haflinger steht im Weg und ein Türkranz spielt Schicksal.

Susi lässt sich den ganzen Abend nicht blicken. Max feuert in seinem Zimmer, mit Fan-Schal und *Pringles* vor dem Fernseher, den *FC Chelsea* an. Und Lisi habe ich gleich nach dem Sandmann ins Bett geschickt. Keines der drei Kinder hat also Laurenz' Abgang und das Davor mitbekommen.

Jetzt habe ich das Wohnzimmer für mich. Mit Magendrücken und dem Rest vom *Almkaffee*, den ich mit ordentlich Schnaps strecke, kuschle ich mich auf die Ofenbank und starre hinaus in die Nacht. Die wolkenverhangene Finsternis draußen schlägt mir aufs Gemüt, und unweigerlich setzt sich das Gedankenkarussell, vom Alkohol träge, in Bewegung.

Um nicht ohnmächtig meinen Gedanken ausgeliefert zu sein, hole ich die Schachtel mit dem Stickzeug aus der Lade unter der Ofenbank. Vor einigen Jahren habe ich, beim Stöbern auf Tante Zenzis Dachboden nach Hinweisen auf meine Vergangenheit, ein altes Buch über Stickmuster entdeckt. Dass das Buch genau neben dem Weidekörbchen gelegen ist, in dem mich meine Mutter ausgesetzt hat, kann ein Zufall sein. Oder auch nicht. Hat meine Mutter auch gestickt? Und wenn ja, welches dieser Muster? Die Möglichkeit, etwas mit meiner Mutter gemeinsam zu haben, war faszinierend. Geradezu magisch. Ich wurde süchtig nach dem Gestalten mit Nadel und Faden und habe sämtliche Stickmuster ausprobiert: Margeritenstich, Fliegenstich, Knötchenstich. Natürlich konnte ich mir nicht alle merken. Fasziniert hat mich dieses Handwerk trotzdem. Das monotone Vor- und Rückwärtsfädeln hat einen angenehmen Effekt: Ich kann Ideen und Gedanken besser verarbeiten und festhalten. Manch einer lernt für viel Geld in Seminaren, seine Gedanken zu bündeln und kanalisieren. Ich habe meine eigene Methode: Brain-Stitching. Eine Mischung aus Brain-Storming und dem englischen Wort für Sticken. Ohne nachzudenken, greife ich in die Box und ziehe ein Stück Garn heraus. Schwarz. Ohne Plan und Zählmuster sticke ich drauflos. Freestyle-Sticken. Meine Gedanken verselbstständigen sich.

Höre ich tatsächlich das Gras wachsen? Grüble ich zu viel oder reagiere ich über? Nein, denke ich, lege den Stoff kurz beiseite und rühre in meiner Tasse. Wenn jemand überreagiert hat, dann Laurenz. Treibende Kraft bei seinem heutigen Auftritt war, wie meistens, seine Eitelkeit. Die Sorge, sich zu blamieren. Oder, besser gesagt: die Sorge, von mir blamiert zu werden. Mit Ermittlungen, die noch nicht einmal begonnen haben und für die es noch keinen Grund gibt. Niemand ist tot. Nichts wurde gestohlen. Alles, was heute passiert ist, fällt – um es mit Laurenz' Worten zu sagen – in die Kategorien Zickenkrieg und Stutenbiss. Ich finde diese Begriffe furchtbar, aber nüchtern betrachtet hat Laurenz nicht ganz unrecht.

Immerhin waren heute Nachmittag gut 20 Teenager im Ausnahmezustand. Ich lasse Nadel und Garn weiter durch den Stoff gleiten. Für die Schüler und Schülerinnen geht es um alles: ein Praktikum bei Alexis K. Das macht sich gut im Lebenslauf und ist – unter normalen Umständen – nur schwer zu ergattern.

Nach ein paar Minuten schneide ich die Fäden ab und betrachte mein Mini-Werk: ein Zylinderhut. Wahrscheinlich auf den Rettenbacher und seine elegante Kopfbedeckung gemünzt. Ich verstaue den Stoff wieder in der Box und greife zur Tasse mit dem *Almkaffee*.

Im Prinzip war das, was heute im Freilichtmuseum passiert ist, normales Wettbewerbsverhalten. Bis auf Ellas Zusammenbruch. Oder doch nicht? Ich wirble gemahlenen Zimt und Nelken mit dem Löffel auf und sehe den Pünktchen beim Absinken auf den Tassengrund zu. Vielleicht sind die Teilchen vergleichbar mit Hinweisen: Viele sind nur kurz gut sichtbar, bevor sie sachte von der Schwerkraft nach unten gezogen werden und liegen bleiben. Trotzdem sind sie immer noch da. Ich lege die Hand auf meinen Oberbauch. Der Druckschmerz ist stärker geworden. Vielleicht hätte ich Kräutertee trinken sollen. Unsicher, ob der Alkohol, Laurenz oder die Modeschau schuld am Magendrücken ist, stelle ich die Tasse beiseite, drehe das Licht ab und schließe die Augen.

Kurz vor Mitternacht schrecke ich hoch. Um mich herum nur Finsternis. Ich ziehe meinen linken Arm unter dem Kopf hervor. Er fühlt sich taub an, zugleich ein Kribbeln wie von 1.000 Ameisen. Mein Nacken schmerzt, an meiner Zunge haftet der Geschmack nach muffigem Herbstlaub. Bin ich aus dem Bett gefallen? Nach ein paar

Sekunden ist meine Orientierung zurück – der *Almkaffee*! Ich habe es gar nicht bis ins Schlafzimmer geschafft. Stattdessen bin ich neben dem Kachelofen eingeschlafen. Gerade als ich aufstehen will, knarrt im Obergeschoss eine Zimmertür. Dann Schritte auf der Treppe nach unten. Susi. Ohne das Licht einzuschalten, kommt sie in die Küche, füllt eine Trinkflasche mit Wasser und schnappt sich ein paar trockene Kekse aus dem Vorratsschrankl. Im schummrigen Mondlicht, das durchs Küchenfenster fällt, sieht sie blass und geistesabwesend aus. Mich registriert sie gar nicht. Wahrscheinlich vermutet sie mich in meinem Bett, schlafend. Sie nimmt ein paar Packungen Taschentücher aus der Küchenlade und verzieht sich wieder nach oben, in ihr Zimmer. Wasser, Kekse, Taschentücher. Mein alkoholvernebeltes Gehirn will sich einen Reim darauf machen. Sinnlos. Ich trage die Tasse in die Küche und schleppe mich hundemüde in den ersten Stock. Heute ist zu viel passiert, um sich noch über irgendetwas zu wundern, finde ich. Trotzdem stimmt hier etwas nicht. Ganz und gar nicht.

Ich gehe ins Bett. Allein. Im Nebengebäude brennt noch Licht, also sitzt Laurenz im Büro und arbeitet an seinen Plänen. Auch gut.

Die Nachbargemeinde hat Geld für ein neues Jugendzentrum lockergemacht, und Laurenz nimmt mit seinem Entwurf an der Ausschreibung teil. Durch den Vorhang im Nebengebäude sehe ich seine Silhouette. Laurenz beugt sich gerade über den großen Tisch, auf dem er die Pläne ausbreitet. Dann geht er auf und ab. Wie immer, wenn er intensiv nachdenkt. Eindeutig ein motorischer Typ: Beim Arbeiten und Nachdenken kann er nicht still sitzen. Von mir aus kann er ruhig noch ein paar Kilometer in seinem Büro abspulen. Im Moment finde ich seine Nähe unerträglich.

Es ist still im Haus. Eine Zeit lang wälze ich mich hin und her und versuche einzuschlafen. Ich schalte den Fernseher ein, zappe mich durch die Kanäle und ärgere mich über die inhaltslosen Late-Night-Shows, Verkaufssendungen und Krimis. Verbrechen, wo man hinschaut. Entnervt schleudere ich die Fernbedienung auf Laurenz' leere Bettseite, schnappe mir ein Buch und versuche, mich zu konzentrieren. Gelingt mir normalerweise gut, aber heute tauche ich irgendwie nicht tief genug ein in die Geschichte. Stattdessen dümple ich oberflächlich über die Story einer Detektivin und dem Mord an einem Teenager. Immer wieder driften meine Gedanken zur kollabierten Ella ab, zum Wutschrei meiner Tochter und dem Rettenbacher mit seinem Vintage-Leichenwagen. Dazwischen Hermis Kommentar über das ertrunkene Mädchen, das aus der Salzach gefischt wurde. Blutjung. Hübsch. Die Buchstaben hüpfen vor meinen Augen auf und ab, der Rettenbacher öffnet elegant den Fond seines dunklen Totentransporters und macht eine einladende Geste Richtung Ella, die sich stumm und elfenhaft in einem weißen Nachthemd auf ihn zu bewegt und … Nein! Halt, stopp! Ella lebt doch noch! Oder? Energisch schlage ich die Bettdecke zurück und setze mich auf.

Ich greife nach dem Smartphone, das auf dem Nachtkästchen liegt, und öffne den Foto-Ordner. Eigentlich hatte ich mir vorgenommen, heute im Freilichtmuseum richtig viele Bilder zu schießen, zwecks Erinnerung. Schließlich findet nicht jeden Tag eine Modeschau mit der eigenen Tochter statt. Auf den ersten Fotos ist nur der Salinenstadel zu sehen. Von allen Seiten. Ich scrolle gelangweilt weiter – diese Bilder gehen auf das Konto vom Laurenz. Für Architekturfotos leiht er sich immer mein Smartphone, um nicht zu viel von seinem eigenen Speicherplatz zu verbrauchen. Dann ein Bild von Hermi in ihrem Wursthaut-Dirndl. Schmale Lippen, finsterer Blick. Wahrscheinlich hat sie in diesem Moment realisiert, dass Florian Silbereisen ohne sie die Segel hissen wird. Auf den nächsten Bildern ist Susi zu sehen. Susi in Jogginghose und T-Shirt, den Kleidersack mit ihrem Dirndlmodell über den Arm gehängt.

Ein Schnappschuss, auf dem sie mit ihrer besten Freundin Maria zu sehen ist. Beiden sind Anspannung und Vorfreude deutlich anzusehen. Dann Susi in der Maske. Die Schülerinnen haben sich gegenseitig frisiert und geschminkt. Erst danach sind sie in ihre Dirndl geschlüpft. Das nächste Bild ist leicht verwackelt: Susi, Arm in Arm mit ein paar Mädels aus ihrer Klasse. Alle fertig gestylt und umgezogen. Im Hintergrund sind noch andere Schülerinnen zu sehen, die gerade ihre Dirndl anziehen.

Die vier jungen Männer aus Susis Klasse haben ihre Entwürfe Schwestern, Cousinen oder Freundinnen auf den Leib geschneidert und zupfen da und dort noch am Stoff.

Im Bild links, auf einem kleinen Tischchen, Getränke. Ich zoome das Foto größer und suche nach Bier, Wein oder Shots. Irgendetwas, das, im Übermaß konsumiert, zu Ellas Zusammenbruch geführt haben könnte. Aber außer ein paar Dosen Energydrinks, gespritztem Apfelsaft in PET-Flaschen und Thermobechern von einer amerikanischen Coffee-to-go-Kette finde ich nichts Interessantes.

Im Zimmer nebenan rumort es. Eine Schranktür fällt zu, ich höre Susis gedämpfte Stimme. Sie flucht. Ich lege das Smartphone beiseite und tappe barfuß über den Flur. Höchste Zeit, ihr ein paar Fragen zu stellen.

»Susi?«

Kein Mucks mehr zu hören. Auch auf mein Klopfen reagiert sie nicht. Ich starre auf meine orange lackierten Zehennägel, klopfe noch einmal und warte. Aber es tut sich nichts. Habe ich mich verhört vorhin? Selbst wenn ich mein Ohr an das Türblatt presse und angestrengt lausche: nichts. Nur mein Herzschlag als Rauschen im Ohr.

»Susi?«

Es war ein langer Tag, der anders verlaufen ist als geplant. Vielleicht sitzt sie gerade im Schneidersitz auf ihrem Bett, hat die Kopfhörer auf und hört Musik. Oder sie textet in die *WhatsApp*-Klassengruppe und lässt Dampf ab. Ich räuspere mich und klopfe, diesmal um einige Grad beherzter. »Bist du da drin?«

Mit einem Ruck geht die Tür auf. »Wo soll ich denn sonst sein?« Susi starrt mich finster an.

»Ähm … hallo.« Auf einmal bin ich planlos. Susi wirkt aufgeräumt und erstaunlich entschlossen für diese Uhrzeit. Hätte ich nicht erwartet. Allerdings: meine älteste Tochter ist generell hart im Nehmen, muss man so sagen. Susi wirft nichts so leicht aus der Bahn. Sie denkt logisch, ist praktisch veranlagt und steckt sich klare Ziele. Susi weiß genau, was sie nach Abschluss der Modeschule machen will: Sie will nach Mailand, zu den großen Modehäusern. Erfahrungen sammeln. Wissen aufsaugen. Um in den Ateliers der wirklich Guten überhaupt Chancen zu haben, braucht sie hervorragende Noten. Deshalb büffelt sie wie wild Italienisch und ist immer top vorbereitet. Schulisch brauche ich mir um Susi keine Sorgen zu machen. Aber ein dermaßen verkackter Nachmittag wie der heutige könnte sogar meine toughe Tochter aus der Bahn werfen. Es hätte mich nicht gewundert, wenn sie als heulendes Häufchen Elend auf dem Bett gekauert wäre und ihrer Chance auf ein Praktikum nachgeweint hätte. Hat sie aber nicht. Im Gegenteil: Sie strotzt vor Entschlossenheit.

Susi trägt einen schwarzen Hoodie, schwarze Jeans und Sneakers. Über ihrer Schulter hängt eine Sporttasche. Noch bevor ich nachfragen kann, drängt sie sich an mir vorbei, galoppiert die Treppe hinunter und sperrt die Haustür auf.

»Susi!« Ich renne hinterher, so schnell es mein alkoholvernebeltes Gehirn zulässt. »Susi, warte!« Zu spät. Unten fällt die Haustür ins Schloss, und das Nächste, was ich höre, ist das quietschende Garagentor und knirschender Kies. Ich laufe zurück ins Schlafzimmer und reiße die Vorhänge beiseite. Vom Balkon aus sehe ich gerade noch, wie meine Tochter mit dem Rad davonfährt und nach links in den Wald abbiegt. Nach Westen, Richtung Freilichtmuseum.

Und da ist es wieder, dieses Gefühl, das sich seit vergangenem Herbst nicht mehr gemeldet hat. Neugier. Diese Schärfung der Sinne, um kleinste Details zu erfassen, die unter anderen Umständen vielleicht bedeutungslos sind. Alles im Blick zu haben und nichts zu verpassen. Nicht zu verwechseln mit der beruflichen Neugier, ohne die meine Arbeit quasi unmöglich wäre. Nicht die Neugier, mit der ich mich bei Patienten erkundige, ob der Husten rasselnd, keuchend oder mit Auswurf daherkommt, und ob der Termin morgen oder übermorgen sein darf. Nein, ich meine diesen bestimmten Wissensdurst, der einen quält, wenn unvorhergesehene Dinge passieren, die von der Normalität abweichen. Und die sonst niemandem auffallen. Wobei Normalität für jeden etwas anderes bedeutet und manche Menschen sowieso nicht davon betroffen sind. Wie der Rettenbacher, zum Beispiel.

Arztpraxen sind ein buntes Sammelsurium an mehr oder weniger skurrilen Gestalten. Beim gemeinsamen Warten, dem Austausch von medizinischem Halbwissen und dem neuesten Tratsch bilden sich Strukturen und Machtgefüge. Das Gefüge, in das sich die einzelnen Charaktere einordnen, entspricht im Wesentlichen den Regeln der Gruppendynamik. Wie in jeder Gruppe kristallisieren sich auch unter Patienten, die relativ häufig am selben Ort aufeinandertreffen, einzelne Rollen heraus. Es gibt den Anführer, den Mitläufer und den Sündenbock, aber auch den Außenseiter, den Unterstützer und den Moderator. Aus psychologischer Sicht, und um dem Rettenbacher eine eigene Rolle zukommen zu lassen, sollte diese Palette noch um den Hypochonder erweitert werden, finde ich. Keiner unserer Patienten ist so exitusfixiert und so sattelfest bei Eigendiagnosen wie er. Seine Gedanken kreisen tagein, tagaus um die Angst vor Krankheit und Tod. Manchmal glaube ich, er kann gar nicht ohne. Der Rettenbacher gehört zur Praxis wie die alten Holzfenster, in denen sich Scharen von Marienkäfern sammeln, der Kassettenrekorder und der Gummibaum im Wartezimmer. Er war schon täglicher Gast, als ich die Stelle bei Frau Doktor Fleischer angetreten habe. Vor seiner Pensionierung war er Vertreter für Sterbeversicherungen, hat sich aus ärmsten Verhältnissen nach oben gearbeitet und seine eigene Versicherungsagentur gegründet. Der Tod war gewissermaßen sein Geschäft, er hat sich Wohlstand und Ansehen erarbeitet und eine Familie gegründet. Mittlerweile sind die Kinder erwachsen, das Haus abbezahlt und seine Ehe im Arsch. Seiner Frau begegne ich manchmal in Fürstenbrunn, wenn ich Lisi von der Volksschule abhole. Ob sie zu dem gut aussehenden spanischen Heilmasseur geht, der neben dem Schulgebäude eine Praxis eröffnet hat, kann ich nicht genau sagen. Jedenfalls sucht sie die Nähe von Männern Mitte 30 mit langen Haaren, das ist ein offenes Geheimnis. Der Rettenbacher, der seinen 30er längst überschritten hat, steht wiederum auf Herta, den ausrangierten Vorzimmerdrachen meiner Chefin und Grödigs Teilzeitdomina.

Zum Tod jedenfalls hat er eine, ich würde sagen, Hassliebe entwickelt. Nichts fürchtet er mehr, als in eine biologisch abbaubare Plastikhülle mit Reißverschluss eingebettet zu werden. Allein der Gedanke an die Metallkiste, mit der Verstorbene ihre letzte Reise aus dem eigenen Haus antreten, bringt ihn fast um. Und die Sorge, der einzige Teilnehmer bei seinem eigenen Begräbnis zu sein, bis auf den Pfarrer natürlich, bereitet ihm schlaflose Nächte. Friedhöfe findet er anziehend und abstoßend zugleich. Er schwänzelt stundenlang um Grabsteine herum, zeichnet Entwürfe für sein eigenes Exemplar, das er demnächst beim Steinmetz in Auftrag geben will, und ist auf der Suche nach der idealen Grablaterne. Er liebt die Angst und das Leiden. Er kostet seine Furcht aus, suhlt sich in Phobien und ist der Großmeister der Panik. Vollkommen unnötig übrigens, denn er ist ein medizinisches Wunder: Trotz seiner Alkoholexzesse in jüngeren Jahren ist er das blühende Leben mit den Leberwerten eines Neugeborenen. Über die Jahre hat sich zwischen uns eine gewisse Vertrautheit eingeschlichen. Wie schlimm es um ihn bestellt ist, erzählt er am liebsten mir. Leider.

Am nächsten Morgen wartet er jedenfalls schon vor der Praxis auf mich. Ich sehe von Weitem die schwarze Leichenkutsche, die quer über alle freien Stellplätze entlang der Hausmauer parkt. Dieselbe, die er gestern durch das Freilichtmuseum gelenkt hat. Ein ausgedienter Haflinger mit durchhängendem Rücken und einer schwarzen Schleife in der Mähne wiehert mir zu. Der Rettenbacher schwingt sich gut gelaunt vom Kutschbock, als er mich auf meinem Fahrrad näherkommen sieht.

Meinen Drahtesel muss ich an die Eiche vor der Praxis lehnen, weil mir das schwarz lackierte Totenwagerl den Weg zum Fahrradständer versperrt.

»Geht's noch?«, donnere ich. Der Rettenbacher in aller Früh – das hat mir noch gefehlt. Um kurz vor 7.30 Uhr, mit nur drei Tassen Kaffee intus, will ich nichts als meine Ruhe. Susi hat sich erst um 4 Uhr wieder ins Haus geschlichen, Laurenz war die ganze Nacht im Büro, und Lisi ist beim Frühstück eingefallen, dass sie am Nachmittag bei einer Geburtstagsfeier eingeladen ist. Ich muss also nach Dienstschluss schnell ein Geschenk aus dem Ärmel zaubern. Chaos pur. Genau deshalb wollte ich in der Praxis ein bisschen Ruhe tanken für alles, was heute noch kommt. In der Früh bin ich immer vor meiner Chefin da, sperre auf, gieße den Gummibaum und bereite alles für den Tag vor. Eigentlich liebe ich diese stillen Minuten. Wenn noch keine Patienten im Wartezimmer und keine vollen Lulubecher in der Durchreiche vom WC sind. In dieser halben Stunde habe ich die Praxis quasi für mich. Die einzigen 30 Minuten des Tages, in denen niemand etwas von mir will. Nur die Zeitung, ein Espresso und ich. Me-Time.

»Ich bleib eh nicht lang.« Der Rettenbacher bindet die Zügel um eine Straßenlaterne. Der Haflinger schmatzt an

seiner Trense und schielt gelangweilt unter seinen Stirnfransen hervor. Fluchtgefahr besteht wohl nicht.

»Die Frau Doktor ist erst ab 8 Uhr für ihre Patienten
da.« Ein Wink mit dem Zaunpfahl, dass ich jetzt alleine
die Praxis betreten werde und der Rettenbacher gefäl-
ligst draußen zu warten hat. Beim Aufsperren werfe ich
mich gegen die dunkelgrün lackierte Holztür, die wie
immer klemmt. Der Türkranz aus Hortensien, Äpfeln
und Eichenlaub hüpft vom Nagel und fällt zu Boden. Der
Rettenbacher nützt die paar Sekunden, in denen ich den
Kranz aufhebe und wieder an seinen Platz hänge, und
schlüpft in die Ordination.

»Das macht nix, ich wollt eh mit dir reden, Rosmarie.«

Auch das noch. Ich schließe kurz die Augen und mache
mich bereit für die Rettenbacher-Version vom sterbenden
Schwan. »Worum geht's denn?« Ich hänge meine Jacke an
den Garderobenhaken und steuere die Kaffeemaschine an.

Genau dort steht bereits der Rettenbacher, schaltet
das Edelstahl-Ungetüm ein und stellt zwei Tassen unter
die Ausläufe. Er wartet, bis die Maschine zischend und
fauchend zwei Espressi ausspuckt. Dann reicht er mir
ein Tässchen und nippt am anderen. Heute also Gentle-
man. Muss ich mich fürchten? Den kleinen Finger spreizt
er kapriziös weg und betrachtet zufrieden die perfekte
Crema.

»Es geht um gestern. Und darum, was ich gesehen
habe.«

7. KAPITEL

Erzählt von Früchten, jungen Frauen und Kleidungsstücken, von Fisch, Schneekugeln und Gymnastikbällen. Der Rettenbacher ist eine Nervensäge und überrascht mich. Es gibt eine schlechte und eine sehr schlechte Nachricht und meine Chefin erwartet Großes.

Ohne Dirndl geht gar nichts, zumindest im alpenländischen Raum.

Wobei zuallererst die Frage geklärt werden muss, was mit Dirndl gemeint ist: die Frucht der Kornelkirsche, ein Mädchen oder ein »Gwand«, also Kleidungsstück. Entstanden aus dem typischen Arbeitsgewand der Bäuerinnen hat das Dirndlkleid einen langen und abwechslungsreichen Weg hinter sich. Es war für Arbeit und Alltag bestimmt, wurde verherrlicht, politisch missbraucht, entstaubt, wiederbelebt, gefeiert und zu Tode designt und ist trotz allem unsterblich. Quasi der Phönix unter den Kleidungsstücken. Gewisse Punkte dieses Kreislaufes wiederholen sich immer wieder, mal schneller, mal langsamer. Das Dirndl wird und wurde beeinflusst von modischen Strömungen und der Stimmung in der Gesellschaft. Dabei bleibt es seiner Grundform treu und erfindet sich trotzdem immer wieder neu. Es folgt überlieferten Farbvorgaben einerseits und erlaubt schrille Kombinationen andererseits. Das Dirndl uniformiert Frauen ganzer Musikkapellen und demonstriert Verbundenheit. Oder es wird zum buntschillernden Markenzeichen von Stars, die es sich als Einzelstück auf den Leib schneidern lassen. Als Sinnbild für Heimat und Gemütlichkeit ist es unverzichtbar für die Schlagerindustrie, als wiederentdecktes Traditionsgewand ein gefeierter Hingucker auf Laufstegen. Manche Designer verlassen zumindest einmal in ihrer Karriere den Weg der Haute Couture und versuchen sich an diesem unzerstörbaren Kleidungsstück, das bereitwillig alle Versuche und Tüfteleien über sich ergehen lässt. Kein anderes Gewand vereint Tradition und Erotik so gekonnt und elegant wie das Dirndl. Das Herzstück der österreichischen Tracht hat eben für alle etwas. Trotzdem verbiegt es sich nicht.

In seinen Grundzügen existierte das Dirndl schon in der ersten Hälfte des 18. Jahrhunderts. Frauen trugen lange Leinenhemden als Arbeitskleidung, darüber Miedergewänder, sogenannte Leibln. Daran wurden die Kittel, also Röcke, genäht. Von Farbe, Mustern oder Verzierungen war damals noch lange nicht die Rede; die »Ur-Dirndl« der Bäuerinnen waren in unscheinbarem Braun und Grau gehalten. Und auch wenn sich die Palette der Materialien und Verarbeitungstechniken erweitert hat: Die Grundzüge des Dirndls sind trotzdem unverändert. Der Leib ist immer miederartig und körperbetont, der Rock bauschig, und unter das Dirndl gehört eine Bluse. Basta!

Jede Frau, die Dirndl trägt, betont ihre Weiblichkeit, was bedeutet: Das Dirndl muss sitzen! Ein schlabbriges Oberteil beweist die Unwissenheit der Trägerin, ist eine Zumutung fürs Auge und definitiv ein Fehlkauf. Der Stoff, egal ob Baumwolle, Samt oder Seide, muss sich passgenau an Brust und Taille schmiegen. Und genau da kommt der Rettenbacher ins Spiel.

»Stecknadeln. Lauter Stecknadeln.«

»Wo?« Mein Scannerblick tastet den Wartezimmerboden ab, aber außer einem verirrten Marienkäfer, der Richtung Toilette krabbelt, ist da nichts Außergewöhnliches.

»Im Freilichtmuseum. Ich war gestern dort und hab mir den Schlitten da draußen ausgeliehen.« Er deutet mit dem Daumen nach hinten über seine Schulter. »Zur Probefahrt.«

»Ja, hab ich gesehen.« Ich puste auf die heiße Crema meines Espressos. »Und?«

»Boh, was soll ich sagen?« Der Rettenbacher wachelt sich mit der Hand Luft zu. »Tolles Gefährt. Kein Vergleich zu diesem motorisierten Einheitsbrei, der heutzutage üblich ist. Damals, vor 200 Jahren, da waren die Leute halt noch stilbewusst. Ein echtes Gustostückerl! Innen ist alles mit Leder gepolstert, die Samtvorhänge sind ein Traum und ...«

»Ich red aber nicht vom Leichenwagen.«

»Nein?«

»Nein.« Ich leere meinen Espresso auf ex und schaue den Rettenbacher abwartend an. Vergeblich. Er nippt mit verklärtem Blick an seinem Espresso, redet mit sich selber und lächelt versonnen. Der rennt echt nicht ganz rund.

Jedenfalls war's das mit meiner halben Stunde Me-Time. Ich hätte ihm gleich die Tür vor der Nase zuknallen sollen. Eiskalt.

»Herr Rettenbacher«, ich räuspere mich und stelle meine leere Espressotasse in die Spüle, »wenn Sie nichts dagegen haben, würde ich jetzt ganz gern mit meiner Arbeit beginnen.«

»Bitte, bitte, lass dich nicht aufhalten, Rosmarie.«

»Eh nicht.« Zuerst kommt er gar nicht dazu, sich zu wehren, als ich ihm seine halb volle Tasse wegnehme und ihn zur Tür hinausschiebe. Aber dann krallt er sich an den dunkelgrün lackierten Türstock und stemmt sich gegen mich.

»Sag einmal, was bist denn auf einmal so ruppig, Rosmarie? So kenn ich dich gar nicht!«

Ich, ruppig? Jetzt schubse ich noch ein bisschen fester.

»Gehen S' einfach, Herr Rettenbacher, und lassen S' mir meine Ruhe, ja? Um diese Uhrzeit komme ich ganz gut allein zurecht!«

Als hätte ich nicht schon genug um die Ohren.

»Wir haben eigentlich eh noch zu! Und wenn Sie die Frau Doktor brauchen: Die kommt um 8 Uhr!«

»Jetzt wart halt, Rosmarie, ich wollt ja gar nicht zur Frau Doktor, sondern zu dir! Weil ich dir was sagen wollt, wegen gestern. Magst nicht wissen, worum es geht?«

»Nein, jetzt nicht mehr!« Soll er sich einfach schleichen, der alte Zausel! Ich greife nach der Klinke und will die Tür mit einem Ruck zuziehen, aber der Rettenbacher stellt seinen Fuß auf die Schwelle. Dass ich als Arzthelferin nicht das Risiko eingehen kann, einem Patienten die Zehen zu brechen, weiß er genau. Er grinst triumphierend, stützt sich an den Türstock und verschnauft. Von der Rangelei ist er ein bisschen außer Atem, aber im Grunde noch ziemlich fit. Den Leichenwagen braucht er noch lange nicht.

»Das interessiert dich bestimmt, wie ich dich kenne!«

»Was Sie nicht sagen!« Ich schaue auf die Uhr; nur mehr 15 Minuten bis 8 Uhr. »Also gut, wenn's sein muss … dann aber schnell!«

Der Rettenbacher will wieder zurück in die Praxis, wahrscheinlich um sich an unserem Medikamentenschrank zu bedienen, wenn ich nicht hinschaue. Aber ich riegle den Zugang ab.

»Zuerst will ich wissen, worum es geht.«

»Wie geht's denn dem Mädel, das gestern bei der Modeschau umgefallen ist?«

Dass der Rettenbacher informiert ist, wundert mich kein Stück. Die Grödiger Buschtrommeln funktionieren einwandfrei.

»Das Mädel heißt Ella, und ich weiß nicht, wie's ihr geht. Ist das jetzt wirklich so wichtig?«

Der Rettenbacher lässt sich nicht in die Karten schauen. »Vielleicht.«

Über die Schulter vom Rettenbacher sehe ich die Christl von der Post vorbeigehen. Ihre Briefträgertasche hat sie schräg umgehängt. Sie winkt mir zu.

»Also, was ist jetzt?«, schnauze ich den Rettenbacher an.

»Naja, ich weiß nicht, ob es wichtig ist, aber ich hab halt was gesehen.«

»WAS HABEN SIE GESEHEN???«

Irgendwie habe ich mich heute nicht im Griff. Keine Ahnung, warum. Die Christl sendet mir aus gut 20 Metern Entfernung einen fragenden Blick zu. Vielleicht glaubt sie, der Rettenbacher macht mir Probleme. Tut er ja eigentlich auch, aber auf eine andere Art, als die Christl vielleicht vermutet. Ich zeige ihr mit erhobenem Daumen: alles okay.

»Eine junge Frau«, nuschelt der Rettenbacher. »Im Dirndl.«

»Was Sie nicht sagen!«

Fünf Minuten vor 8 Uhr. Die ersten Patienten parken vor der Praxis. Ich habe immer noch nicht den PC hochgefahren, den Gummibaum gegossen und den Klopapiervorrat im Patienten-WC gecheckt. Höchste Zeit, den Idioten loszuwerden.

»Natürlich haben Sie gestern eine junge Frau im Dirndl gesehen«, zische ich den Rettenbacher an, »und ich weiß auch, warum: weil nämlich gestern Dirndlgwandlsonntag war! Eine Initiative, um die Tracht aus dem Kleiderschrank zu holen und beim Sonntagsspaziergang auszuführen. Findet immer am zweiten Sonntag im September statt. Im Freilichtmuseum hat's also nur so gewimmelt von Frauen im Dirndl! Und eine Dirndl-Modeschau hat gestern auch noch stattgefunden im Salinenstadel! Also Dirndl, Dirndl, Dirndl, wohin das Auge reicht!«

Ich feuere meine verbalen Salven auf den Rettenbacher ab. Er weicht einen Schritt zurück und glotzt ein bisserl verdutzt. Als er zur Verteidigung ansetzt, schneide ich ihm das Wort ab.

»Den Weg hätten Sie sich ruhig sparen können. Weil junge Frauen im Dirndl hab ich gestern selber gesehen. Mehr als genug. Das ist nichts, worauf Sie sich etwas einbilden müssen.«

Meine Chefin, Frau Doktor Fleischer, betritt gut gelaunt und aufgeräumt die Praxis. »Guten Morgen, Rosmarie!« Sie zwinkert mir zu, als sie den Rettenbacher sieht. »Alles in Ordnung?«

»Guten Morgen, Frau Doktor.«

Ich sieze meine Chefin noch immer, obwohl sie mich längst duzt. Klingt ungewöhnlich, fühlt sich aber richtig an. »Alles bestens«, brumme ich etwas unwirsch.

»Sieht man.« Frau Doktor Fleischer nickt dem Rettenbacher knapp zu, hängt ihren Trenchcoat an die Garderobe und fährt sich durch die blonden Haare. Die cognacfarbenen Ohrringe, die darunter zum Vorschein kommen, sind neu. Kunstvolle Hornschnitzereien, die an zarte Pflanzentriebe und pralle Rosenknospen erinnern. Meine Chefin liebt große Ohrringe; je bunter, desto besser. Sie streift ihre Sneakers von den Füßen und schlüpft in die *Birkenstock*-Schlapfen.

Ich wende mich wieder an den Rettenbacher. »So. Und wenn Sie für heute einen Termin haben …«, ich mache eine einladende Geste und schalte auf zuckersüß um, »bitteschön: Ab jetzt ist die Praxis geöffnet! Nur hereinspaziert!«

»Nein danke, heute nicht!« Er verschränkt trotzig die Arme vor der Brust. »Ich hab nur gedacht, es interessiert dich, was die junge Frau in der Hand gehabt hat.«

Ich rolle mit den Augen. Eine Chance gebe ich ihm noch. Eine allerletzte. »Also gut: *Was* hat die junge Frau in der Hand gehabt?«

»Ein rotes Nadelkissen. In Herzform. Ich weiß das deshalb so genau, weil der Rasputin …«

»Wer?«

Der Rettenbacher deutet nach draußen zum Haflinger mit dem Silberblick.

»Na, der Rasputin. Der hat mitten auf die Straße geäpfelt im Freilichtmuseum. Das geht natürlich nicht. Da krieg ich Probleme mit dem Direktor, und das ist das Letzte, was ich brauchen kann. Wo ich doch eh dankbar sein muss, dass ich mir das Leichenwagerl ausleihen hab dürfen. Also bin ich vom Kutschbock abgestiegen, um den Dreck wegzuräumen. Man will ja keine schlechte Nachrede haben. Und da ist mir diese junge Frau mit den roten Haaren aufgefallen, wie sie Richtung Salinenstadel gegangen ist. Mit dem Nadelkissen.«

Ich seufze zentnerschwer. »Also gut.« Ein bisschen theatralisch lege ich die Hand auf meine Brust und verbeuge mich knapp. »Mille grazie. Das war wahrscheinlich eine Teilnehmerin der Modeschau. Die Mädchen und Burschen haben ihre selbst genähten Modelle präsentiert, da sind Stecknadeln nichts Ungewöhnliches. Aber ich danke Ihnen trotzdem von ganzem Herzen für diese wahnsinnig wichtige Information!«

Der Rettenbacher schaut eingeschnappt. »Brauchst dich gar nicht über mich lustig machen, Rosmarie!« Er macht einen Schritt zur Seite, um zwei Patienten an sich vorbei in die Praxis zu lassen.

»Ich weiß eh, dass du mich für einen alten Zausel hältst, der lieber den Mund halten sollt'. Aber weil du im vorigen Jahr die Sache mit den toten Tschechen und der Frau Haubinger aufgeklärt hast …«

»Was?« Schon der Zweite, der mich eiskalt erwischt. Eigentlich war nie geplant, dass irgendjemand etwas davon erfährt. Offiziell hat der ruhmreiche Roderich den Fall gelöst. Dass er das ohne die Vroni und mich niemals hingekriegt hätte, muss ja niemand wissen. Ich frag mich echt, woher der Rettenbacher diese Info hat.

»Gell, da schaust?« Er klopft auf seine Brusttasche und den Flachmann. »Was der alte Hypochonder alles weiß. Jedenfalls wollt ich dir noch sagen, dass die Stecknadeln in dem Nadelkissen weiß waren. Nicht, dass es nachher heißt, ich hätte dir Informationen vorenthalten.«

»Wieso nachher?«

Er zuckt die Schultern. »Kann man nie wissen, was noch alles passiert, oder? Jedenfalls: alle Stecknadeln weiß. Nur in der Mitte eine schwarze.«

Der Vormittag verläuft relativ unspektakulär. Ich nehme zwei Patienten Blut ab, bestelle Verbandszeug, Jod und Venflons nach und vergebe Termine. Der Rettenbacher bleibt uns, zumindest als Patient, heute erspart. Interessant ist erst ein Termin kurz vor 12.30 Uhr. Schon am Telefon hat der junge Mann darauf bestanden, allein im Wartezimmer zu sein, weshalb ich ihn nach der offiziellen Ordinationszeit herbestellt habe. Als er vor mir steht, sich anmeldet und mir seine e-Card reicht, weiß ich, warum: Der Mann riecht penetrant nach Fisch. Und das, obwohl ihm weder Fisch noch Meeresfrüchte schmecken, wie er mir sofort erzählt. Nicht nur sein Atem, auch sein Schweiß und Urin riechen fischig, jammert er. Der Arme verzweifelt an seinem eigenen Körpergeruch. Ständig muss er das Tuscheln und Naserümpfen anderer Leute über sich ergehen lassen. Niemand will neben ihm sitzen, ständig wird er auf mangelnde Körperhygiene angesprochen. Besonders unsensible Besserwisser stecken ihm sogar Deos und Duschgels zu. Zwei Beziehungen sind an seinem Duft schon zerbrochen, und jetzt will er endlich Gewissheit haben, woher das Problem rührt. Die Frau Doktor wirft mir einen vielsagenden Blick zu. Natürlich ahnt sie, was den armen Kerl plagt: das Fischgeruch-Syndrom. Sie zieht ihn ins Behandlungszimmer und schließt die Tür. Ich höre gedämpft, wie sie ihm die Grundzüge dieses Problems erklärt und auf ihn einredet. Was aber nichts helfen wird. Wenn der junge Mann tatsächlich an Trimethylaminurie leidet, gibt es kein Heilmittel. Da hilft alles nichts. Trimethylaminurie ist eine seltene, genetisch bedingte Stoffwechselstörung. Die Betroffenen müssen ihr Leben lang damit klarkommen, dass sie nach altem Fisch stinken.

Je mehr sie schwitzen, desto intensiver der Geruch. Sachen gibt's, die gibt's gar nicht, denke ich und räume meinen Schreibtisch für morgen auf. Da kommt man als unschuldiges Kind auf diese Welt und fischelt. Lebenslänglich. So gesehen sind die kleinen Hacheleien zwischen dem Laurenz und mir Peanuts. Nichts, worüber man sich ernsthaft aufregen müsste.

Die Frau Doktor schickt den jungen Mann aufs Patienten-WC. Für eine Urinprobe, die ich dann an das Labor weiterleiten muss. Sobald eine zu hohe Konzentration an Trimethylamin festgestellt wird, ist die Sache klar. Der arme Kerl gibt seinen Becher ab und schlurft wie ein geprügelter Hund aus der Praxis. Ich stecke ihm wortlos noch die Visitenkarte einer Psychologin zu. Für alle Fälle.

Ein paar Minuten später ruft mich die Frau Doktor ins Behandlungszimmer. Immer noch hängt fischiger Geruch in der Luft. »Die Heidemarie hat gerade angerufen.« Doktor Heidemarie Putschauer ist mit meiner Chefin befreundet. Im vorigen Herbst, als die Vroni und ich unseren ersten Mord aufgeklärt haben, war diese Freundschaft ein echter Gewinn. Weil ich nämlich auf ganz unkomplizierte Art und Weise, quasi an den Papierstapeln der Polizei vorbei, sehr wichtige und hilfreiche Details über den Toten erfahren habe, der bei Frau Doktor Putschauer im Sektionssaal gelandet ist. Bis dahin habe ich die Gerichtsmedizinerin nur aus der Zeitung gekannt; gesehen habe ich sie gestern auf der Modeschau zum ersten Mal persönlich.

Meine Chefin öffnet das Fenster, stützt sich auf die Fensterbank aus Untersberger Marmor und macht ein paar tiefe Atemzüge. Jetzt, zu Mittag, ist es fast sommerlich heiß. Die warme Luft strömt in das alte Gebäude mit den dicken Mauern, in denen die Kälte kleben bleibt wie Zuckerwatte. Aber der Schein trügt: Der Herbst hat Grödig bereits fest im Griff. In der Früh hängen Nebelfetzen in der Senke zwischen Fürstenbrunn und Glanegg, das Laub der Bäume am Untersberg färbt sich langsam rot, und Kinder suchen nach Kastanien zum Basteln. Draußen schieben zwei junge Mütter Kinderwägen vor sich her, daneben hopst ein Schulkind und erzählt vom Unterricht. Ich schiebe unauffällig meinen Ärmel hoch und schaue auf die Uhr. Um diese Uhrzeit sollte Lisi auch von der Schule nach Hause kommen. Im Idealfall wäre ich jetzt zu Hause. Lisi weiß zwar, wo der Hausschlüssel versteckt ist, aber sie mag es gar nicht, wenn sie alleine warten muss, bis ich von der Arbeit komme. Außerdem muss noch ein Geschenk für die Geburtstagsfeier her. Es eilt.

Frau Doktor Fleischer schließt das Fenster und dreht sich zu mir um. Ihr Blick ist finster. »Heidemarie hat erzählt, dass ihr euch gestern im Salinenstadel begegnet seid.«

»Naja«, antworte ich gedehnt, »begegnet ist vielleicht übertrieben. Wir waren zufällig am selben Ort. Eigentlich kennen wir uns nicht persönlich, aber …«

Meine Chefin winkt ab. Geplänkel kann sie nicht leiden, sie kommt gern schnell zum Wesentlichen. »Das Mädchen, das gestern bei der Modeschau im Freilichtmuseum kollabiert ist …«

»Ella Krumbichler«, unterbreche ich sie.

»Ja. So hat sie geheißen.«

»Hat?«

Meine Chefin seufzt. »Heidemarie hat mich soeben informiert: Das Mädchen ist vor einer Stunde gestorben.« Sie geht um ihren Schreibtisch herum und setzt sich auf den grünen Gymnastikball, den sie seit Neuestem als Sitz-gelegenheit benutzt. Ganz sachte hopst sie auf und ab. Gut möglich, dass das eine beruhigende Wirkung hat. Mich macht es nervös.

»So schnell?« Das Papier auf der Patientenliege raschelt leise, als ich darauf sinke. »Wie kann das sein? Ella war doch nicht krank, oder? Sie kippt um, einfach so, und stirbt am nächsten Tag? Hat sie zu viel getrunken? Alko-hol, meine ich.«

Das war zumindest Laurenz' erster Verdacht, aber etwas anderes fällt mir auf die Schnelle nicht ein. »Meine Güte, das Mädchen war noch keine 19 Jahre alt! Viel zu früh für's Jenseits, oder?«

»Ganz schön viele Fragen auf einmal, Rosmarie. Aber ich hab leider keine Antworten darauf.« Frau Doktor Fleischer starrt auf die Schneekugel, die ich ihr letzte Weihnachten geschenkt habe. Ein echter Kitschbrocken, muss man so sagen, aber meine Chefin hat ein Faible für solche Sachen. Wenn schon kitschig, dann persön-lich, habe ich mir damals gedacht und ein Sondermo-dell für sie anfertigen lassen. In der Schneekugel ist kein Eiffelturm oder das London Eye, sondern ein *Almdud-ler*-Trachtenpärchen in Dirndl und Lederhose. Mit den Gesichtern von meiner Chefin und ihrem Mann. Die beiden waren leidenschaftliche Volkstänzer. Sie haben sich alle Leistungsabzeichen ertanzt, die es gibt, waren bei unzähligen Bällen und Festln dabei. Blöderweise ist meine Chefin seit gut einem halben Jahr Witwe. Motor-radunfall. Deswegen ist es mir immer peinlich, wenn sie die Schneekugel nimmt, schüttelt und melancholisch auf die Flocken starrt. Ich merke dann, wie sehr sie ihren Mann vermisst. Die beiden waren nur ganz kurz miteinander verheiratet, gekannt haben sie sich schon ewig. Die Schneekugel ist quasi ein Throwback in glücklichere Zeiten. Jede traurige Minute, wenn sie die Schneekugel anstarrt, geht auf mein Konto. Aber für den Unfall kann ich ja nichts, also ...

»Ella Krumbichler hatte keinen Alkohol im Blut.« Meine Chefin stellt die Schneekugel zurück und wippt auf dem Ball.

»Wann hat man das überprüft?«

»Noch gestern, als Ella ins Krankenhaus eingeliefert worden ist. Sie war nicht mehr ansprechbar, also hat man ihr zuallererst Blut abgenommen und es untersucht. Und man hat ihr den Magen ausgepumpt. Hätte sie Tabletten oder zu viel Alkohol zu sich genommen, dann wäre das Auspumpen zumindest eine Chance gewesen, sie zu retten.« Frau Doktor Fleischer kreist jetzt mit dem Becken von links nach rechts auf dem Ball. »Hat aber nicht funktioniert. Leider.«

»Und woher wissen Sie das heute schon?«

»Von der Heidemarie. Sie hat bei Ella gewartet, bis die Aufnahmeformalitäten erledigt waren. Erst dann ist sie nach Hause gefahren.«

Trotz ihrem spröden Charme eine feine Person, diese Frau Doktor Putschauer. Passt gut zur Frau Doktor Fleischer. Ein paar Minuten verstreichen, in denen meine Chefin einfach nur auf ihrem Ball herumrollt und die Schneekugel anstarrt. Ich räuspere mich.

»Frau Doktor, ich muss jetzt wirklich heim.« Ich stehe auf und streiche über das zerknitterte Papier.

»Schon gut.« Sie nickt und steht ebenfalls auf. »Übrigens: Ella war Vollwaise. Ich dachte nur, du solltest das wissen, Rosmarie.«

Vor dem kleinen Wandspiegel über dem Waschbecken zupft sie ihre Haare zurecht. Was aber eine Alibihandlung ist, denn sie schaut mich im Spiegelbild an.

Ich schlucke. Volltreffer. Als Findelkind ist einem das traurige Schicksal einer Vollwaisen nicht egal, keine Frage. Wer als Neugeborenes vor einer Kapelle ausgesetzt wurde wie ich, fühlt sich – auf sonderbare Art und Weise – verbunden mit anderen, die ohne Eltern klarkommen müssen. Meine Chefin weiß das. Als sie merkt, dass ihre Worte wirken, dreht sie sich zu mir um. Sie ist zerstrubbelter als vorher. »Sobald Ellas Todesursache geklärt ist, wird sie für die Beerdigung freigegeben.«

Schreckliche Vorstellung: eine Beerdigung ohne Eltern. Womöglich komplett ohne Verwandte. Keine Freundinnen, die der Verstobenen Blumen ins Grab hinterher werfen, in der Kirche ihre Lieblingslieder spielen und um ein Mädchen trauern, das ab jetzt in der Klassengemeinschaft fehlen wird. So einen Abgang hat niemand verdient. Mein Magen zieht sich zusammen.

»Bleibt noch die Frage, wer Ellas Tod verschuldet hat.«

Meine Chefin nickt. »Nichts anderes habe ich von dir erwartet, Rosmarie!«

*

Ich bin überrascht, wie schnell es gewirkt hat. Gemessen an der langen Vorbereitung war der Akt des Sterbens nicht der Rede wert. Schade, dass ich nicht mehr alles mitgekommen habe. Ich wäre gern bis zum Schluss bei ihr geblieben, hätte ihr über die schweißnasse Stirn gestrichen, mit ihr gesprochen und ihre Hand gehalten. Andererseits: was soll's? Das Ziel ist erreicht. Ob sie selber noch darü-

ber nachdenken konnte, was mit ihr passiert? Und ob sie geahnt hat, welcher Fehler sie zu Fall gebracht hat? Sie war eine bedauernswerte Kreatur. Von ihrem Selbstbewusstsein hätte eine ganze Therapiegruppe zehren können. Sie war extrovertiert. Aufgeschlossen, weltoffen, kontaktfreudig. Ella konnte wunderbar zeichnen. Wie ich. Sie hat die Welt mit Strichen auf Papier gebracht. Aus ihr hätte eine ganz Große werden können, dessen war sie sich bewusst. Aber sie konnte nicht nähen. Die Arbeit mit Stoff und Nadel empfand sie als Qual, als sinnloser Zeitvertreib, der ihr kostbare Lebenszeit raubte. Sie hat es mir anvertraut. Nur mir. Das hat sie mir einmal gestanden. Könnte schwierig werden in einer Modeschule, habe ich ihr geantwortet, aber sie hat nur gelacht. Ich schlag' mich schon durch, hat sie gemeint. Wichtig ist, dass man die richtigen Leute kennt. Ein schlaues Mädchen. Ja, Ella war schlau. Und arrogant. Von sich selbst überzeugt. Aber war sie das wirklich? Oder war das nur Tarnung? Äußerlich die Perfekte mimen, während innerlich alles zerbricht?

War Ella Krumbichlers Stolz ihr größter Fehler? Oder war es die Tatsache, dass sie mir vertraut hat?

8. KAPITEL

Erzählt von Plastik und Treuepunkten, dem frühen Vogel und knirschendem Kies. Susi läuft, ich lache, obwohl es nichts zu lachen gibt und stehe vor einem Rätsel. Zuhause werde ich erwartet, denke an Susan Sarandon und überlege es mir dann doch anders.

Nach einem schnellen Mittagessen – Nudeln mit Sugo aus dem Glas – sausen Lisi und ich zum nächsten Spielwarengeschäft. Wenn man die Innenstadt und große Einkaufscenter meiden will, wird die Auswahl an Geschäften dünn. Der Papier- und Geschenkeladen am Grödiger Dorfplatz hat sich schon vor Jahren in eine Trafik verwandelt. Spielsachen im nahe gelegenen Supermarkt einzukaufen, finde ich schrecklich, daher landen wir in der Nachbargemeinde Wals und stromern durch die Regale eines amerikanischen Spielzeugdiskonters. Es riecht nach Plastik, eine Verkäuferin stopft lieblos Kuscheltiere in die Regale, und zwei Zehnjährige probieren blinkende Wakeboards aus, die um die Hälfte reduziert sind. Echter Shoppinggenuss also.

»Ich hätt mein rechtes Ohrwaschel drauf verwetten können, dass du hier bist, so kurz vor der Feier.«

Ich drehe mich um. Vroni grinst zufrieden. »Du hast dich nicht geändert – spät dran wie immer!«

Vroni und ich kennen einander seit der Volksschulzeit.

Genauso lange sind wir beste Freundinnen. Auch wenn sie eine klugscheißende Nervensäge sein kann, eine beleidigte Leberwurst, auch wenn sie es beim Telefonieren immer eilig hat und eine oberschlaue Streberin ist: Nie würde ich auf unsere Freundschaft verzichten wollen. Sie ist eben, wie sie ist. Und ich hab sie schrecklich gern.

»Na und?« Ich grinse zurück und deute auf ihre Tochter, die nur ein paar Monate jünger ist als Lisi. »Du ist ja selber auch da! Also bin ich offenbar nicht alleine im Geschenkestress!«

Lisi nestelt inzwischen an einem riesigen Teddybären herum, den sie wahrscheinlich gern für sich selber kaufen würde. Ein Polyesterungetüm in lila mit türkisfarbenen Augen. Ein überdimensionaler Staubfänger.

»Irrtum«, Vroni hält drei rote Jutesäcke und zwei dunkelgrüne Rollen Geschenkpapier mit verschneiten Tannenbäumen hoch, »das ist alles schon für Weihnachten! Der frühe Vogel …«

»Streberin!« Ich zerre Lisi vom Teddybären weg und nehme ein altersgerechtes Puzzle aus dem Regal. Auf dem Weg zur Kassa grabsche ich noch nach einem ansprechenden Geschenksackerl und einer pinkfarbenen Schleife. Verpackung to go, quasi.

»Seid ihr auch bei der Feier heute Nachmittag eingeladen?«

»Nicht wir«, klugscheißt die Vroni, »sondern meine Tochter.«

Ich rolle mit den Augen. Ihren Job als Volksschullehrerin kann sie echt nicht verheimlichen, die Vroni. Themenwechsel.

»Wann findet denn der nächste *Geocacher*-Stammtisch statt?«

»Wieso? Willst du mitmachen?«

»Nein.« Ich stelle mich an der Kasse an, Vroni reiht sich hinter mir ein. Vor uns sind noch drei andere Kunden, und ganz vorne diskutiert eine 70-Plus-Kundin mit der Kassierin über Treuepunkte und falsch angepriesene Rabatte. Sie ist nicht bereit, den vollen Preis für ihren Einkauf zu zahlen.

»Du weißt ja, dass ich nicht gerne Sachen suche. Ich wollt' nur wissen, wann du den Roderich das nächste Mal siehst.«

Die Vroni zieht eine Augenbraue hoch. »Ist etwas passiert?«

So ist das eben mit Freundinnen, die einander ewig kennen. Die Vroni weiß genau, dass mir der Roderich eigentlich von Herzen wurscht ist. Und dass mein Interesse an diesem schicksalsgebeutelten, stark körperbehaarten Polizisten mit der Gelegenheits-Depression einen Grund haben muss. Eine tote Schülerin zum Beispiel. Aber noch ist es zu früh, um mein Exklusivwissen mit ihr zu teilen.

»Nicht direkt«, weiche ich aus.

Die Vroni glaubt mir kein Wort. »Wenn ich nicht weiß, worum es geht, kann ich dir nicht helfen.«

»Jaja, schon klar.« Lisi bettelt um ein *Überraschungsei* und legt es glücklich auf das Förderband, als ich nicke. Vroni wird sich noch ein wenig gedulden müssen mit meiner Erklärung, warum ich mich plötzlich für den ruhmreichen Roderich interessiere. Hier, vor allen Leuten und den Kindern, kann ich unmöglich von Ellas Tod erzählen.

»Wie war eigentlich die Dirndl-Modeschau?« Vroni legt das *Überraschungsei*, nach dem ihre Tochter greift, wieder zurück ins Regal. »Die war doch gestern, oder?«

Noch bevor ich antworten kann, summt das Handy in meiner Tasche. »Moment.« Ich öffne den Reißverschluss gerade so weit, dass ich das Display sehen kann: Anruf von Susi.

»Weißt du was?«, ich drehe mich zu Vroni um, »ich hab's jetzt ein bisserl eilig, aber wir telefonieren, okay?« Dann zahle ich, schnappe Lisi und galoppiere im Laufschritt zum Auto. Im Hintergrund höre ich Vroni maulen. »Sag doch gleich, dass du keine Lust zum Ratschen hast. Brauchst mich eh nur, wenn ich hilflose Polizisten für dich ausquetschen soll.«

Eigentlich hätte ich Vroni bitten können, Lisi mitzunehmen zur Feier. Wo sie eh denselben Weg hat. Aber das wäre ein weiterer Schritt in die falsche Richtung gewesen; so, wie Vroni gestrickt ist, wäre sie sich ausgenutzt vorgekommen. Ich nehme mir vor, mir beim nächsten Telefonat mit ihr extra viel Zeit zu nehmen. Aber jetzt hat Familie Vorrang. Ich ziehe das Smartphone aus der Tasche. Auf dem Display scheinen vier verpasste Anrufe auf: alle von meiner ältesten Tochter.

Ich liefere Lisi beim Kindergeburtstag ab und hole mir bei der nächsten Bäckerei eine Zimtschnecke und einen Cappuccino im Pappbecher. Mangels gemütlicher Parkbank setze ich mich wieder ins Auto; Lisis Freundin wohnt im dicht verbauten Gewerbegebiet von Wals. Außer Reihenhäusern, Diskontern und Verkehrsschildern gibt es hier nichts. Mittlerweile ist es kurz nach 15 Uhr. Die meisten Kindergeburtstage für diese Altersgruppe dauern circa zweieinhalb Stunden. Zu viel Zeit, um nur einen normalen Wocheneinkauf zu erledigen. Zu wenig, um nach Hause zu fahren und wiederzukommen, wenn die Party vorbei ist. Mittlerweile müsste auch Susi daheim sein. Heute stand statt Unterricht in der Schule Aufräumen am Programm: Die Schüler der vierten Klasse sind ins Freilichtmuseum ausgerückt, um alle Requisiten der Modeschau aus dem Salinenstadel zu entfernen, Sesselreihen wieder abzubauen und den Raum wieder in den Urzustand zu versetzen.

Beim Gedanken, dass sich niemand um Ellas Sachen kümmern wird, zumindest nicht freiwillig, werde ich unendlich traurig. Mein Hals fühlt sich eng an. Ich presse die Zeigefinger an die inneren Augenwinkel und atme konzentriert ein und aus. Was soll das jetzt? Wieso treibt mir der Tod einer selbstverliebten Göre Tränen in die Augen? Ich hab sie doch gar nicht gekannt. Außerdem hat sie das Kleid meiner Tochter zerrissen und damit wochenlange Arbeit zunichtegemacht. Grund genug, sie zu verabscheuen, die Rampensau, wie Hermi sie nennt. Aber das Unterbewusstsein ist ein Hund. Der Tod einer so jungen Frau ist mir halt nicht egal. Schließlich hätte es Susi oder eine andere ebenso treffen können, wer weiß? Das Magendrücken ist stärker geworden, seitdem mir meine Chefin von Ellas Tod erzählt hat. Widerwillig beiße ich in die Zimtschnecke und lehne mich kauend zurück. Lasse die Ereignisse seit gestern Revue passieren und versuche, mir einen Reim darauf zu machen.

Eine Modeschau, bei der überdeutlich wird, wie unbeliebt Ella Krumbichler bei ihren Mitschülerinnen war. Sie zerreißt das Dirndl meiner Tochter, schubst eine andere die Stiege hinunter und drängt sich in der Reihenfolge am Laufsteg ganz nach vorn. Ich greife nach dem Becher und trinke ein paar Schlucke. Der Cappuccino ist nur mehr lauwarm und schmeckt schal. In Sachen Reihenfolge drängt sich schon die erste Frage auf: Woher hatte Ella die Flyer, auf denen sie als Nummer 1 gelistet war? Auf den Exemplaren, die Susi uns vor ein paar Tagen gezeigt hat, war zwar dasselbe Layout, aber eben eine andere Startfolge gedruckt. Außerdem: Hochglanz-Flyer sind nicht gerade billig. Wie ist Ellas finanzielle Situation? War, bessere ich mich in Gedanken aus. Ich ziehe einen zerknautschten Einkaufszettel aus meiner Jackentasche und falte ihn auf. Zwischen Haargummis, Ein-Euro-Münzen und zwei leeren *Tic-Tac*-Boxen fische ich einen kleinen *IKEA*-Bleistift aus der Mittelkonsole des Wagens und kritzle »Druckerei« auf den kleinen Zettel. Dann beiße ich wieder von der Zimtschnecke ab und will noch »Waisenrente« dazukritzeln, komme aber nicht mehr dazu. Denn am Beifahrersitz vibriert mein Smartphone: Anruf von Susi. Mittlerweile der fünfte. Auf meinen Rückruf und die zwei *WhatsApp*-Nachrichten, die ich ihr geschickt habe, hat sie nicht reagiert.

»Susi?«

»Mama!« Knirschender Kies, keuchender Atem. Läuft sie?

»Susi? Wo bist du?«

»Mama, ich muss hier weg!« Wieder schnelle Schritte auf Kies, dann ein Knarren und blechernes Scheppern. Wie von einem alten Scharnier. Oder einem Metallgitter.

»Die Polizei war da, und ich …«

Jetzt sind nur mehr Schritte zu hören – wahrscheinlich immer noch die von Susi – aber sie läuft nicht mehr auf Kies. Ist das Asphalt? Oder Naturboden? Ich lausche angestrengt: Im Hintergrund höre ich Autos vorbeifahren. »Sag mir, wo du bist, Susi! Ich hol dich!«

Keine Antwort. Nur Laufschritte und Susis keuchender Atem.

»Die Ella ist tot, Mama.«

Woher hat sie diese Info? Von der Schule?

»Ich weiß, mein Schatz.«

Ein paar Sekunden lang ist es still am anderen Ende der Leitung. Dann ein Schluchzen. Oder ein Lachen? Ich bin nicht sicher. Was ist da los?

»Und …« Susi keucht, als ob sie stehen geblieben wäre, um zu verschnaufen. Jetzt ist der Autolärm stärker, dafür haben die Schrittgeräusche aufgehört. Wahrscheinlich steht sie bei einer Straße und will sie überqueren.

»Und was?«, hake ich nach. Was hat Susi so aus der Bahn geworfen. Mein Herz hämmert gegen die Rippen, ich halte den Atem an. Stille, sekundenlang.

Susi schnieft. »Die Polizei glaubt, ich war's.« Dann legt sie auf.

Der Anruf ist längst beendet, trotzdem starre ich aufs Display und kann nicht glauben, was ich gehört habe. Meine Kehle ist trocken, in meinen Ohren rauscht das Blut. Ich habe so viele Fragen und versuche, Susi nochmals zu erreichen – ohne Erfolg. Ich lasse es klingeln, probiere es wieder und wieder – sie geht nicht ran. Scheiße. Was ist passiert? Ich sehe auf die Uhr – um jetzt noch irgendwohin zu fahren, ist die Zeit zu knapp. Bald muss ich Lisi vom Kindergeburtstag abholen. Nach diesem Anruf kann ich unmöglich zwei weitere Stunden allein im Auto sitzen bleiben. Ich reiße die Tür auf, streife dabei fast das Nachbarauto und hole tief Luft. Ein tiefer Atemzug voller Straßenstaub und Gülle – willkommen im Biogemüseparadies Wals, zwischen Autobahn und Flughafen.

Mein Brustkorb fühlt sich an, als würden meine Lungen platzen. Der Puls rast, Tränen schießen mir aus den

Augen, ich beuge mich nach vorn, stütze meine Hände auf die Knie und presse alle Luft aus mir heraus. Das kann nicht wahr sein. Vor 24 Stunden war die Welt noch in Ordnung: Ella am Leben und meine Tochter voller Vorfreude. Und jetzt? Ella: tot. Susi: verdächtig. »Kannst du nicht einfach tot umfallen?« Der Wutschrei meiner Tochter, den alle im Salinenstadel gehört haben, wummert mir in den Ohren. Ich sehe Susis zerfetztes Dirndlkleid. Ella, die sich vordrängt. Ella, die am Laufsteg zusammenbricht. Blut, das aus ihrer Nase tropft, und Mädchen, die ratlos herumstehen. Susi.

Im ersten Moment überlege ich, einfach draufloszufahren und Susi zu suchen. Andererseits: Ich habe keine Ahnung, wo sie ist. Ich richte mich auf und atme tief durch. Doch, eine Ahnung habe ich schon. Wenn die Klasse tatsächlich im Salinenstadel aufgeräumt hat, ist Susi noch im Freilichtmuseum. Zumindest in der Nähe davon. Gut möglich, dass sie aus dem Museumsgelände gelaufen ist. Die Geräusche am Telefon könnten von dort stammen. Kieswege, ein schepperndes Metalltor … Ist mir gestern aufgefallen, als wir nach Hause gegangen sind. Aber wo ist sie hin? Und warum ist sie so gerannt? Ist jemand hinter ihr her? Der Kaffee kriecht meine Speiseröhre hoch, schmeckt sauer und brennt in der Kehle. Ich schlucke, lege meine Hand auf den Magen, der sich jetzt zusammenkrampft. Ruhig bleiben! Ich muss Ruhe bewahren. Niemandem ist geholfen, wenn ich jetzt durchdrehe. Am allerwenigsten Susi. Ich zwinge mich, logisch zu denken. Das Beste zu machen aus dem Wenigen, das ich weiß. Wen würde Frau Doktor Putschauer als Erstes über Ellas Tod informieren? Oder besser: Wen *muss* sie als Erstes informieren? Wahrscheinlich die Polizei. Bestimmt wurde eine Akte angelegt, in die alles eingetragen wird, was mit Ellas Zusammenbruch und ihrem Tod zu tun hat. Susi kann ihre Info also entweder in der Schule erfahren haben, wenn die Nachricht von Ellas Tod durchgesickert ist – aber dann hätte sie keinen Grund, so zu rennen. Oder die Polizei ist im Freilichtmuseum aufgekreuzt, zwecks Tatortbesichtigung und Spurensicherung. Vielleicht waren zu diesem Zeitpunkt noch Schülerinnen mit Aufräumarbeiten beschäftigt. Die Polizei hat sich die Mädchen vorgeknöpft und einen ersten Verdacht ausgesprochen. Mehr oder weniger einfühlsam. Ja. So könnte es gewesen sein. Womöglich hat jemand verraten, was Susi Ella zugerufen hat. Dass sie ihr quasi den Tod gewünscht hat. So etwas kommt natürlich nicht gut. Umso weniger, wenn die Betroffene Stunden später tatsächlich aus dem Leben scheidet. Aber ist ein Wutausbruch Grund genug, eine unbescholtene Jugendliche gleich mitnehmen zu wollen? Wie eine Verbrecherin? Dann wäre es kein Wunder, dass Susi abgehauen ist. Die Frage ist nur, wohin. Ich versuche, mir Großgmain vor meinem inneren Auge vorzustellen: eine riesige Gemeinde, die wie Grödig am Fuß des Untersbergs liegt. Der Grenzübergang nach Deutschland ist nicht weit, aber – nein. Das wäre unrealistisch. Was sollte sie in Deutschland? Wohin geht man, wenn man Probleme hat und Schutz sucht? Nach Hause. Jedenfalls meistens. Um nach Hause zu kommen, hätte Susi – falls sie tatsächlich aus dem Freilichtmuseum gelaufen ist – zwei Möglichkeiten: die Bergstraße, die am *Latschenwirt* und am Marmorsteinbruch vorbeiführt und bis nach Fürstenbrunn reicht. Oder einen der Wege über die Walser Wiesen. Die Rad- und Spazierwege verbinden Großgmain, Wals und Grödig miteinander und führen ebenfalls in den Grödiger Ortsteil Fürstenbrunn. Von dort aus könnte Susi den Waldweg nach Glanegg nehmen und ... Nein! Halt, stopp! Was mache ich hier eigentlich? Fluchtwege abspulen, auf denen meine Tochter der Polizei entkommen kann? Ich bin nicht einmal sicher, ob meine Theorie stimmt. Susi ist keine Verbrecherin, die Haken schlagen muss, um vor dem Gesetz zu flüchten. Hier liegt ein Missverständnis vor, ein ganz gewaltiges! Ganz sicher! Was, bitte, sollte Susi mit Ellas Tod zu tun haben? Nur weil sie sich mit Ella gestritten hat? Das haben andere auch. Am besten ist, ich fahre nach Hause, sobald ich Lisi von der Geburtstagsfeier abgeholt habe. Susi kommt sicher heim, was sollte sie auch sonst tun? Alles andere wäre unlogisch. Wo sollte sie hin? Das Einzige, was ich jetzt tun kann, ist, Laurenz zu informieren und ihn darauf vorzubereiten, dass möglicherweise die Polizei bei uns daheim aufkreuzt. Ich tippe seine Nummer, lasse es klingeln. Probiere es wieder. Und wieder. Laurenz hebt auch beim vierten Anruf nicht ab. Wahrscheinlich ist seine lächerliche männliche Eitelkeit immer noch gekränkt. Ich pfeffere das Smartphone auf den Beifahrersitz zurück.

Nur um mich abzulenken, fahre ich zu einem großen Supermarkt, irre ziellos durch die Regalreihen, packe Dinge in den Einkaufswagen, die ich eigentlich nicht brauche, und versuche, meine Gedanken zu ordnen. Meine Tochter, eine Verdächtige. »Die Polizei glaubt, ich war's.« Im Klartext: Die Polizei geht bei Ella Krumbichler nicht von einem natürlichen Tod aus. Auch nicht von einem Unfall. Sondern von Mord. Was ich interessant finde, denn laut meiner Chefin hat Frau Doktor Putschauer die Todesursache noch gar nicht herausgefunden. Es ist weder klar, ob Fremdverschulden vorliegt noch, woran Ella tatsächlich verstorben ist. Kurz muss ich auflachen. Ein Herr mit einem Einkaufswagen voller Wasch- und Putzmittel schaut irritiert herüber, als ich in mich hineinkichere. Das sind die Nerven, rede ich mir ein und versuche, den Lachanfall zu stoppen. Es misslingt. Im Gegenteil: Der Drang, unbedingt lachen zu müssen, wird sogar stärker und überrollt mich wie eine gigantische Monsterwelle. Widerstand zwecklos. Ich halte mich am Einkaufswagen fest, kichere und gluckse, während mir Tränen über die Wangen laufen. Zwei 80-plus Damen mit beigefarbenen Einkaufstrolleys gehen kopfschüttelnd an mir vorbei. »So einen Spaß hätt ich auch gern beim Einkaufen.«

Wer redet hier von Spaß? Mein Gemüt ist in Schieflage! Kein Wunder, wenn der Ehemann spinnt und die Tochter vor der Polizei davonläuft.

Bei den Regalen mit den Schminksachen bleibe ich stehen. Aus einem der winzigen Spiegel schaut mir ein verschmiertes Gesicht entgegen. Grauenhaft. Schwarze Wimperntusche-Spuren auf den Wangen und dunkle Augenschatten wie ein Panda. Aus einer der bereitgestellten Boxen ziehe ich ein Taschentuch und versuche, mir die Wimperntusche von der Haut zu reiben. So etwas gibt's nur im Film, oder? Welcher halbwegs normale Polizist zieht vorschnelle Schlüsse, ohne die Obduktionsergebnisse abzuwarten? Jedes Kind weiß, dass ohne Tatortgruppe, sprich Spurensicherung, nichts läuft in Sachen Mordermittlung. Falls es überhaupt Mord war! Welcher von den wenigen Polizisten, die ich kenne, ist fachlich dermaßen inkompetent, dass er einer Schülerin seinen Verdacht vor den Latz knallt, ohne sie ordentlich zu befragen? Da fällt mir nur einer ein: der ruhmreiche Roderich.

Ruhmreich war er eigentlich nie. Der Roderich Fuchs ist Gruppeninspektor am Polizeiposten Anif und eigentlich ein armer Hund. Ich kenne ihn nicht persönlich, habe ihn nur einmal kurz gesehen, aber dank Vroni weiß ich zumindest das Wichtigste über ihn: Früher war er bei irgendeiner kleinen Polizeidienststelle in the middle of nowhere. Ein Kaff im oberösterreichischen Innviertel, dessen Namen ich vergessen habe, ich glaube, es war Hinterschlapfing oder so ähnlich. Jedenfalls wurde der Roderich dort wegen seiner leicht fülligen Figur und der roten flächendeckenden Körperbehaarung schnell zum Mobbingopfer von ein paar desozialisierten Möchtegern-Capos. Laut Vroni hat es unschöne Szenen in der Dusche gegeben, auf die ich hier nicht näher eingehen will, die aber die Seele des Roderich markiert haben wie ein Brandzeichen einen Pferdehintern. Und weil der Charakter vom Roderich eher zartes Pflänzchen als Dampfwalze ist, war es eben irgendwann zu viel für den sensiblen Gesetzeshüter. Er hat sich von Hinterschlapfing nach Anif versetzen lassen und die unschönen Szenen abgeschüttelt, so gut es eben ging. Hat die verbrannte Erde und sein altes schüchternes Ich hinter sich gelassen und ist wie ein Phönix aus der Asche neu entstanden. Nehme ich an. Ich bin nicht sicher, ob Anif der Hotspot für heroische Wiedergeburten ist, aber bitte. Der Polizeiberuf an sich war immer schon die große Leidenschaft vom Roderich, und so hat er alles auf die eine Karte gesetzt und gehofft, dass Anif der ideale Ort für sein angekratztes Ego und seine geknickte Karriere ist. Aber dort ist er gleich mächtig unter Zugzwang geraten, sagt die Vroni. Und die muss es wissen, denn der Roderich schüttet ihr beim monatlichen *Geocacher*-Stammtisch regelmäßig sein Herz aus. Gut möglich, dass er sich ganz allein ins nächste Desaster manövriert hat. Vielleicht hat aber auch sein exotischer Vorname falsche Erwartungen beim neuen Dienstgeber geweckt. Roderich kommt nämlich aus dem Gotischen und setzt sich zusammen aus »hroth« und »rihhi«, was so viel heißt wie Ruhm und reich. Aber wie gesagt: beides Fehlanzeige. Der Roderich ist kein ruhmreiches Alpha-Tierchen, das sich mit Erfolgen schmückt und Orden an die trainierte Brust hängen lässt. Eher so der gemütliche Schreibtischhengst, der heimlich *Überraschungseier* aus der Schreibtischschublade nascht und mit seinem Hüftspeck hadert. Dass er ein Babyface wie Matthias Schweighöfer hat, macht die Sache nicht besser. Aber seine neuen Kollegen nehmen ihn, wie er ist, und lassen ihn in Ruhe. Kurz gesagt: Der Roderich hätte eine ruhige Kugel schieben können, wenn er einfach die Füße still gehalten hätte auf seiner neuen Dienststelle. Allerdings hat die Natur jeden Menschen mit ein bisschen Würde ausgestattet. Zum Selbstschutz und um sich des eigenen Wertes bewusst zu sein. Beim Roderich ist die Würde, aufgrund der unschönen Ereignisse, zu einem kleinen Stumpen zusammengeschmolzen wie eine Kerze am Adventkranz. Von der ursprünglich nicht besonders üppigen Portion war nur mehr ein klitzekleiner Rest übrig. Und dieser Restwürde ist es geschuldet, dass der Roderich im vergangenen Herbst ganz laut »Hier!« geschrien hat, als der erste Mord in Fürstenbrunn passiert ist. Es war der Todestag seiner Frau, sprich, schwarz im Kalender markiert und seelischer Tiefpunkt. Gut nachvollziehbar, dass sich der Roderich an diesem Tag am liebsten irgendwo verkrochen hätte mit seiner Trauer. Aber Dienst ist Dienst, und als sein Vorgesetzter von einer Leiche in Fürstenbrunn berichtet hat, hat sich der Roderich pflichtschuldigst zum Berichtschreiben gemeldet. Rückblickend, laut Vroni, hat er selbst nicht gewusst, was ihn in diesem Moment geritten hat. Andererseits war diese Spontanreaktion irgendwie verständlich, denn er wollte nicht schon wieder als labiler Lulu dastehen, der von einer Depression in die nächste schlittert. Er wollte sein Können unter Beweis stellen und seinem neuen Chef zeigen, welche verborgenen Talente in ihm schlummern. Das Problem war nur, dass der Roderich bis dahin weder einen Mord aufgeklärt noch einen Bericht dazu verfasst hatte. In Sachen Ermittlungsarbeit war er mehr oder weniger talentfrei. Eher mehr als weniger. Das wiederum wusste aber sein neuer Vorgesetzter nicht und setzte all seine Hoffnungen in den ruhmreichen Roderich. Der Chef lieferte sich nämlich seit Jahren ein Aufmerksamkeitsduell mit dem Capo der Polizeiinspektion Salzburg und wollte sich den Grödiger Mord keinesfalls durch die Lappen gehen lassen. Stichwort: Image aufpolieren, medienwirksame Berichterstattung, alle Augen sehen nach Anif. Sprich: Der Roderich musste liefern. Und was mit zarten Pflänzchen passiert, die auf Kommando blühen sollen, weiß man ja: gar nichts. Sie ziehen das Köpfchen ein und machen die Blütenblätter zu. Behauptet zumindest Vroni, die Pflanzenflüsterin. Genauso war es beim Roderich: Panik, Vogelstraußtaktik, der halbfertige Bericht landete in der Schublade bei den *Überraschungseiern.* Aus den Augen, aus dem Sinn. Dass er dem Chef irgendwann Ermittlungserfolge präsentieren musste, verdrängte der Roderich zu diesem Zeitpunkt. Nur beim *Geocacher*-Stammtisch ist ihm das Herz übergegangen, und er hat von seiner Misere erzählt. Irgendeine Schulter zum Ausweinen braucht schließlich jeder. Zu seinem Glück hat sich der Roderich an Vronis Schulter ausgeweint, denn die Vroni ist, bei allem Klugschiss, einfühlsam und hilfsbereit. Vor allem aber ist sie eines: schnell von Begreif. Sie hat den akuten Handlungsbedarf sofort erkannt und dem Roderich Hilfe zugesagt. Ermittlungstechnische Hilfe. Totale Kamikaze-Aktion, denn eine Arzthelferin und eine Volksschullehrerin sind beim Ermitteln so vielversprechend wie nordkoreanische Diktatoren beim Achtsamkeitsyoga. Eigentlich wollten wir dem Roderich nur mit seinem Bericht auf die Sprünge helfen; am Ende haben wir sogar zwei Morde aufgeklärt und einen verhindert. Gut, der dritte kam sogar für uns überraschend und ist leider passiert, aber das ist eine andere Geschichte. So gesehen war die gebeutelte Psyche eines Polizisten der Startschuss für unsere Ermittlungen. Aber jetzt habe ich den Faden verloren.

Ich sehe den Streifenwagen schon von Weitem. Neben dem schwer ramponierten Buchsbaum – Zünsler lässt grüßen – parkt der Wagen des ruhmreichen Roderich. Der wiederum steht in seiner vollen Pracht – fülliger, als ich ihn in Erinnerung habe – neben Hermi und plaudert angeregt. Lisi rutscht freudig aufgeregt auf ihrem Kindersitz hin und her. Wahrscheinlich wittert sie Gesprächsstoff für die Schule morgen.

»Mama, wieso ist die Polizei bei uns?«

»Ich weiß nicht. Aber schau, der Polizist und die Oma ratschen miteinander. Und der Polizist schaut ganz freundlich aus. Die kennen sich anscheinend. So schlimm kann es also nicht sein.«

»Wieso schlimm? Polizisten sind doch nett, oder?«

Ich bin nicht sicher. Die Wahrnehmung, was den Freund und Helfer angeht, ändert sich im Laufe eines Menschenlebens, allerdings weiß Lisi das noch nicht. In ihrem Alter steigt beim Anblick eines Uniformierten das Sicherheitsgefühl, man freut sich über geschenkte Warnwesten und schaut bewundernd zum Gesetzeshüter auf. Solang der Aktionsradius, wie bei Volksschulkindern, auf Schule und Zebrastreifen begrenzt ist, besteht kein Anlass zur Skepsis gegenüber der Exekutive. Spätestens bei der Fahrradprüfung, die unter den Argusaugen der Uniformierten abgehalten wird, gesellt sich dann ein Hauch Ehrfurcht dazu. Mit Erwerb des Führerscheins und dem Eintritt ins Erwachsenenalter ändern sich die Verbindlichkeiten gegenüber dem Gesetz: Sobald man sich für Alkoholkonsum, zu schnelles Fahren und nicht ordnungsgemäß angebrachte Vignetten verantworten muss, steigt die Nervosität beim Anblick eines Polizisten. Schon ein harmloser Streifenwagen kann dann erhöhten Puls und schweißnasse Finger am Lenkrad hervorrufen sowie jenen starren Blick, mit dem man sich selbst für unverdächtig hält, der aber wiederum auf geschulte Polizistenaugen höchst verdächtig wirkt und meist der Auslöser für ein ungemütliches Beisammensein ist. Vom Anruf ihrer großen Schwester und meiner Vermutung, was der Roderich von mir hören will, habe ich Lisi natürlich nichts erzählt.

Der Roderich, mit dem Rücken zur Straßenseite und voll auf Hermi konzentriert, dreht sich um, als der Kies knirscht und er den Wagen kommen hört. Meine wahnwitzige Idee, Lisi schnell aussteigen zu lassen, mit quietschenden Reifen in der Einfahrt zu wenden und im Höllentempo davonzubrausen wie *Thelma und Louise*, lasse ich schnell wieder fallen und bemühe mich um ein möglichst unschuldiges Lächeln.

Der Roderich, seinerseits ebenfalls um einen imposanten Auftritt bemüht, greift sich an den Gürtel, als er mich sieht, und nähert sich mit schweren Schritten. Natürlich weiß ich, dass das respekteinflößende Gesten sind, die dem Gegenüber signalisieren sollen: Ich hab alles im Griff. Handschellen, Pistole und Pfefferspray sind in Reichweite, ich bin dir haushoch überlegen und stehe auf der richtigen Seite des Gesetzes. Jeder meiner Schritte ist wohlüberlegt und hat seine Berechtigung.

Wie gesagt: Ich weiß das alles. Und bin trotzdem beeindruckt. Sein raumeinnehmendes Auftreten ist das genaue Gegenteil zu dem Bild, das ich von ihm gespeichert habe. Lisis Antennen sind für derlei Imponiergehabe noch nicht empfänglich; sie hopst aus dem Wagen und saust zu Hermi, um ihr von der Geburtstagsfeier zu erzählen.

Ich steige ebenfalls aus und halte mich an der geöffneten Fahrertür fest. Der Roderich stiefelt in Cowboy-Manier betont langsam her und bleibt eine Armlänge von mir entfernt stehen.

»Frau Dorn?« Eine heisere Stimme, wie nach einer Erkältung oder missglückten Stimmband-OP. Das klingt ja schrecklich. Offenbar ist das Elend des Roderich größer als gedacht. Reflexhaft will ich ihm ein Hustenzuckerl anbieten, lasse es aber. Der Kerl ist nicht zum Spaß hier, soviel steht fest.

»Ja!«

»Frau *Rosmarie* Dorn?«

»Höchstselbst!« Bemüht lässig, obwohl mir die Knie

zittern, schmeiße ich die Autotür zu. »Was verschafft mir die Ehre?«

Der Roderich zieht eine Augenbraue hoch, für Wortwitz ist er offenbar nicht zu haben. Ich setze ein gewinnendes Lächeln auf.

»Haben Sie eine Tochter namens Susanne Dorn?«

»Ja.« Hermi schaut zu mir herüber, einen Putzfetzen in der Hand.

»Aber das haben Sie von meiner Schwiegermutter sicher schon erfahren, oder?«, frage ich mit Blick auf Hermi.

Der Roderich dreht sich kurz zu Hermi um, winkt halbherzig und nickt dann. »Allerdings. Frau Dorn, ich muss Sie bitten, Ihre Tochter zum Posten Anif zu bringen.«

Hätte mir die Vroni nicht so viel vom Roderich erzählt, dann würde mir jetzt das Herz in die Hose rutschen. Mit seinem betont maskulinen Gehabe vorhin hätte er mich um ein Haar eingeschüchtert. Damit konnte er punkten, gebe ich zu. Aber die heisere Fistelstimme hat mich wieder an das ganze Elend dieser bedauernswerten Kreatur erinnert und daran, dass er voriges Jahr ohne Vroni und mich komplett aufgeschmissen gewesen wäre. Pluspunkt meinerseits: Wir wurden einander nie ordentlich vorgestellt. Der Roderich und ich sind einander zwar in der Bauarbeiter-Mordsache begegnet, aber ich bezweifle, dass er mich damals registriert hat. Er war auf die Vroni fixiert und auf die Lösung des Falles, außerdem war es finster und laut. Also stelle ich mich breitbeinig vor ihn, stemme die Hände in die Hüften und versuche, umwerfend auszusehen.

»Inspektor Fuchs?«

Jetzt ist er aus dem Konzept. »Äh, ja …«

»Inspektor *Roderich* Fuchs?«

»Ja. Kennen wir uns?«

Ich strecke ihm die Hand entgegen, und er reicht mir zögerlich seine. »Noch nicht, aber höchste Zeit, dass wir das ändern!«

Eine zarte Männerhand, gepflegte Nägel. Die roten Borsten am Handrücken stören allerdings.

»Ich bin die beste Freundin von der Weninger Vroni!«

Spätestens jetzt sollte es bei ihm klingeln. Tut es aber nicht.

Er runzelt die Stirn und denkt angestrengt nach.

»*Geocacher*-Stammtisch?«, helfe ich ihm auf die Sprünge.

Kurz, nur ganz kurz huscht ein Streifen der Erleuchtung über das Gesicht vom Roderich, bevor es sich wieder verfinstert.

Das Misstrauen bildet ein großes Fragezeichen über ihm. »Woher wissen Sie, was ich in meiner Freizeit mache?«

Nicht die hellste Kerze auf der Torte, der Mann. »Wie schon gesagt«, seufze ich, »bin ich mit der Vroni befreundet. Sie ist auch beim *Geocacher*-Stammtisch, und manchmal erzählt sie mir davon.« Ich merke, dass er Zeit zum Überlegen braucht. Viel Zeit.

»Sie erzählt immer wieder etwas, wissen Sie. Letztes Jahr, im Herbst, hat sie davon gesprochen, dass Sie ein bisschen Unterstützung brauchen könnten …«

Das Gesicht vom Roderich verwandelt sich in eine nahende Gewitterfront.

»… beim Mordfall in Fürstenbrunn.« Kaum bin ich fertig, merke ich es. Bullshit. Totaler Bullshit, was ich hier mache. Ich habe den Roderich demaskiert. Seinen Stolz beleidigt. Meinen Trumpf verspielt. Ein paar Sekunden lang herrscht eisiges Schweigen. Durch die Eiche vor unserem Haus weht ein Windstoß.

»Wie gesagt, Frau Dorn: Ich muss Ihre Tochter Susanne zu uns auf den Posten bitten. Zur Einvernahme.«

»Und worum geht es eigentlich?« Jetzt, da ich meinen Vorsprung vertan habe, kann ich diese Frage ganz offen stellen, finde ich. Keine Spielchen mehr. Der Roderich legt den Kopf schief und sieht mich prüfend an. So, als ob er erst überlegen müsste, ob kriminalistisch heikle Details bei mir gut aufgehoben sind.

»Eine Mitschülerin Ihrer Tochter wurde ermordet.«

»Das steht noch gar nicht fest«, platze ich heraus. Der nächste Fehler. Zu spät.

»Darf ich fragen, woher Sie das wissen?« Seine heisere Fistelstimme klingt jetzt bedrohlich.

Die Freundschaft zwischen meiner Chefin und der Gerichtsmedizinerin binde ich ihm natürlich nicht auf die Nase.

»Es wäre gut, wenn Sie diesmal auf die Kompetenz der Polizei vertrauen«, sagt er noch großkotzig.

Idiot. Der wäre längst arbeitslos ohne mich. Aber ich habe mich im Griff und beiße mir auf die Lippen. Hermi starrt neugierig zu mir herüber. Am besten, ich sage jetzt gar nichts mehr.

Der Roderich legt seine rechte Hand auf die Handschellen an seinem Gürtel. »Richten Sie Ihrer Tochter aus, sie möge sich unverzüglich bei uns melden, wenn sie nach Hause kommt.«

»Ich weiß nicht, wann das sein wird.« Stimmt sogar.

Der Roderich kneift die Augen zusammen. Ob er ein Staubkorn im Auge hat, eine Brille braucht oder einfach nur grimmig aussehen will, kann ich nicht sagen. Seine Flüsterstimme klingt jedenfalls entschlossen und messerscharf. »Je früher, desto besser.« Er dreht sich in Zeitlupe um, nickt Hermi knapp zu und steigt in den Streifenwagen.

9. KAPITEL

Erzählt von Hermis Hilfsbereitschaft, altem Staub und noch älteren Fetzen. Der Rettenbacher testet im Liegen und freut sich. Ich fische in fremden Mülltonnen, Inspektor Columbo lässt grüßen, und der Roderich versteht keinen Spaß. Wir sind zu ehrlich und machen alles nur noch schlimmer.

Der männliche Stolz ist komplex. Eine eigene Wissenschaft. Oder ein Mysterium. Er ist Motor und Hemmschuh zugleich, kann seinen Besitzer beflügeln und zu Höchstleistungen tragen oder aber ihn an den Felsen der Realität zerschellen lassen wie ein altes Fischerboot. Hochmut kommt vor dem Fall, heißt es. Wer zu hoch hinaus will auf den Schwingen des Stolzes und dabei übersieht, dass er der Sonne gefährlich nahe kommt, für den gibt es keine Rettung. Sich unsterblich und unbesiegbar zu fühlen, hat eben schon in der Antike nicht ungestraft funktioniert, siehe Ikarus.

Noch gefährlicher als für den Mann selbst ist der männliche Stolz allerdings für uns Frauen. Ein stolzer Mann will behandelt werden wie ein zerbrechliches rohes Ei, das man vorsichtig in der hohlen Hand aus dem Nest nimmt. Sobald ein kleiner Kratzer die blank lackierte Oberfläche des Stolzes stört und das Darunter freilegt, setzt sich eine grauenhafte Metamorphose in Gang. Doktor Jekyll wird zu Mister Hyde. Verletzter männlicher Stolz kann ungeahnte Kräfte freisetzen und wie die Faust eines zorniges Gottes wüten. Ob Ei oder Götterfaust ist nicht immer eindeutig erkennbar und kann schwer in die Irre leiten.

Beim Roderich und mir jedenfalls war es so. Durch mein unbedachtes Plappern habe ich ihn zutiefst beleidigt und ihm das Gefühl gegeben, kriminalistisch unfähig zu sein. Was er ja auch ist. Aber das sollte man einem Polizisten, der sich profilieren will und zum ersten Mal in seinem Leben ganz alleine einen Mordverdacht äußert, möglichst nicht auf die Nase binden. Und was hab ich getan? Mit Pfeil und Bogen direkt auf seinen wunden Punkt gezielt. Treffer. Und das Dumme: Mich lässt das Gefühl nicht los, dass dieser Fehler noch ein Nachspiel haben wird. Außerdem bin ich ratlos in Sachen Susi. Selbst wenn sie in Großgmain in den Bus gestiegen und Richtung Grödig gefahren ist, müsste sie längst daheim sein. Womöglich steht sie irgendwo im Nirgendwo, will mich anrufen, damit ich sie abhole, aber ihr Akku ist leer. Oder sie hat tatsächlich den Weg über die Buchhöhstraße, am *Latschenwirt* vorbei, genommen – dann schafft sie es unmöglich vor Einbruch der Dunkelheit nach Hause. Abwesende Kinder, Wald und Finsternis. Die idealen Zutaten für mein mütterliches Kopfkino. Widerstand zwecklos, das passiert reflexartig. Und je bildhafter die eigene Fantasie, umso lebhafter und schauriger die Vorstellung: Susi allein im Wald. Auf einer Straße, die weder beleuchtet noch seitlich mit Leitplanken gesichert ist. Stattdessen unübersichtliche Kurven und kein Platz für Autos, um Fußgängern auszuweichen. Zaghaft setzt sie einen Fuß vor den anderen, um nicht vom Weg abzukommen. Es gibt keine Orientierungspunkte, in der Finsternis gleicht ein Baum dem anderen. Im Unterholz knackt es, Susi hält den Atem an, unsicher, ob sie stehen bleiben oder ihr Tempo erhöhen soll. Sie lauscht angestrengt. Ein Rascheln nähert sich, ein Windhauch streift die Wange meiner Tochter, und durch die Luft zieht der apokalyptische Gesang der Untersberger Wildfrauen.

Der Sage nach kamen einst wilde Frauen aus dem Untersberg, als ein Vater mit seinem kleinen Buben ein Feld umackerte. Überzeugt davon, dass der Bub bei ihnen besser aufgehoben sei als bei seinen Eltern, wollten die Wildfrauen das Kind mit in den Berg nehmen. Quasi versuchte Kindesentführung. Daraus wurde aber nichts, denn der Vater beschützte seinen Sprössling und war seitdem besonders wachsam. Mehr Glück hatten die Ladies an einer anderen Stelle. Bei der Fürstenbrunner Kugelmühle nahmen sie einen Buben mit, der gerade – ohne den Schutz von Erwachsenen – das Weidevieh hütete. Er verschwand spurlos. Erst über ein Jahr später wurde das Entführungsopfer von Holzknechten gesichtet. Eine Sage ohne Happy End: Die Holzknechte begleiteten die verzweifelten Eltern zu der Stelle, an der sie den vermissten Buben gesehen hatte, aber der tauchte nie wieder auf. Vielleicht aus Solidarität mit seinen Entführerinnen, was auf ein ausgeprägtes Stockholm-Syndrom schließen lässt.

Mir wird übel. Zum gefühlt 100. Mal innerhalb der letzten Stunden checke ich mein Handy und wähle Susis Nummer. Keine Nachricht, auf Anrufe reagiert sie nicht. Meine Tochter ist wie vom Erdboden verschluckt.

»Was machst denn für ein Gesicht?«

Eine Stimme reißt mich aus meinem Weltuntergangs-Szenario. Hermi. Ich habe gar nicht bemerkt, dass ich vor ihr stehe und sie anstarre. Wie lange schon?

»Stehst da und schaust ins Narrenkastl!« Sie schüttelt den Kopf, drückt ihr Kreuz durch und ächzt. »Ein Dreck ist da drinnen, das kann sich kein Mensch vorstellen.« Hermi trägt pinkfarbene Gummihandschuhe und taucht einen Putzfetzen in einen blauen Plastikkübel. Das graubraune Wasser, auf dem eine Schaumschicht schwimmt, blubbert. Hermi verzieht das Gesicht und wringt den Fetzen aus. Ob sich damit noch irgendetwas säubern lässt, bezweifle ich. Erst jetzt nehme ich wahr, womit sie schon die ganze Zeit beschäftigt ist: Vor ihrer Garage, nur wenige Meter von unserer entfernt, parkt der geliehene Leichenwagen vom Rettenbacher. Oder besser gesagt, die Leichenkutsche. Rasputin genießt ohne angelegtem Geschirr seine Pause und grast unbehelligt in Hermis Garten. Jetzt hebt er kurz den Kopf, schielt mich durch seine Stirnfransen an und lässt dann wieder seine fleischigen hellrosa Lippen über die Grashalme wandern.

»Da hat man zwei Frauen daheim, aber wenn's drauf ankommt, stecken sie beide den Kopf in den Sand.« Die Stimme aus dem Fond der Leichenkutsche kenn ich. Der Rettenbacher.

Er krabbelt auf allen vieren rückwärts über die Ladefläche, klettert ungelenk vom Anhänger, schnauft und klopft sich den Staub von der Hose. Den würgenden Husten und das panische auf-die-Brust-Schlagen nehme ich ihm nicht ab; sein letztes Lungenröntgen war top. Er ist und bleibt ein alter Hypochonder.

»Deine Schwiegermutter, das ist halt eine Frau«, sagt er und zwinkert Hermi zu. Aus dem Augenwinkel sehe ich, wie sich Hermi verlegen eine Haarsträhne aus der Stirn streicht und zum Rettenbacher schaut. Hat sie zurückgezwinkert? Ganz sicher bin ich nicht. Hermi und flirten?

»Die packt an, wenn man sie braucht.« Die zittrige Hand vom Rettenbacher wandert zur Brusttasche seiner beigefarbenen Jacke und tastet nach dem Flachmann. Er nimmt einen großen Schluck und nickt anerkennend.

»Darf man erfahren, was ihr da vorhabt?«, frage ich Hermi.

»Wonach schaut's denn aus?« Sie wischt energisch über den Kutschbock und ächzt.

»Putzen?«

»Gut beobachtet!« Hermi taucht den Fetzen noch einmal in den Kübel und wringt ihn kraftvoll aus.

»Aber warum?«

»Weil's höchst an der Zeit ist, würd ich sagen. Das sieht man doch, dass die alte Tschäsn steht vor Dreck, oder?« Sie stemmt die Hände in die Hüften, schaut zum Kübel und schüttet dann das Dreckwasser in einem Schwung aus. Der Schwall verfehlt mich nur knapp, etwas davon spritzt auf meine hellen Sneakers.

»Ja, aber wozu die Aktion?« Ich gehe um die Leichenkutsche herum, um sie zu begutachten. Der Rettenbacher schleicht dicht hinter mir her und streicht liebevoll über die Karosserie.

Das schwarz lackierte Gefährt hat sicher mehr als 100 Jahre auf dem Buckel, aber es ist top gepflegt. Ein Ausstellungsstück eben. Welche Fäden hat der Rettenbacher wohl gezogen, um an so ein exquisites Teil zu kommen? Ein Museum ist schließlich kein Autoverleih. Ich nicke anerkennend und fahre mit dem Finger über das Glas der Außenleuchten. Stelle mir vor, wie die Kutsche, mit echten Kerzen an den Seiten erhellt, von zwei majestätischen Rappen gezogen, langsam durch eine Vollmondnacht schaukelt. Am Kutschbock ein feierlich gekleideter Leichenführer mit Zylinder, Anzug und gezwirbeltem Schnauzer. Auf der Ladefläche ein schwarz lackierter Sarg, auf dem sich das Mondlicht spiegelt. Ein Bouquet aus weißen Lilien und Efeu, das sachte im Takt des Hufgetrappels mitwippt. Und eine breite Satinschleife in zartem Rosa, auf der mit goldenen Buchstaben steht –

»Niemand will sich in so eine grausliche Dreckskiste legen!« Hermi poltert durch meinen morbiden Tagtraum. Sie deutet mit dem Kinn auf den Rettenbacher. »Da holt er sich ja eine Staublunge beim Probeliegen!«

»Probeliegen? Im Ernst?«

»Ja, was glaubst denn, warum er sich das Teil ausgeliehen hat?« Hermi nimmt den Bodenwischer mit langem Stiel, der an ihrem Garagentor lehnt, spannt einen Putzfetzen in die Halterung und wischt damit systematisch die Ladefläche ab. Wieder und wieder. »Weil er halt herausfinden will, ob so ein Gefährt das Richtige wäre für seinen letzten Weg.«

»Bis dahin wird's wohl noch ein bisserl dauern«, raune ich ihr zu. Ich denke an die ausgezeichneten Werte vom Rettenbacher.

Hermi zuckt die Schultern und wischt ein letztes Mal über die Ladefläche. »So, fertig!« Das schwarz lackierte Holz glänzt feucht. Hermi stemmt die Hände in die Hüften und fährt sich mit dem Handrücken über die Nase.

Der Rettenbacher wartet ein wenig, bis die Feuchtigkeit in der Nachmittagssonne verdunstet ist. Dann krabbelt er selig wieder auf die Ladefläche und fährt mit der flachen Hand über das Holz. Staubtest, nehme ich an. Hermi stützt sich auf den Bodenwischer und legt das Kinn auf die Hände.

»Warum kommt er mit dem dreckigen Teil zu dir und putzt nicht selber, bei sich zu Hause?«

»Geh, der Rettenbacher und selber putzen.« Hermi lacht ein freudloses Lachen. »Wo denkst du hin. In solchen Sachen sind Männer wie Babys. Ohne Hilfe geht gar nix. Und seine Frau ist sich zu gut für so was, die putzt nicht einmal das eigene Haus selber«, raunt sie mir zu. Der Rettenbacher legt sich rücklings auf die Ladefläche, faltet die Hände über der Brust und schließt die Augen. So geht Tiefenentspannung.

»Und was ist mit der Herta?« Schließlich hätte der Rettenbacher noch einen Plan B in Sachen femininer Unterstützung.

»Geh«, Hermi macht eine wegwerfende Bewegung, »die hilft ihm am allerwenigsten. Die ist doch selber schwer beschäftigt in ihrem Reihenhauskeller, wo sich die Männer von ihr schlagen und fesseln lassen.« Sie nickt wissend. »Das ist ein Luder, das sag ich dir. Die weiß genau, wie sie den Männern das Geld abnimmt. Macht einen auf Sauberfrau und hat sich extra ein Marterl im Garten bauen lassen.« Sie tippt sich an die Stirn. »Aber die hab ich längst durchschaut. Alles nur Show. Das Beten am Sonntag, der Rosenkranz, den sie immer umgehängt hat, und die Beichte. Jede Woche sitzt sie mit dem Pater im Beichtstuhl. Ich will gar nicht wissen, worüber die wirklich reden.« Hermi schnaubt. »Ich hab mich schon lang gefragt, wie die sich das Reihenhaus leisten kann mit ihrer mickrigen Pension. Aber so eine Sexhölle im Keller ist halt ein super Geschäftsmodell. Man muss sich nur drübertrauen. Anscheinend geben sich die Männer bei ihr die Klinke in die Hand.« Sie flüstert ganz nahe an meinem Ohr.

Der Rettenbacher liegt immer noch mit gefalteten Händen im Leichenwagen und stellt sich taub. Hermi leert den Kübel wieder schwungvoll aus. Diesmal springe ich rechtzeitig zur Seite.

»Aber bitte, wenn die Männer so blöd sind und auch noch dafür zahlen, dass sie von der Herta geschlagen werden ... Mir kann's ja wurscht sein. Soll ein jeder nach seiner Façon glücklich werden.«

Meine Stirn glüht, im Kopf schwirrt es. Lisi steht bei Rasputin, tätschelt seine Mähne und schmachtet ihn verliebt an. Der Gaul frisst mit stoischer Gelassenheit weiter. Gelassen. Wann war ich das eigentlich zuletzt? Schlagartig fällt mir mein Einkauf im Kofferraum ein, den ich noch ins Haus tragen muss. Auf dem Weg zum Auto komme ich an Hermis Mülltonne vorbei. Die Müllabfuhr leert die Tonnen erst in zwei Tagen, dementsprechend stapeln sich die prallvollen Säcke in den Behältern. Ganz obenauf quillt etwas Graubraunes unter dem halb geöffneten Deckel hervor. Seitlich an der Tonne rinnt eine glänzende Flüssigkeit herunter. Wahrscheinlich altes Fett vom letzten Sonntag, als Hermi Pofesen für die ganze Familie gebacken hat. Meine Schwimu ist kein großer Fan der Mülltrennung. Am liebsten schmuggelt sie Altöl und Fett in irgendwelche Verpackungen und lässt sie im Restmüll verschwinden, um sich den Weg zum Recyclinghof zu sparen. Das Fett glitzert in der Abendsonne und riecht ranzig, trotzdem hebe ich den Deckel der Tonne. Da ist noch etwas, das eigentlich nicht in den Restmüll gehört. Sieht aus wie ein Stück Stoff.

»Was ist denn das?« Ich zupfe an dem Etwas, das halb aus dem Behälter hängt. Schmutziggraues Leinen. »Gehört das nicht in den Altkleider-Container?«

»Den grauslichen Fetzen meinst du? Der war auch da drin in der Kutsche. In einer Pizzaschachtel. Ich frag mich ernsthaft, was so ein verstaubtes Stück Stoff da drin zu suchen hat.« Hermi stellt sich hinter den blank polierten Wagen und betrachtet ihr Werk. Dann streift sie die Gummihandschuhe ab und betrachtet ihre aufgeweichten Hände. »Vielleicht hat vor mir schon jemand angefangen mit dem Putzen und mittendrin aufgehört. Und der Putzfetzen ist dann in der Kutsche liegen geblieben, was weiß ich.«

Schwer vorstellbar, dass außer Hermi und dem Rettenbacher irgendjemand Interesse an einer sauberen Leichenkutsche haben könnte. Ich schüttle das Stück Stoff aus und huste – staubig ist es tatsächlich.

»Geh, lass das!«, ruft mir Hermi zu, »ich hab mir schon etwas gedacht dabei, als ich den Fetzen in den Müll geschmissen hab'!«

»Vielleicht ist es aber gar kein Fetzen?« Ich breite das Stück Stoff auf dem Boden vor der Garage aus. Scheint nicht nur staubig, sondern auch alt zu sein. Richtig alt. Ich zupfe, suche nach einem Größenschild oder Hinweis auf einen Hersteller. Nichts.

»Hermi?«

»Was denn?«

Meine Schwiegermutter ist bereits mit Kübel, Handschuhen und Putzutensilien auf dem Weg zurück ins Haus und bleibt unwillig stehen. Der Rettenbacher sitzt im Schneidersitz im Fond des Leichenwagens und träumt vor sich hin. Wahrscheinlich, ob sich ein Kranz oder ein Trauerbouquet besser auf seinem Sarg macht.

»Hermi, schau dir das einmal an!« Ich winke meine Schwiegermutter zu mir herüber, und sie stellt lustlos Kübel und Co. ab.

»Ich wollt' mich grad umziehen, Rosmarie. Bin ja ganz dreckig von der Putzerei.«

Für Textilien hat sie nichts über, egal, wie alt sie sind. Aber die Neugier ist stärker.

»Was denn?«, schnauft sie und stellt sich neben mich.

»Was siehst du, wenn du den Stoff anschaust?«

Hermi denkt kurz nach. »Eine scheußliche Farbe, wenn du mich fragst. Und grobes Gewebe. Das möcht ich nicht auf der Haut tragen müssen. Kratzt bestimmt.«

Ich gehe in die Hocke. »Das meine ich nicht, Hermi. Schau einmal!«

Hermi kniet sich ächzend neben mich und tastet über das Leinen. »Mit ein bisserl Fantasie schaut das fast aus wie ein Dirndlkleid!«

Genau denselben Gedanken hatte ich auch gerade. »Ein sehr altes Dirndlkleid.« Ich nicke. »Schau, da sind nicht einmal Knöpfe am Mieder. Nur Haken und Ösen. Keine Verzierungen am Ausschnitt.«

»Sag ich ja: scheußlich.« Meine Schwiegermutter seufzt enttäuscht; sie hat sich umsonst zu mir herbemüht.

Vorsichtig taste ich über das Oberteil und den Rock. Der Stoff fühlt sich rau und brüchig an. »Wer lässt so etwas in einer Kutsche liegen?«

Hermi stützt sich auf ihre Knie und steht wieder auf. »Keine Ahnung. Jedenfalls ist das eine echte Staubschleuder. Irgendwer wollte das loswerden. Kann ich verstehen, weil mit so einem grauslichen Teil kann ja kein Mensch etwas anfangen.«

»Da wär ich nicht so sicher.« Vorsichtig hebe ich das Kleid vom Boden auf. »Wer weiß, wie viele Jahre das schon auf dem Buckel hat.« Ich halte Hermi das Kleid an den Körper und muss grinsen.

»Nicht ganz deine Größe, aber wenn man es ein bisserl umschneidert ... Vintage ist in!«

»Fangst du jetzt auch noch an mit dem Schmarrn!«, faucht Hermi, »Vintage, wenn ich das schon hör'! Das ist nix anderes als altes Klump, das man irgendwo hervorkramt und so tut, als wäre es der letzte Schrei!«

»Ich will damit nur sagen, dass es zu schade für die Mülltonne ist.«

»Kannst es ja zum nächsten *Edelweiß*-Kränzchen tragen«, ätzt meine Schwiegermutter und spielt auf den Ball des *Edelweiß-Klubs Salzburg* an. Für das Event, das traditionell am letzten Freitag im Jänner stattfindet, gibt es keine Karten, sondern nur heißbegehrte Einladungen. Der Dresscode ist simpel: Tracht. Laurenz und ich waren schon oft dort, aber zwei mal hat die Pandemie dazwischengefunkt und Hunderte Tanzbeine lahmgelegt. Hermi war mangels Tanzpartner noch nie am Edelweißkränzchen.

»Eher nicht«, sage ich kühl und rolle das Kleid vorsichtig zusammen, »aber vielleicht ist es wertvoll und gehört in ein Museum.«

Hermi schüttelt ungläubig den Kopf. »Dann würde es wohl kaum in einem staubigen Leichenwagen liegen.«

Da ist was Wahres dran. Allerdings ... »Wer weiß, wie es dahin gekommen ist?«

»*Ich* weiß, wie es dahin gekommen ist.« Bedrohliches Flüstern.

Hinter uns schlägt eine Autotür zu. Schnelle Schritte kommen auf mich zu. Ich drehe mich um. Nur eine Armlänge von mir entfernt steht der Roderich. Seine Miene ist eisig.

»Schauen Sie gern Columbo, Herr Inspektor Fuchs?« Aus irgendeinem Grund muss ich gegen einen Lachanfall ankämpfen. Höchst unpassend zu diesem Zeitpunkt, aber ich kann nicht anders.

»Frau Dorn, ich glaube, Sie haben momentan andere Sorgen als Fernsehdetektive mit Trenchcoat und Glasauge.«

»Na, ich meine nur, weil Sie schon wieder da sind. Wie Inspektor Columbo. Der taucht auch immer gerade dann auf, wenn sich die Verdächtigen in Sicherheit wiegen und einen Fehler machen.« Keine Ahnung, welcher Teufel mich da gerade reitet. Ich kann einfach nicht aufhören zu plappern. »Und genau zum richtigen Zeitpunkt, wenn niemand damit rechnet, wächst der Inspektor wie ein Schwammerl aus dem Boden und sagt ›Eine Frage hätte ich noch‹, oder so.« Ich stelle mir den übergewichtigen Roderich im Trenchcoat vor, mit Zigarre und einem Beagle. Köstlich. Das Glucksen schlucke ich mühsam hinunter und beiße mir auf die Lippen. Für den Moment funktioniert es. Der Roderich ist über meinen Humor not amused.

»Das heißt dann wohl, dass Sie sich selbst als Verdächtige sehen?« Die Flüsterstimme vom Roderich gibt mir, zusammen mit dem übergewichtig-rothaarigen Columbo-Bild, den Rest. Das war's dann mit der Selbstbeherrschung. Ende Gelände. Ich pruste laut los, verschlucke mich, huste und hole tief Luft. Und dann muss es raus, das Lachen. Genauso wie die Tränen aus meinen Augenwinkeln. Ich kann gar nicht anders, es passiert einfach. Panta rhei – alles fließt. Das Lachen wogt aus meinen Lungen, schüttelt mich und rüttelt an meinem Zwerchfell. Aus den Augenwinkeln nehme ich Hermi wahr, die mit ihren pinkfarbenen Gummihandschuhen etwas ratlos abseits steht. Selbst wenn ich wollte: Ich kann nicht aufhören. Mit der einen Hand halte ich meinen Bauch, mit der anderen stütze ich mich auf der Schulter vom Roderich ab, der viel zu perplex ist, um zu reagieren. Das Lachen quillt aus meinem Innersten und sprengt mich. Die Fassung ist dahin. Es ist mir auch egal, was die anderen von mir denken. Irgendwann ist mein Lachen nur mehr heiseres Keuchen. Vor meinen Augen hängt ein Tränenschleier.

Der Roderich ist quasi gefroren und starrt mich entgeistert an. Erst als mein Heiterkeit nachlässt und ich mir mit einem Taschentuch die Tränen wegwische, strafft er sich und greift reflexartig wieder an seinen Gürtel. Unmissverständliches Zeichen, dass der Spaß vorbei ist.

»Wie ich sehe, hat sich mein Verdacht bestätigt«, flüstert er und deutet auf die Stoffrolle, die mir aus der Hand gefallen ist.

»Was denn für ein Verdacht?«

»Dass das gestohlene Ausstellungsstück bei Ihnen zu finden ist.«

Augenblicklich fällt alle Fröhlichkeit von mir ab wie die Schale von einer Kastanie. »Wie bitte?«

Der Roderich bückt sich und hebt das graubraune Bündel auf.

»Im Freilichtmuseum wurde ein Diebstahl gemeldet. Aus einer Vitrine in der Rainerkeusche wurde gestern das Ur-Dirndl entwendet.« Er holt einen großen Plastik-Zipperbeutel aus seinem Dienstwagen und bettet das Stück Stoff vorsichtig hinein.

Hermi kommt neugierig näher. »Was denn für ein Ur-Dirndl?«

»Ein Textilfund aus dem 19. Jahrhundert«, wispert der Roderich. Er würdigt Hermi keines Blickes. Sein ganzes Gehabe gefällt mir nicht. Ganz und gar nicht.

»Und was habe ich damit zu tun?«

»Die Frage lautet eher, was Ihre Tochter damit zu tun hat.« Der Roderich schließt den Zipp und schaut mich listig an.

Jetzt schaltet sich Hermi ein. »Also, wenn's um den alten Fetzen geht, Herr Inspektor, das kann ich Ihnen erklären. Ich hab nämlich vorhin beim Putzen …«

»Sie habe ich nicht gefragt«, zischt der Roderich unerwartet scharf in Richtung Hermi und deutet mit seinem Wurst-Zeigefinger auf mich, »ich will wissen, wie dieses wertvolle Stück Stoff in *Ihren* Besitz kommt.«

»Wertvoll?« Hermi lacht.

Jetzt reißt mir aber die Hutschnur. »Was heißt hier Besitz? Hier besitzt niemand ein wertvolles Stück Stoff, und schon gar nicht dieses! Ich weiß gar nicht, was das überhaupt alles soll!«

»Dieser kostbare historische Fund wurde gestern aus dem Freilichtmuseum entwendet«, wispert der Roderich.

»Aber nicht von mir, und von meiner Tochter schon gar nicht!«

»Der Fetzen ist bei mir in der Kutsche mitgefahren«, schaltet sich der Rettenbacher wichtig ein.

»Sie waren also auch am Diebstahl beteiligt?«

»Im Gegenteil«, schreit Hermi, »ich hab es ja grad erst in die Mülltonne geschmissen. Weil mir so graust davor.« Sie zeigt auf den Rettenbacher: »Und ihm auch!«

Der Roderich zieht Block und Stift aus seiner Brusttasche und macht Notizen. Ein paar Sekunden lang sagt niemand etwas.

Und dann habe ich eine Idee.

»Fällt ein Diebstahl in Großgmain überhaupt in Ihren Zuständigkeitsbereich?«, frage ich betont entspannt.

»Soweit ich informiert bin, arbeiten Sie am Posten in Anif.«

Wenn überhaupt möglich, kühlt die Miene vom Roderich um noch ein paar Grad ab. »Ich kann Sie beruhigen, Frau Dorn: Um die Zuständigkeiten kümmert sich jemand anderer. Sie müssen sich damit nicht befassen.«

»Bist du deppert, der redet vielleicht geschraubt daher«, murmelt Hermi.

»Beantworten Sie bitte einfach meine Frage: Waren Sie alle drei gestern zur Tatzeit im Freilichtmuseum?«

»Wann war denn die Tatzeit?« »Spinnt der?« »Jetzt schlagt's aber 13!« Alle reden durcheinander. Der Roderich klopft mit seinem Stift auf den Block, um sich Gehör zu verschaffen.

»Waren Sie gestern zwischen 18 und 20 Uhr im Salzburger Freilichtmuseum?«

»Ja«, sagen der Rettenbacher, die Hermi und ich gleichzeitig. Lügen wäre sowieso zwecklos; die Besucherliste der Modeschau liegt im Sekretariat der Schule in Hallein auf. Und der Rettenbacher musste seinen Besuch im Freilichtmuseum sicher ankündigen, damit er ohne Probleme die Kutsche aus dem Gelände lenken kann.

Der Roderich nickt zufrieden und notiert wieder etwas.

»Das Diebesgut wurde also in Ihrem Gefährt aus dem Museum geschafft, dann in Ihrer Mülltonne versteckt und schließlich bei Ihnen in der Einfahrt gefunden.« Er zeigt reihum auf den Roderich, die Hermi und mich. »Darüber hinaus sind Sie alle drei Bezugspersonen zur verdächtigen Susanne Dorn, die seit einigen Stunden flüchtig ist.«

»Ja, spinnt der jetzt komplett?« Hermi ist außer sich. Sie lässt die Gummihandschuhe auf ihren Oberschenkel schnalzen. »Was heißt denn hier flüchtig? Wo ist die Susi überhaupt?«

Ich hebe nur die Schultern und sage nichts. Ich wüsste auch nicht, was. Der Roderich fixiert mich und lässt die Handschellen an seinem Gürtel klimpern.

»Frau Susanne Dorn hätte an Ort und Stelle befragt werden sollen, hat sich aber der Befragung entzogen.«

»Wegen dem alten Fetzen wollten Sie sie befragen?« Meiner Schwiegermutter schwillt die Halsschlagader an, ihr Kopf ist hochrot und nach vorn gereckt. Kampfstellung. »Glauben Sie wirklich, dass sich meine Enkeltochter für so ein Klump interessiert?« Hermi macht ein paar Schritte auf den Roderich zu. »Was haben Sie denn eigentlich für ein Problem, guter Mann?«

Der Roderich klappt seinen Block zu, steckt ihn zurück in die Brusttasche und grinst süffisant. »Ich hab gar kein Problem, Verehrteste. Aber es wäre besser, Ihre Enkeltochter findet so schnell wie möglich den Weg nach Hause. Da wird noch einiges auf sie zukommen.«

Hermi verschränkt die Arme über der Brust. »Na, da bin ich aber gespannt, lassen S' hören!«

»Die Fahndung läuft bereits!«

»Wegen einem Stück Stoff?«

»Nein«, flüstert der Roderich und steigt in seinen Wagen, »wegen Mord.«

10. KAPITEL

Erzählt von Schweiß und Ehre, Haustieren und Experten, von Opfern, Papierkram und altem Stoff. Ich streue der Vroni Rosen und reiße mich zusammen. Es geht um Recherche, Handwerk und Augenfarbe. Außerdem um Ohren und mein Unterbewusstsein.

Heute Abend wird das nichts mit dem Sticken und der Entspannung. Meine Hände sind schweißnass, immer wieder rutsche ich an der Nadel ab. Dreimal gleitet der Faden aus dem Nadelöhr, und ich muss neu einfädeln. Die Flüsterstimme vom Roderich und seine zur Schau gestellte Macht sind der Soundtrack, während ich den grauen Faden wieder und wieder mit der Nadel durch den Stoff führe. Sticken ist Denken mit der Nadel, heißt es. Meine Gedanken als Stickbild sprechen für sich: Handschellen.

Was bringt den Roderich dazu, meiner Tochter gleich zwei Verbrechen anzuhängen? Und warum ist, wenn dieses alte Stück Stoff tatsächlich so viel wert sein soll, von offizieller Seite noch nichts durchgedrungen, sprich: Medien. Der Diebstahl eines »kostbaren historischen Fundes«, wie der Roderich es genannt hat, ist doch bestimmt für Fernsehen und Zeitung interessant. Und vor allem: Wer stiehlt tatsächlich so ein altes Stück Stoff?

Am nächsten Morgen rufe ich noch vor dem Frühstück die Vroni an. Es ist zwar erst kurz nach 5 Uhr, aber sie ist sowieso eine Frühaufsteherin. Am Telefon klingt sie jedenfalls putzmunter und aufgeräumt.

»Meine liebste Arzthelferin ruft an, was verschafft mit die zweifelhafte Ehre?«

»Die Tatsache, dass meine liebste Volksschullehrerin in ihrer Freizeit gern alte Sachen sucht.«

Vroni schweigt verblüfft – aber nur kurz. »Du willst mit dem *Geocachen* anfangen?«

»Gott bewahre, nein danke!« Vronis Leidenschaft war mir zwar im letzten Jahr behilflich, aber was so reizvoll daran ist, weltweit nach versteckten Sachen in Plastikdosen zu suchen, ist mir bis heute schleierhaft. »Nein, Vroni, es geht um Archäologie.«

Zugegeben, es fällt mir schwer. Richtig schwer, aber es hilft alles nichts. »Ich brauch dein Fachwissen. Bitte.

Jetzt ist Vroni ernsthaft platt. Normalerweise unterbreche ich sie, sobald sie zum Klugschiss ausholt. Dass ich diesmal um Hilfe bitte, ist neu. Und ein Alarmzeichen.

»Was ist los?«

Kurz und knackig umreiße ich, was am Sonntag passiert ist. Beziehungsweise, was passiert sein muss, denn die Sache mit dem Diebstahl kenne ich nur vom Roderich, quasi vom Freund und Helfer höchstpersönlich. Die Vroni hört zu und sagt nichts.

»Ich hab bisher immer gedacht, dass so alte Stoffe im Erdreich zerfallen oder sich zersetzen«, sage ich am Ende meines Berichtes, »aber der Roderich hat was von einem historischen Fund gefaselt – wo bitte findet man alte Kleidungsstücke? Ich meine, ich hab das Teil in der Hand gehabt. Es war kratzig, aber gut erhalten. Ich dachte, es wäre vielleicht 40 oder 50 Jahre alt.«

»Du hast das Ur-Dirndl in der Hand gehabt?«

Ich kann Vronis Ehrfurcht fast greifen.

»So viel Glück haben echt nur Leute, die von Archäologie keine Ahnung haben.«

»Ja, herzlichen Dank, Frau Lehrerin!«

»Sorry, ist aber so. Unsereins gräbt sich die Finger wund und arbeitet mit Schaufel und Pinsel, um etwas zu finden. Und du fischst einen der bedeutendsten Textilfunde in unserer Region aus deiner Mülltonne!«

»Aus Hermis Mülltonne!«, bessere ich sie aus.

»Ist ja jetzt egal. Was ich sagen wollte: Mit der Grabungsarchäologie hat das Ur-Dirndl nichts zu tun. Da arbeitet man mit Bagger und Pinsel, je nachdem, was halt gebraucht wird.«

»Hast du schon einmal mit dem Bagger gearbeitet?« Von ihren Einsätzen bei den Hobby-Archäologen hat sie mir öfter erzählt, aber ich habe nie richtig hingehört. War mir zu langweilig.

»Nein, leider. Da kommen nur Leute zum Einsatz, die mit Baggern richtig gut umgehen können. Viel zu riskant, dass sonst etwas zerstört wird. Ich bin eher in der Fraktion Pinsel unterwegs.«

Also Erdklümpchen und Staub beiseite wedeln. Spannend.

»Okay, und was heißt das jetzt in Sachen Ur-Dirndl?« Ich lotse sie wieder zum eigentlichen Thema.

»Das Ur-Dirndl wurde in einem Haus gefunden. Leider war ich nicht dabei, aber das war von ein paar Jahren die Sensation schlechthin!«

»In einem Haus? Das ist einfach so herumgelegen, oder wie kann ich mir das vorstellen?«

»Nein«, sagt Vroni gedehnt, »das Dirndl war ein Bauopfer.«

»Ein Bauernopfer? Wieso das denn?«

»Nein, BAU-Opfer!« Vroni schnaubt ungeduldig.

Jetzt stehe ich total daneben. Muss ich zugeben. »Wie bitte?«

»Bauopfer nennt man Funde, die in einem Haus geborgen werden.« Sie holt Luft und legt los: »Unter der Beschüttung von Häusern, unter den Brettern vom Fußboden oder dem Fensterbrett haben Leute früher Gegenstände oder Lebewesen eingegraben.«

»Lebewesen?«

»Ja, verstorbene Haustiere, zum Beispiel. Aber auch Erinnerungsstücke. Münzen oder Schmuck. Solche Sachen.«

»Warum sollte man Haustiere im eigenen Haus begraben?« Finde ich ekelhaft, bei aller Tierliebe.

»Um ein Opfer zu bringen oder zu danken. Den Hausgöttern oder sonst jemandem. Für gelungene Arbeit, für Gesundheit, was weiß ich. So sattelfest bin ich nicht in der Archäologie. Ich mach das ja nicht beruflich, Rosmarie. Da gibt's Experten, weißt du.«

»*Du* bist meine Expertin«, streue ich ihr Rosen.

»Vielen Dank für die Blumen. Jedenfalls war dieses Ur-Dirndl ein Bauopfer. Und gefunden wurde es …«

»Lass mich raten: im Freilichtmuseum.«

»Vor ein paar Jahren, ganz genau.« Vroni überlegt kurz. »Aber wieso es jetzt wieder dort, also in der Nähe vom Fundort, gewesen sein soll, bevor es gestohlen wurde, ist mir schleierhaft. Normalerweise ist die Aufbewahrung von alten Textilien eine heikle Sache. Da muss die Temperatur stimmen, die Luftfeuchtigkeit, zu viel Sonneneinstrahlung ist schädlich für das Gewebe …«

Ungefähr eine Minute lang hängen wir beide unseren

Gedanken nach. Ein Kleidungsfund, der eigentlich in eine Vitrine gehört … Was hatte der im Leichenwagen vom Rettenbacher zu suchen?

»Ich frag einmal die Frau Professor Krimpelstätter.«

»Kenn' ich die?«

»Kaum. Das ist die Gruppenleiterin von unserer Hobby-Archäologenrunde.«

»Eine Hobby-Archäologin? Ist die kompetent genug?«

»Anzunehmen«, sagt die Vroni kühl, »weil die Frau Professor Krimpelstätter nämlich eine Koryphäe auf ihrem Gebiet ist. Die macht seit Jahrzehnten nichts anderes. Sie war schon bei sämtlichen nationalen und internationalen Ausgrabungen live dabei. Carnuntum, Enns, Griechenland. Das mit unserer Hobby-Runde ist ja nur ihre Freizeitbeschäftigung.«

»Jaja, schon gut. Also bitte, wenn du diese Dame kennst, dann zapf sie an.«

Die Vroni wartet.

»Bitte!«, schiebe ich noch hinterher.

»Gut. Was genau willst du wissen?«

Der Vormittag in der Praxis verläuft dann mittelmäßig spannend. Eine Gehirnerschütterung, ein eingewachsener Zehennagel, zweimal Verdacht auf Gürtelrose und drei Magen-Darm-Infekte. Zwischendurch die Frau vom Rettenbacher, die sich ein Mittel gegen Blasenschwäche verschreiben lässt, und eine Lieferung von EKG-Kontaktmitteln. Ich muss mich mordsmäßig zusammenreißen, um bei der Sache zu bleiben, und endlich, als ich gerade meinen Schreibtisch zusammenräume vor Praxisschluss, grölt Andreas Gabalier sein *Hulapalu* aus meinem Smartphone. Anruf von Vroni.

»Also ich hab die Krimpelstätter erreicht. Sie trifft uns heute Nachmittag im Freilichtmuseum, Abteilung Lungau.«

»Was?« An Vronis Telegrammstil beim Telefonieren bin ich gewohnt, aber heute geht es mir einen Tick zu schnell.

»Die Archäologin. Krimpelstätter. Sie nimmt sich Zeit, um deine Fragen zu beantworten. Heute Nachtmittag um 15 Uhr an Ort und Stelle. Ich hol dich ab, bis später.« Dann legt sie auf.

Die Vroni kommt im Dirndl. Ob aus gegebenem Anlass oder weil sie es einfach gerne trägt, weiß ich nicht. Jedenfalls ist sie ordentlich herausgeputzt. Der grüne Leib passt wie angegossen, auf der Schürze in zartem Lila sitzt eine perfekt gebundene Schleife, und an ihren Ohren baumeln kunstvoll geschnitzte Gehänge. Hab ich irgendwo schon einmal gesehen. Bei meiner Chefin vielleicht?

»Heute im Ausseer-Gwand?«, frage ich Vroni und zeige ein Daumen hoch. Steht ihr wirklich ausgezeichnet.

»Ausseer geht immer«, strahlt die Vroni und wartet, bis ich mich am Beifahrersitz niedergelassen und die Tür zugemacht habe. Sie startet den Motor.

»Wir müssen zur Rainerkeusche«, sagt sie, während sie ihren SUV in Richtung *Latschenwirt* bergauf jagt. Die Kurven von Fürstenbrunn in Richtung Großgmain sind teilweise unübersichtlich und die Straße schmal. Wenn's nicht unbedingt sein muss, meide ich diese Strecke. Aber sie ist der kürzeste Weg zum Freilichtmuseum.

»Was ist die Rainerkeusche?«, frage ich.

»Ein altes Bauernhaus aus dem Lungau, das abgebaut und im Freilichtmuseum wieder errichtet wurde. Ein mittelalterlicher Kleinbauernhof aus Ramingstein, um genau zu sein.«

Die Vroni ist immer genau. Jedenfalls wenn es um's Klugscheißen geht. Sie schaltet in den nächsten Gang.

»Und diese Krimpelstätter hat sich extra Zeit genommen?«

Die Vroni grinst. »Beziehungen.« Mehr sagt sie nicht.

Die Arbeit unter der Sonne und im Freien hat ganze Arbeit geleistet. Frau Professor Krimpelstätters Haut ist wettergegerbt und ledrig, dabei ist sie höchstens Mitte 50. Schätze ich zumindest. Wir finden sie im alten Bauernhof aus Ramingstein, genau wie Vroni gesagt hat. Auf dem alten Esstisch, an dem seit Hunderten Jahren wahrscheinlich Bauern Speis und Trank geteilt und über ihre Probleme geredet haben, hat sie sich einen provisorischen Schreibtisch eingerichtet. Durch die winzigen Fenster fällt nur wenig Licht, trotzdem wirkt das Haus auf eine gewisse Weise heimelig. Frau Professor Krimpelstätter stapelt gerade Papierkram aufeinander, als wir den Raum betreten. Ihre Miene ist ernst.

In der Mitte des Raumes steht eine zertrümmerte Vitrine auf einem Sockel. Am Boden liegen ein paar einzelne Glasscherben und braunes Paketband, das einen Scherbenteppich zusammenhält. Ein guter Trick, um Glas leise zu zertrümmern. Wer auch immer das Ur-Dirndl mitgenommen hat, wusste, was zu tun ist.

»Danke, dass Sie sich extra Zeit genommen haben.« Vroni begrüßt die Archäologin und stellt uns einander vor.

»Keine Ursache, ich war sowieso hier und hatte einiges zu erledigen.« Eine Zeit lang mustert sie mich, dann wendet sie sich wieder ihrer Zettelwirtschaft zu.

»Sie müssen entschuldigen, aber der Diebstahl des Ur-Dirndls hat mir viel zusätzliche Arbeit beschert«, sagt sie. »Allein der Papierkram ist enorm. Gott sei Dank war das Stück ausreichend versichert.«

Ich nicke und überlege, wie ich anfangen soll. Am besten direkt, sagt Tante Zenzi immer. Gleich zur Sache kommen, ohne Umwege. »Wer könnte Interesse daran haben, das Ur-Dirndl zu besitzen?«

Die Archäologin lacht kurz und freudlos auf. »Da gibt's mehrere Möglichkeiten.« An ihrem Blick merke ich, dass der Verdacht vom Roderich schon zu ihr durchgedrungen ist. Was sie daraus macht, lässt sie sich nicht anmerken. Zumindest frage ich mich, wie es sich anfühlt, als Archäologin mit der Mutter einer vermeintlichen Diebin zu reden. Sie schüttelt kurz den Kopf und seufzt.

»Sammler, Händler oder Raubgräber.«

Auf meinen fragenden Blick schickt sie noch eine Erklärung hinterher: »Fundstücke schaffen es nicht immer ins Museum. Oft sind die organisierten Schmuggler schneller, die die Funde außer Landes bringen und zu hohen Preisen an Sammler verscherbeln. Oder einfache Hobby-Archäologen, die uns Profis zuvorkommen wollen, reißen sich die Funde unter den Nagel. Das sind dann die Raubgräber. Die halten sich nicht mit zeitraubendem Papierkram wie Bewilligungen oder Gutachten auf, sondern legen ohne Erlaubnis los. Illegal, versteht sich. Und wenn so jemand etwas findet, behält er es natürlich und schweigt.«

Komplettes Neuland für mich. Aber interessant. Ich mustere Vroni von der Seite. Plötzlich schäme ich mich, dass ich sie so dermaßen unterschätzt habe. Die Archäologin reißt mich aus meinen Gedanken.

»Zuallererst muss man immer den Wert eines solchen Fundes kennen. Beim Ur-Dirndl können wir von einem fünfstelligen Betrag ausgehen.«

Das überrascht mich. »Für ein altes Stück Stoff?«

Vroni verdreht neben mir die Augen ob meiner Unwissenheit.

»Dieses alte Stück Stoff stammt aus dem 17. Jahrhundert«, sagt Frau Professor Krimpelstätter schmallippig. »So etwas wie das Ur-Dirndl findet man nicht jeden Tag, wissen Sie. Funde dieser Art liefern uns jede Menge Informationen über das Leben der Trägerin.«

Ich nicke. »Der Wert wird also nicht rein am Material gemessen, sondern aus den Erkenntnissen, die sich davon ableiten lassen?«

»Ganz genau. Man untersucht den Fund und stellt danach wesentliche Fragen. Zum Beispiel: Wurde das Gewand aufwendig oder eher schlicht verarbeitet? Kann man daraus auf die gesellschaftliche Zugehörigkeit der Besitzerin schließen? War es eine Festtagstracht oder das Kleid einer einfachen Bäuerin? Was sagt es über die Materialien aus, die damals zur Kleiderherstellung vorhanden waren? Und so weiter …«

»Wenn es hier gefunden wurde«, ich deute auf die Wände des Bauernhauses, »dann hat es wohl eher einer einfachen Frau gehört.« Das finstere, niedrige Haus lässt darauf schließen. »Eine Adelige hätte wahrscheinlich in einem größeren Haus gelebt.«

Die Archäologin nickt und stopft die Mappe mit den geordneten Zetteln in eine Aktentasche. »Jedenfalls hätte ich meinem Instinkt vertrauen und das Kleid dort lassen sollen, wo es war. In der Vitrine.« Sie schüttelt den Kopf. »Aus Fehlern lernt man.«

Vroni und ich wechseln kurz einen Blick. »Aber wieso …
wo war es denn am Sonntag?«

Frau Professor Krimpelstätter seufzt und vergräbt die
Hände in den Hosentaschen ihrer Jeans.

»Es hätte ein Gag sein sollen.« Sie macht Gänsefüß-
chen mit den Fingern in der Luft. »Etwas Besonderes,
das zur Dirndl-Modeschau passt und auf die Tradition
dieses Kleidungsstückes hinweist. Ich war von vornher-
ein dagegen, aber mein Mann hat es wieder mal geschafft,
mich einzuwickeln. Er hat mit so Begriffen wie Vintage
und Upgraden um sich geschmissen, und ich hab mich
wieder einmal breitschlagen lassen. Aber es war natürlich
eine komplette Schnapsidee …«

»Moment«, ich unterbreche sie, »ich steh auf der Leitung, Frau Professor.«

Sie schaut leicht irritiert. Vielleicht ist ihr meine Ausdrucksweise zu direkt. Ist mir aber egal. »Wieso wollte
Ihr Mann, dass das Ur-Dirndl am Sonntag aus der Vitrine kommt? Und was hat das mit der Dirndl-Modeschau zu tun?«

Die Archäologin schaut abwechselnd zur Vroni und
zu mir und sagt erst einmal nichts. Und als ich schon
überlege, ob da überhaupt noch etwas kommt: »Weil
mein Mann quasi der Star der Modeschau war.« Sie
schnappt sich die Tasche und wendet sich zum Gehen.
»Alexander Krimpelstätter, aber so nennt er sich schon
lange nicht mehr.« In der Tür bleibt sie noch einmal stehen und dreht sich zu uns um. »Für die Presse heißt er
Alexis K.«

Das muss ich erst einmal sacken lassen. Der Designer
und die Archäologin. Nie im Leben wäre ich auf die

Idee gekommen, dass die beiden ein Paar sind. Der Name Krimpelstätter ist nicht gerade selten in Salzubrg. Vroni und ich sehen uns kurz an und sausen der Archäologin hinterher.

»Frau Professor Krimpelstätter«, keuche ich und versuche, mit ihr Schritt zu halten. Sie stiefelt mit einem Schweinsgalopp über das Museumsgelände Richtung Ausgang.

»Ich wusste nicht, dass Sie und Alexis K., also Ihr Mann …« Ich komme ins Stottern.

»Sind wir auch nicht«, antwortet die Archäologin und ist weiter im Stechschritt unterwegs. »Jedenfalls nicht mehr. Wir leben getrennt, schon seit Jahren.«

»Aber wieso …«

Mit einem Ruck bleibt sie stehen, und ich pralle fast mit Vroni zusammen.

»Haben Sie meinen Alexander gesehen? Ich meine bei der Modeschau?«

»Ja, hab ich.«

»Was war Ihr Eindruck?« Sie mustert mich streng, und ich überlege ernsthaft, was sie von mir hören will. Und was ich ihr antworten soll. Anscheinend bin ich nicht die Erste, der sie diese Frage stellt.

»Sie können ruhig ehrlich sein«, meint sie und setzt ihren Gewaltmarsch fort, »ich kann damit umgehen. Schließlich kenne ich Alexander, seit er selber in der Modeschule war. Kurz bevor er alles hinschmeißen wollte, übrigens.«

Vroni schaut mich ratlos an und schüttelt den Kopf.

»Alexander hat eine unglaubliche Wirkung auf Frauen, das war schon immer so. Egal, welches Alter: Es gibt kaum eine, die sich seinem Charme entziehen kann.«

Nicht ganz die Worte, die ich gewählt hätte, aber gut. Eitler Gockel trifft es eher. Aber das behalte ich lieber für mich.

»Alexander hatte immer Affären.«

Mit so viel Offenheit habe ich nicht gerechnet. Vor allem, wenn sie ungefragt daherkommt. »Sie wussten davon?«

Die Archäologin grüßt im Vorbeigehen einen der Museumswärter. »Anscheinend ist das in der Modebranche so. Alexander hat jedenfalls nie ein Geheimnis daraus gemacht, dass er mich nur des Geldes wegen geheiratet hat. Die große Liebe war es nie.« Mittlerweile sind wir am Parkplatz angekommen. »Zumindest nicht von seiner Seite.«

Frau Professor Krimpelstätter bleibt vor einem schmutzigen Van stehen. »Um Ihre Frage zu beantworten: Ja, er hat es wieder einmal geschafft, mich rumzukriegen. Ich bin die Verantwortliche für den Textilfund hier«, sie deutet auf das Freilichtmuseum und öffnet den Kofferraum, »und es hat ihm ganz gut in den Kram gepasst, wieder einmal in der Presse zu erscheinen. Alexis K., der Bewahrer des Dirndls.« Sie verzieht spöttisch den Mund. Dann schmeißt sie ihre Jacke und die Aktentasche in den Wagen und schließt die Heckklappe.

»Mehr als ein paar Fetzen für irgendwelche Möchtegern-Promis hat er nie zusammengebracht. Er kann nicht einmal ordentlich zeichnen, wissen Sie. Aber er kann sich gut verkaufen und hat einen hervorragenden Draht zur Presse.« Sie klimpert mit dem Schlüsselbund. »Papier ist geduldig.«

Die Informationsflut der letzten Stunden verarbeiten die Vroni und ich bei einem Kaffee. Wir gehen noch einmal aufs Gelände des Freilichtmuseums und setzen uns ins Salettl, wo Getränke und Imbisse angeboten werden. Es nieselt, aber unter der Krone eines Kastanienbaums setzen wir uns an einen Tisch und rühren in unseren Cappuccini. Die Vroni hat eine Wollstola um ihre Schultern geschlungen, die farblich perfekt zum Ausseer-Dirndl passt. Ich mache den Reißverschluss meiner Jacke zu, denn zum Nieselregen kommt jetzt auch noch Wind auf. Das Blätterdach hält zwar die Tropfen ab, aber gemütlich geht anders.

»Glaubst du, dass es eine Verbindung zwischen dem Mord und dem Diebstahl gibt?«

Vroni zuckt die Schultern und nimmt das Keks, das verschweißt auf ihrer Untertasse liegt. »Ich bin allergisch auf Haselnüsse.« Sie hält mir die bröselige Kleinigkeit hin. »Magst du?«

»Ja, danke.« Obwohl mir momentan nicht nach Süßem ist, stopfe ich das Keks in mich hinein. Nervennahrung.

»Jedenfalls ist es völlig ausgeschlossen, dass die Susi damit zu tun hat.« Vroni rührt weiter in ihrer Tasse, und ich bin ihr unendlich dankbar. Das merkt sie natürlich gleich und schaut streng.

»Hast du ernsthaft geglaubt, deine Tochter könnte …?«

»Nein!«, sage ich entschlossen. »Keinesfalls. Aber die Tatsache, dass ein Polizist so eine Behauptung aufstellt … Das macht mir schon Kopfzerbrechen.«

Vroni nickt und schaut sich um. »Eigentlich ist heute das ideale Museumswetter, oder?«

»Aber nicht, wenn das Museum im Freien ist. Ich find's total ungemütlich.«

»Deshalb gibt's ja Häuser, in denen man vor Wind und Wetter geschützt ist. Hast du gewusst, dass diese Woche Handwerkerwoche im Freilichtmuseum ist?«

Den Blick in Vronis Augen kenne ich und wehre ab.

»Nein, Vroni, echt …«

Zu spät. Vroni nimmt mich am Arm, Widerstand zwecklos.

»Jetzt, wo wir schon einmal hier sind. Außerdem brauchst du Abwechslung. Ganz dringend.«

Wo sie recht hat, hat sie recht.

Sie schleift mich zum Krallerhof, einem Bauernhaus im Gebiet des Pinzgaus. In einem der Zimmer hat eine Trachtenschneiderin mehrere Dirndl auf Schneiderpuppen ausgestellt. Auf einem Tisch liegen Stoffballen in allen erdenklichen Rot-, Grün und Blautönen.

»Ich überleg' ja schon lange, ob ich mir mal ein Dirndl auf den Leib schneidern lassen sollte«, flüstert die Vroni und zupft am Rock eines ausgestellten Modells. Indigoblau mit weißen Pünktchen.

»Du hast doch eh so viele, oder nicht?«, flüstere ich zurück.

»Man kann nie zu viele Dirndl besitzen.« Die Schneiderin muss Ohren wie ein Luchs haben. Jedenfalls hat sie unser Geflüster verstanden und grinst uns an. »Ein Dirndl steht jeder Frau. Und es gibt tausend Gelegenheiten, es auszuführen. Brauchtumsfeste, Familienfeiern, den Dirndlflugtag…«

»Oder bei der Arbeit«, sagt Vroni.

»Aber nicht in der Arztpraxis.« Was wohl meine Chefin dazu sagen würde? Andererseits: Ich habe es noch nie probiert. Dirndl beim Arbeiten. Warum nicht?

»Es kommt immer aufs Styling an. Mit einer Jeansjacke oder Sneakers schaut es gleich ganz anders aus, als wenn man es mit einer Strickjacke kombiniert. Und natürlich«, sie geht um den Tisch herum und macht sich an den Stoffballen zu schaffen, »gibt es unendlich viele Variations-möglichkeiten. Farblich, meine ich. Nicht nur beim Ober-teil und dem Rock, sondern auch bei der Schürze. Eine Schürze«, sie hält der Vroni einen schwarzen Stoff vor den Rock, »gibt dem Dirndl gleich ein anderes Gesicht. Schwarz ist elegant, aber wer etwas mehr Farbe will …« Sie holt einen Stoff mit *Ikat*-Muster in Lilatönen mit Maigrün, »der kann mit wenigen Handgriffen das Dirndl aufpeppen.«

»Oder upcyceln.« Ich muss an die Modeschau und Susi denken.

»Genau. Für ein schönes Dirndl braucht's keinen aufge-blasenen Designer.« Kurzer Seitenhieb auf Alexis K. »In Salzburg und ganz Österreich gibt's so viele Traditions-betriebe, die haben schon Dirndl entworfen, als so man-cher noch in die Windeln geschissen hat.«

Vroni kichert. Die Schneiderin steckt uns noch Visi-tenkarten zu, weil ihr Vronis Begeisterung nicht entgan-gen ist. Aber ich brauche momentan eine kurze Aus-zeit vom Dirndl und schlendere einstweilen weiter zum nächsten Raum.

»Edition Lieblingsstückerl« steht auf einem schwar-zen Schild. Eine Frau mit pinkfarbener Strickjacke und braunen halblangen Haaren sitzt unter dem Schild an einem Tisch und hantiert mit einer Schmuckzange. Auf einem zweiten Tisch sind, in kleinen quadratischen, ebenfalls schwarzen Schachteln, Ohrringe ausgestellt. Faszinierende Muster, kunstvoll geschnitzt. Die Farb-palette reicht von leuchtendem Orange über Cognac und Maigrün bis Sonnengelb. Das hier hebt sich deut-lich vom Modeschmuck-Einheitsbrei ab. Einwandfreies Handwerk.

»Die Ohrringe, von denen ich dir erzählt habe«, flüstert die Vroni neben mir und deutet auf die grüne Schnitzerei, die von ihren Ohren baumelt. »Alles designt und produziert in Österreich von Elisabeth Limmert.« Sie deutet auf die Frau mit der Schmuckzange.

Neben uns nähert sich ein Pärchen, schätzungsweise Ende 20, dem Tisch mit den Schmuckstücken.

»Ich brauch noch ein passendes Accessoire für mein Salzburger Dirndl«, sagt die Frau und bleibt vor den Modellen in Rot- und Blautönen stehen. »Das mit dem blauen Leib und der roten Schürze.«

Ihr Begleiter verzieht das Gesicht. »Ich find', das grüne Dirndl steht dir besser.«

»Aber im blauen fühl' ich mich wohler. Außerdem mag ich die Farben, ich finde, das passt zu meinen Augen.«

Sie nimmt ein jeansblaues Modell aus der Schachtel.

»Zu grünen Augen passt immer noch grün am besten, findest du nicht?«

»Ich wusste gar nicht, dass ich grüne Augen habe«, sagt die junge Frau spitz und stöbert bemüht konzentriert bei den blauen Modellen. Als ihr Begleiter sie ansehen will, dreht sie den Kopf weg. Vroni neben mir verzieht den Mund und schüttelt den Kopf. Der arme Kerl neben uns weiß gar nicht, wie dünn das Eis ist, auf dem er sich gerade bewegt.

»So blaugrün halt«, versucht er sich zu retten und hält ein Paar Ohrringe mit blauer Schnitzerei und grünen Halbedelsteinen auf den Steckern hoch. Aber der Versuch geht daneben.

»Dann hast du mir schon lange nicht mehr tief in die Augen geschaut, Schatz. Meine Augen sind so blau, blauer geht's gar nicht. Oder verwechselst du mich grad mit jemandem?«

»Auweh«, flüstert Vroni, »jetzt wird's eng.«

»Ich suche ein Modell in Brauntönen«, sagt Vroni zu Elisabeth Limmert, die gerade mit dem Handbohrer arbeitet.

»Sie können sich die Komponenten aussuchen und individuell zusammenstellen.« Frau Limmert wirft einen kurzen Blick auf Vronis dunkelbraune Augen und Haare. »Eher hell, würde ich sagen. Damit die Stücke zur Geltung kommen. Wie wär's mit einem Nude-Ton?«

In der Zwischenzeit wächst sich die Hachelei neben mir zu einem handfesten Krach aus.

»Farbenblind, dass ich nicht lache! Nur weil dir meine Augenfarbe nicht mehr einfällt!«

»Ja bitte, dann zieh halt das Blaue an, wenn du meinst! Aber ich sag's dir gleich: So geh ich nicht unter die Leute mir dir! Das ist viel zu weit ausgeschnitten! Da hupft einem ja direkt deine Brust ins Gesicht!«

»Hat dich doch sonst nie gestört!« Die Frau stemmt die Hände in die Hüften. »Aber vielleicht ist das ja der Grund, warum du mir nie in die Augen schaust. Die wirklich interessanten Sachen sind weiter unten. Ihr Männer seid halt sehr einfach gestrickt.«

Großes Kino, mehr kann man dazu nicht sagen. Ich nehme mir vor, online und in Ruhe nach passenden Ohrringen zu suchen, verabschiede mich von Frau Limmert und schnappe mir eine Visitenkarte von den *Lieblingsstückerln*. Dann trete ich ins Freie und warte auf die Vroni. Es hat aufgehört zu nieseln. Hinter einer dicken Wolke quält sich die Sonne hervor. Ich fische mein Smartphone aus der Tasche und checke meine Nachrichten. Aber mittlerweile habe ich die Hoffnung aufgegeben, dass Susi sich meldet.

Dass mein abendliches Stick-Memo ein großes Ohr wird, wundert mich nicht. Fleischfarbene Kreuzstiche, die ein großes Lauschorgan darstellen. Will mir mein Unterbewusstsein etwas damit sagen?

Ich schneide die Fäden ab und räume das Stickzeug weg.

Und mit dem dumpfen Gefühl, dass ich endlich anfangen muss, mich in der Ella-Sache umzuhören, plane ich den nächsten Tag.

11. KAPITEL

Erzählt von Salz, Kelten, Klosterschwestern und roten Schals. Ich muss irgendwo anfangen und mache mich auf den Weg zu Nummer zwei. Es geht um Verkehrszonen, Mittelfinger und Taxifahrer. Außerdem um Muskeln, Erbstücke und Marketing. Ich finde eine Lücke und bewahre Haltung.

Hallein ist die ewig Zweite. Die zweitgrößte Stadt des Bundeslandes Salzburg kann nicht mit süßem Mozartkitsch aufwarten, mit Palästen, Schlössern und Wasserspielen. Hier gibt es keine *Sound-of-Music*-Tours und kein Hufgetrappel der Pferde, die verzückte Touristen durch die Stadt karren. Hallein hat Industrie, Schulen und ein stillgelegtes Salzbergwerk.

Immer drängt sich Salzburg vor: Bei *Salz* und *Burg* rieselt das weiße Gold deutlich vor dem inneren Auge, und die Festung hoch über der Stadt, angeblich die meistbesuchte Attraktion Österreichs, erscheint als trutziger Wehrbau. Hallein, wörtlich die »kleine Sudpfanne« hinkt wieder einmal hinterher: Der Hinweis auf den Salzabbau im Stadtnamen ist Understatement pur, und von der einst stolzen Burg Gutrat ist heute fast nichts mehr übrig. Dabei hätte es die Salinenstadt gar nicht notwendig, sich zu verstecken.

Ohne Hallein und seinen Salzabbau am Dürrnberg

hätte Salzburg weder Ansehen noch Reichtum. Muss einmal gesagt werden.

Sogar beim berühmtesten Weihnachtslied der Welt spielt Hallein nicht die erste Geige, obwohl Franz Xaver Gruber, der Komponist von *Stille Nacht*, hier begraben ist. Die Keltenstadt im Tennengau brüllt seine Schönheit nicht laut in die Welt hinaus; sie will entdeckt werden. Hallein lockt nicht wie die zuckrig-barocke Schwester Salzburg weiter nördlich, sondern wartet geduldig, bis man sich Zeit nimmt, um die salzige Vergangenheit körnchenweise aufzupicken.

Heute hat die Perle an der Salzach einen Lüster aus Geschichte, Wirtschaft und Kultur. Bereits ab 750 vor Christus wurde am Dürrnberg bei Hallein Salz im Bergbau gewonnen, beginnend mit den Kelten. Das gewonnene Salz wurde auf Schiffe verladen und über Salzach, Inn und Donau transportiert und gehandelt.

Für die Salzburger Erzbischöfe war Salz eine der wichtigsten Einnahmequellen. Es brachte Reichtum, Ansehen, aber auch Ärger. Das Land Salzburg, das erst 1816 Teil von Österreich wurde, stritt immer wieder um die Vorherrschaft im Salzabbau; mit Bad Reichenhall in Bayern ebenso wie mit den Habsburgern, die ihre privaten Salinen in Hallstatt und Bad Aussee denen im neuen Bundesland vorzogen. Im 17. Jahrhundert kostete einer der zahlreichen Salzkriege Fürsterzbischof Wolf Dietrich sogar die Freiheit: Er musste abdanken und blieb bis zu seinem Tod im Kerker der Festung Hohensalzburg. Die Residenzstadt Salzburg verdankt ihren Reichtum und ihre Schönheit also den Gewinnen aus dem Salzhandel. An den Salinenarbeitern und Bergknappen ging der Ertrag aus den Geschäften mit dem Salz vorbei, ebenso wie an der Stadt

Hallein selbst. Im Jahr 1989 wurde die Saline am Dürrnberg mit jahrtausendealter Tradition stillgelegt. Heute ist sie nur mehr Schaubergwerk.

Die Stadt an der Salzach, die dreimal so viele Einwohner hat wie Grödig, hat sich seit Ende der 70er-Jahre vom schwarzgrauen Industrie-Schandfleck zu einem gepflegten Plätzchen gemausert. Fassaden der Altstadthäuser auf der linken Salzachseite wurden aufgehübscht, die Kultur in großem Stil in die Stadt getragen. Auf der einzig bebauten Insel der Salzach, der Pernerinsel, wurde die ehemalige Solereinigungsanlage umfunktioniert und ist heute Teil der Veranstaltungsorte der *Salzburger Festspiele*.

Es ist reine Spekulation. Nur so eine Hypothese, ein zart flimmerndes Bauchgefühl. Aber ich weiß, dass ich damit meistens richtig liege, also folge ich der leisen Ahnung und fahre nach Hallein. Auch wenn mir das Verhalten vom Roderich eine schlaflose Nacht bereitet hat: Hunde, die bellen, beißen nicht. Zumindest bin ich zu diesem Schluss gekommen, als ich alles, was ich über ihn weiß, zusammengefasst habe. So tough, dass er gegen eine 19-jährige Schülerin aus dem Stand ermittelt, ist er nicht. Glaube ich jedenfalls. Sonst hätte er im vorigen Herbst die Mordfälle ohne Vroni und mich aufklären können. Im Grunde seines Herzens ist der Roderich ein Mann, der immer nur reagiert, anstatt selbst aktiv zu werden. Ich vermute ja, dass mein vorlautes Verhalten ihn provoziert hat. Gestern, als er zum zweiten Mal aufgekreuzt ist. Vielleicht wollte er eigentlich etwas ganz anderes sagen und ist erst wegen dem blöden Ur-Dirndl in Hermis Mülltonne hellhörig geworden. Ein Glückstreffer quasi. Für ihn, nicht für mich. Wahrscheinlich war es ihm ohnehin schon peinlich, dass er beim Ermitteln auf Hilfe angewiesen war, und ich habe die Signale für seinen verletzten Stolz nicht erkannt. Oberste Grundregel: Niemals einem Mann mit angekratztem Ego seine Fehler aufs Brot schmieren. Ich hätte es wissen müssen. Stattdessen habe ich noch eins draufgesetzt mit meinem vorlauten Mundwerk. Ich habe den Roderich vor Hermi und dem Rettenbacher bloßgestellt und sogar noch ausgelacht. Schlimmer geht nimmer. Klar, dass er die Flucht nach vorn angetreten und die Krallen ausgefahren hat. Die Fahndung nach der Susi nehme ich ihm nicht ab; das war sicher ein Bluff, um mich einzuschüchtern. Quasi Retourkutsche für den Lachanfall. Aber wer weiß, wann der Roderich tatsächlich anfängt, in der Sache zu stierln und zu graben. Und wie intensiv er sich in die Sache reinhängt. Im vorigen Herbst habe ich ihn für einen gutmütigen Deppen gehalten; leicht überfordert mit der Welt und froh um jede Hilfe. Seit gestern bin ich mir da nicht mehr so sicher. Allerdings habe ich einen Vorteil: Im Gegensatz zum Roderich weiß ich schon, wo ich nachhaken kann, um mehr über Ella herauszufinden. Eine Nasenlänge Vorsprung. Daher muss ich schleunigst zur Modeschule, bevor der Roderich dieselbe Idee hat.

Dienstags ist die Praxis ohnehin geschlossen, also spricht nichts gegen einen spontanen Ausflug nach Hallein.

Vorher mache ich allerdings einen Umweg über den Norden der Stadt Salzburg: Ich liefere Laurenz am Salzburger Hauptbahnhof ab, denn er muss für ein paar Tage nach Frankfurt. Irgendeine Konferenz mit Architekten aus Übersee, bei der der Grundstein für ein Gemeinschaftsprojekt gelegt werden soll. Auch gut. Die Stimmung zwischen uns ist immer noch frostig. Erstens, weil er seit Sonntagabend der gekränkte Heiler ist, dessen groß-zügiges Sex-Angebot ich ausgeschlagen habe. Und zwei-tens, weil er das Problem und meine Sorgen betreffend Roderich und Susi nicht versteht. Gestern Abend, als er seinen Trolley gepackt hat, habe ich ihm von Susis Anruf erzählt. Und vom Roderich. Der Laurenz war nur mäßig beeindruckt.

»Reg dich nicht auf, das ist doch nur ein kleiner Dorf-polizist, sonst gar nichts.« Er hat sechs Paar Socken paral-lel zueinander in den Koffer geschlichtet. Dass das Reserve-Paar für Notfälle nicht mehr Platz gehabt hat, hat ihn mehr beschäftigt als die Theorie vom Roderich. »Außer-dem: Wer weiß, was sich diese Ella eingeworfen hat? Die Jungen heutzutage nehmen doch alle etwas, wenn sie mit ihrem Leben nicht zurechtkommen. Wird sie halt zu viel erwischt haben. Und was die Susi betrifft: a) sie ist in einem schwierigen Alter, und b) es wäre nicht das erste Mal, dass sie bei einer Freundin übernachtet. Ich hab's dir ja gesagt: Du hörst schon wieder das Gras wachsen.«

Wobei man sagen muss: Vom labilen Gemüt des Geset-zeshüters und davon, dass unter der angekratzten Kruste ein Vulkan der Gehässigkeit schlummert, weiß mein Mann nichts. Daran bin ich selber schuld, weil ich ihm nie davon erzählt habe. Zwecks Tarnung meiner Ermittlerei im Bauarbeiter-Mord. Aber jetzt davon anzufangen, dazu fehlt mir die Geduld. Überhaupt geht mir mein Mann zusehends auf die Nerven, stelle ich fest. Ein paar Tage Abstand tun uns beiden vielleicht ganz gut.

Die »Kiss and Ride«-Zone vor dem Bahnhof, extra eingerichtet, um den Verkehr nicht mit theatralischen Abschiedsszenen aufzuhalten, passt zu unserer momen-tanen Stimmung.

Kuss und Tschüss. Laurenz trägt einen rostroten Schal, den ihm vor gefühlt 1.000 Jahren eine meiner Vorgängerinnen geschenkt hat. Natürlich weiß ich, was er mir damit sagen will: »Es gab auch andere Frauen in meinem Leben, denen ich etwas bedeutet habe. Im Gegensatz zu dir waren sie dankbar für das Feuer meiner Leidenschaft. So dankbar, dass sie mir sogar Geschenke gemacht haben. Also pass gut auf, dass nicht eine andere dieses Feuer in mir entfacht.« Laurenz liebt subtile Botschaften wie diese. Immer schon. Ich glaube sogar, dass er den Schal extra für solche Gelegenheiten aufgehoben hat, denn eigentlich war die Schenkende eine entsetzliche Dumpfbacke. Also unter Laurenz' Würde. Und er hasst Rostrot. Seine erklärte Lieblingsfarbe ist Marineblau.

Laurenz verabschiedet sich schmallippig von mir, sein Abschiedskuss verfehlt knapp meine Wange. Bevor er aussteigt, zupft er an seinem Schal. »Tu mir einen Gefallen und spiel nicht wieder Miss Marple. Es gibt für alles eine Erklärung.«

Kein Kommentar. Der Taxilenker hinter mir fuchtelt ungeduldig und deutet immer wieder auf das »Kiss and Ride«-Schild. Ich hole tief Luft und trommle mit den Fingern aufs Lenkrad.

Laurenz nickt mir zu, steigt aus und sprintet zur Bahnhofshalle. So schnell, dass der kleine Rollkoffer, den er hinter sich herzieht, schlenkert. Ehrensache, dass er sich nicht mehr zu mir umdreht.

Der Taxifahrer hupt und zeigt mir den Vogel. Das Fenster auf der Fahrerseite geht runter. »Haben S' das Schild nicht gesehen? Oder brauchen S' a Lesebrille?«

Meine Zündschnur ist heute extrakurz. »Arschloch!«

Ich halte meinen Mittelfinger zum Rückspiegel und ordne mich in den Verkehr ein.

Die Uhr am Armaturenbrett zeigt 8.15 Uhr. Laut Stundenplan hat Susis Klasse um diese Zeit Werkstattunterricht, mit etwas Glück schaffe ich es noch vor der ersten Pause in die Modeschule. Um kurz nach 12 Uhr kommt Lisi von der Schule heim – die Zeit ist knapp.

Wie erwartet ist Susi auch über Nacht fortgeblieben und hat nichts von sich hören lassen. Während der Fahrt versuche ich noch ein paarmal, sie zu erreichen, aber jedes Mal schaltet sich die Mailbox ein. Während ich auf die Autobahn Richtung Süden auffahre, gehen ich die Fragen durch, die mir wichtig erscheinen. Und wem ich sie stellen könnte.

Hatte Ella schulische Probleme? Wie waren ihre Noten?

Gab es eine Vertrauensperson? Und mit wem hatte sie die meisten Probleme?

Ein Lkw überholt mich und schneidet mir dabei fast die Spur ab. Idiot! Reflexartig bremse ich. Mein Herz pocht. Zum Schlafmangel kommen noch die Sorge um Susi und der Ärger über Laurenz.

Auf *Hitradio Ö3* läuft gerade die Morgenshow. Robert Kratky, der Moderator, spielt mit einem freiwilligen Kandidaten *Allein gegen Kratky*, ein Quiz mit maximal drei Fragen. Für jede richtige Antwort erhält der Kandidat 100 Euro.

Robert Kratkys Co-Moderatorin stellt die erste Frage: »Wie hieß der Modeschöpfer, der am 19. Februar 2019 verstorben ist und als Kind am liebsten Lederhosen trug?«

Karl Lagerfeld natürlich. Ich drehe lauter. Weder der Anrufer aus dem Burgenland noch Robert Kratky wissen die Antwort. Das nervtötende Tick-Tack im Hintergrund wird schneller, die Zeit läuft ab. Da niemand die Antwort wusste, bleiben die ersten 100 Euro im Gewinntopf.

»Nächste Frage: Wie nennt man die kurze Bluse, die Frauen unter dem Dirndl tragen?«

»Das sind schon zwei Fragen, die mit Mode zu tun haben.« Der Anrufer beschwert sich. »Normalerweise werden Fragen zu verschiedenen Themen gestellt!«

»Tut mir leid. Ich habe die Fragen nicht ausgesucht, ich stelle sie nur.« Die Co-Moderatorin wartet auf eine Antwort. »Na?« Die Zeit läuft, wieder weiß keiner der beiden Spieler die Antwort.

»Es ist …«, Trommelwirbel wird eingespielt, »das Bscheißerl!« Die Moderatorin lacht. »Somit bleiben 200 Euro im Topf, danke fürs Mitspielen!«

Die Beschwerde des Anrufers, dass kein Mann dieser Welt so eine Frage beantworten könnte, geht im nächsten Song unter.

Ich fahre bei Hallein von der Autobahn ab und steuere auf die Pernerinsel zu. Vom Parkplatz auf der Salzachinsel gelange ich am schnellsten zur Modeschule.

»Warum heißt das eigentlich ›Bscheißerl‹?«, hakt Robert Kratky nach.

»Weil man der Bluse nicht ansieht, dass sie knapp unterm Busen endet. Unter dem Dirndlkleid schauen nur der Kragen und die Ärmel hervor, als wäre der Leib der Bluse normal lang. Ist sie aber nicht. Der Betrachter wird an der Nase herumgeführt, also beschissen. Daher: Bscheißerl.«

Der Parkplatz auf der Pernerinsel ist voll. Nur zwischen einem gelben Twingo und einem verdreckten SUV ist eine Lücke, winzig und schief. Ich quetsche meine Familienkutsche trotzdem hinein. Weder die Fahrer- noch die Beifahrertür lassen sich weit genug öffnen, um auszusteigen. Ich muss also über den Kofferraum aus dem Auto krabbeln. Normalerweise kein Problem, aber genau heute bin ich figurbetont gewandet, aus ermittlungstaktischen Gründen. Ein paar Nähte krachen, als ich über den Rücksitz in den Kofferraum klettere. Ich schiebe meinen Hintern rückwärts aus dem Wagen und greife nach dem Henkel der Handtasche.

»Wenn Sie genauso fahren, wie Sie einparken, dann gute Nacht!«

Redet der mit mir? Die Stimme kenne ich doch. Ich drehe mich um und ...»Herr Pechtl?« Bitte nicht. Genau jetzt, wo ich voll motiviert zur Befragung ausschwärme, schmiert mir das Schicksal meinen ersten Ermittlungsfehler aufs Brot. Voriges Jahr, bei den Bauarbeitermorden, war der Pechtl mein Hauptverdächtiger. Der ehemalige Jurist ist ein unbeliebtes Ekel und hatte ein starkes Motiv. Vroni und ich haben den Pechtl tatsächlich für einen Serienmörder gehalten. Allerdings habe ich etwas Wichtiges übersehen, musste alle Theorien über den Haufen werfen und noch einmal von vorne anfangen. Ganz von vorne, aber das ist eine andere Geschichte. Ein schrecklicher Unsympath ist der Pechtl trotzdem. Ich straffe mich. Schultern zurück und Haltung annehmen! Jetzt nicht aus der Fassung bringen lassen.

»Ja, der Herr Pechtl«, schnarrt er. »Immer noch.« Sein Blick schweift von mir zum gelben Twingo. Er lässt den Schlüssel um seinen Zeigefinger kreisen, und jetzt verstehe ich. Der kleine gelbe Flitzer gehört ihm. Und weil unsere Autos auf Tuchfühlung geparkt sind, kommt auch er auf normalem Weg nicht zum Fahrersitz. Ich überlege kurz, ob ich mich zu falscher Freundlichkeit aufraffen soll. Nein. Keine Lust. Außerdem bin ich spät dran.

»Zum Umparken fehlt mir leider die Zeit. Sorry, aber ich hab's schrecklich eilig.« Mit Blick auf seine Kofferraum-Klappe setze ich mein charmantestes Lächeln auf. »Aber wenn *ich* das geschafft habe, kriegen Sie das auch hin. Ganz sicher.« Und Abgang.

Über den Pfannhausersteg quere ich die Salzach, gehe am *Keltenmuseum* vorbei Richtung Fußgängerzone und dann, immer leicht bergauf, zur Modeschule.

Denkt man vielleicht nicht, wenn man die schnelllebige Glitzer-Laufstegwelt mit all ihren Oberflächlichkeiten, Puderdosen und Blitzlichtern vor Augen hat, aber die *Höhere Lehranstalt für Mode* hat eine lange Tradition. Im Jahr 1723 Jahr gründete eine Ordensschwester der Halleiner Franziskanerinnen, Theresia Zechner, im Erdgeschoss des Wohnhauses ihrer Mutter die *Halleiner Schulschwestern*. Anfangs nur auf eine Klasse beschränkt, in der mittellose Mädchen Lesen und Schreiben lernen konnten – unentgeltlich! Theresia Zechner war eine echte Pionierin auf ihrem Gebiet, und sie meinte es gut mit ihren Schülerinnen: Neben Lesen und Schreiben standen auch Nähen, Wolle spinnen und Stricken auf dem Stundenplan. Wer die Schule besuchte, konnte sich ein brauchbares Gesamtpaket aus Wissen und Handwerk aneignen, um damit Geld zu verdienen. Ein Stück Unabhängigkeit für Frauen. Der Grundstein für die *Modeschule Hallein* war gelegt. Mit Ausnahme der Jahre 1938 bis 1945, in der die Nationalsozialisten die Schule geschlossen hatten, wurde die *Modeschule Hallein* seit ihrer Gründung durchgehend geführt. Ein echtes Erfolgsmodell, muss man sagen.

Die Ausbildungsmöglichkeiten wurden laufend erweitert, vertieft und aktualisiert. Heute existieren sogar drei Schulzweige: Modedesign und Modegrafik, Modemarketing sowie Hairstyling und Visagistik. Für Erwachsene, die die Matura bereits in der Tasche haben, gibt es ein berufsbegleitendes Kolleg. Wer durchhält, verlässt die Schule mit gutem Rüstzeug für die Berufswelt.

Ich persönlich liebe diese kreative Atmosphäre, die das Schulgebäude umweht. Wie eine gedrungene Wolke, die dauerhaft Inspirationen und Impulse auf die Schule herabregnen lässt und die Fleißigen unter ihnen mit einer Extraportion belohnt. Wer Glück hat und in der Nähe ist, bekommt vielleicht den einen oder anderen Spritzer ab. Ich bin nicht sicher, ob die Wolke aus den Zigtausend ungeborenen Ideen besteht, die dieses uralte Haus füllen und nur darauf warten, hervorgeholt zu werden. Oder aus den Möglichkeiten, mit Stift und Papier, Nadel und Faden oder Puder, Rundbürste und Pinsel eigene Welten zu erschaffen und andere mit hineinzuziehen. Oder ob es der Geist der Oberin Theresia Zechner ist, der über allem schwebt und sich über die Unsterblichkeit ihres Werkes freut, das vor fast 300 Jahren entstanden ist.

Vor meiner Fahrt nach Hallein habe ich mich natürlich informiert. Ich habe sämtliche Lehrer, die die Klasse 4a unterrichten, gegoogelt und mir ihre Gesichter eingeprägt. Mich mit Gebäudeplan und Fluchtwegen im Schulhaus vertraut gemacht. Schließlich ist es gut möglich, dass ich vor Ort auf den Roderich treffe und die Biege machen muss. Dann bleibt keine Zeit zum Überlegen oder Ausweg suchen.

Gute Vorbereitung ist schließlich das A und O beim Ermitteln.

Am wichtigsten aber war, mehr über Alexis K. herauszufinden.

Denn obwohl meine Tochter seit Jahren die Modeschule besucht und einen kreativen Beruf anstrebt, ist Österreichs erfolgreichster Dirndldesigner eine Art Alien für mich. Jene Kategorie Mensch, den man zwar aus den Medien kennt und glaubt, alles über ihn zu wissen, der aber unantastbar und unerreichbar bleibt. Ich will wissen, was diesen Dirndldesigner so besonders macht. Und warum Schülerinnen so scharf auf ein Praktikum bei ihm sind.

Ein ungefähres Bild hatte ich mir bereits von ihm zusammengezimmert, denn der Glatzkopf mit dem angegrauten Dreitagesbart lacht einem öfter aus der Zeitung entgegen, als es sein muss. Wann immer ein Fest eröffnet, ein Fass Bier angezapft oder ein Spendenscheck überreicht wird, ist Alexis K. fixer Bestandteil des Fotoensembles. Und seine Erscheinung hat sich während der letzten zwei Jahrzehnte, in denen er Zugpferd der heimischen Trachtenszene ist, kaum verändert. Ein solariumsverbrannter *Meister Proper* mit aufgestelltem Kragen, dessen trainierte Oberarme sämtliche Ärmelnähte auf die Probe stellen. Dazu ein Wadenumfang, wie es sich für Träger traditionell gestrickter Trachtenstutzen gehört, und ein Nacken, der jedem Tätowierer Freudentränen in die Augen treibt. Für einen Mann Ende 50 also ganz passabel. Dass hinter diesem Körper tägliches Training und eiserne Disziplin stecken, lächelt er blendend weiß weg.

Überhaupt scheint Disziplin das Zauberwort im Leben des Alexis K. zu sein. Sein Marketing überlässt er niemand Geringerem als sich selbst, denn er weiß am besten, wann was zu tun ist. Fauxpas oder Fettnäpfchen kommen in seinem Lebenslauf nicht vor, und er achtet sorgsam darauf, ausschließlich junge, dynamische und einflussreiche Persönlichkeiten um sich zu scharen. So manchem Politiker, dessen Umfragewerte gerade in den Tiefen des Salzburger Almkanals vor sich hin grundeln, gibt er einen Korb, wenn es um gemeinsame Fotos geht. Image ist alles.

Alexis K. ist der Prinz Albert der österreichischen Trachtenszene. Sprösslinge aus altem Adel gehören ebenso zu seiner Gefolgschaft wie Fluglinienbesitzer, Gewinner von Filmpreisen und ehrgeizige Nachwuchssportler. Wer es in den erlesenen Kreis seines Vertrauens schaffen will, braucht entweder einen einwandfreien Ruf oder ein strahlendes Siegerlächeln, im Idealfall aber beides. Alexis K. ist die eierlegende Wollmilchsau auf dem gesellschaftlichen Parkett. Ein Chamäleon, dem in Obertauern die schillernde Jacke mit Pelzbesatz ebenso gut steht wie das durchgeschwitzte Ruderleibchen, wenn er um den Weltmeistertitel im Sensen-Mähen rittert. Er schafft den Spagat zwischen Prosecco und Heugabel, zwischen Bussi-Bussi und Handschlag. Immer dabei, unabhängig von Temperatur oder gesellschaftlichem Anlass: seine Hirschlederne. Angeblich das Herzstück seiner Garderobe, unersetzlich und hoch versichert.

Laut eigenen Angaben ist dieses Kleidungsstück ein Stück Familiengeschichte und ein Symbol für die innige Bindung zu seinem Großvater. Sogar als er Teil des *Dancing Stars*-Ensembles wurde, mussten sich die Kostümbildnerinnen nur um seine Oberbekleidung kümmern, weil er sich weigerte, das speckige Beinkleid abzulegen. Wie er es in der Lederhose zum Opernball geschafft hat, wird beinahe als Staatsgeheimnis gehandelt. Die Bilder vom Revoluzzer in der Ledernen füllten jedenfalls tagelang die Klatschspalten der deutschsprachigen *Yellow-Press*, und die Tanzschulbesitzer des Landes hatten in jener

Ballsaison ihre liebe Not mit modischen Trittbrettfahrern, die sich dem üblichen Pinguin-Dresscode widersetzten.

In Interviews präsentiert sich Alexis K. gern als hart arbeitender Emporkömmling, der seinen Platz in der Gesellschaft gefunden und trotzdem die Bodenhaftung nicht verloren hat. Und betont dabei immer seine ewige Dankbarkeit gegenüber dem Herrgott. Nichts gegen wahrhaftig gelebten Glauben und Demut an dieser Stelle, mich selbst zieht es immer wieder zur Kapelle bei Schloss Glanegg. Aber die Art und Weise, mit der Alexis K. seinen Glauben in die Welt hinausposaunt, legt den Verdacht nahe, dass Gott ganz gut in seine Marketingstrategie passt.

Soweit das subjektive Bild, das ich mir im Laufe der Jahre vom beliebtesten Dirndldesigner des Landes gemacht habe. Weil aber Ermitteln nur mit einem Mix aus persönlichen Eindrücken und neutralem Wissen funktioniert, war mir meine vorgefertigte Meinung zu wenig. Also habe ich sämtliche Online-Archive nach Zeitungsartikeln und Fernsehberichten durchforstet und sogar in die Leseprobe von Alexis K.s Autobiografie hineingeschnuppert. Zum 20-jährigen Jubiläum seines Trachtenlabels hat der Selfmade-Modeguru tatsächlich einen Verlag gefunden, der sein bewegtes Leben in Papierform auf den Markt gebracht hat. Nach ein paar Seiten Lektüre hatte ich allerdings genug; das dilettantisch zusammengeklöppelte Image eines Halleiner Straßenkindes, das es ganz nach oben schafft, war seicht und anstrengend. Zu wenig Fakten, stattdessen Tränendrüse und Herrgott im Übermaß.

Laut eigenen Angaben wurde Alexis K. als Alexander Krimpelstätter in eine Halleiner Fabriksarbeiterfamilie hineingeboren. Seine Eltern schufteten ganztags am Fließband der Papierfabrik und überließen ihre acht Kinder ihrem Schicksal und der Straße. Abends schwemmten sie ihre Müdigkeit mit Bier und Hochprozentigem fort und maßregelten die Sprösslinge mit Gürtel oder Besenstiel. Liebevolles Zuhause: Fehlanzeige. Obwohl sie mit ihrer Vorsehung und der Armut haderten, war ein Entkommen aus dieser Spirale durch Schule und Wissen keine Option, quasi bildungsferner Haushalt.

Mit der Begabung ihres Sohnes und seinem Gespür für Farben konnten die Eltern ohnehin nichts anfangen. Die erste wirkliche Chance seines Lebens verdankte der kleine Alexander seinem Volksschullehrer, der das Zeichentalent des Schülers erkannte und die Eltern bekniete, den Buben in ein Salzburger Gymnasium anstatt in eine Halleiner Brennpunktschule zu schicken. Angeblich ein Drahtseilakt der Diplomatie, denn die Eltern rechneten bereits fix mit dem Einkommen ihrer Kinder, wenn sie nach der Pflichtschule ebenfalls am Fließband schufteten und einen Beitrag zum Familieneinkommen leisteten. Aber dem Lehrer gelang das Unmögliche, und Alexander besuchte das Musische Gymnasium im Norden der Stadt Salzburg, wo seine Kreativität gefördert und sein Talent geschmiedet wurde. Nach vier Jahren dann Umstieg in die Modeschule, Matura mit Auszeichnung und die Aufnahme an die *Akademie der bildenden Künste* in Wien.

Es folgte der Weg, den Millionen ambitionierter Kreativköpfe weltweit hinter sich bringen müssen, wenn sie in dieser Branche einen Fußabdruck hinterlassen wollen: diverse Praktika in den hintersten Reihen von Design-Büros, Knöpfe annähen und Mistkübel austragen bei den ganz Großen, unterbezahlte Gelegenheitsjobs bei Mode-Billigketten und knochenharte Arbeit im Lager von Versandhäusern. Alexis K. betont, er habe sich nie beschwert, sei sich für keine Arbeit zu gut gewesen. Im Gegenteil: er sei dem Herrgott für jede Chance zu lernen dankbar, die er ihm gegeben habe. Das Leben sei nichts anderes als eine Ansammlung von Prüfungen, vor die uns der Himmelvater stellt.

Sogar die Knieverletzung, Relikt eines Unfalls aus seiner Jugend, betrachtet er als Geschenk des Himmels und Bereicherung.

Wie er es letztlich zu Österreichs Dirndl-Liebling geschafft hatte, wann aus dem Alexander ein Alexis wurde und was der griechische Touch in seinem Namen soll, darüber breitet er einen Mantel des Schweigens.

12. KAPITEL

Erzählt von Pausenglocken, Kaffeeautomaten und Mailand. Es geht um bunte Wände und versteckte Türen, um Schritte, Sport und eine Mauer des Schweigens. Außerdem um Gipsbeine, Visitenkarten und Stauden, die Fenster haben. Ich bleibe zu lange und begegne meiner Vergangenheit.

Das Kopfsteinpflaster in der Fußgängerzone verträgt sich nicht mit meinen Stilettos. Die Dr.-Franz-Ferchl-Straße im Halleiner Kirchenbezirk verläuft auch noch bergauf. Benannt ist sie nach einem Salinenarzt. Alles Salz in Hallein.

Es ist 8.45 Uhr, als ich endlich bei der Schule ankomme. Noch bevor ich die Stufen erreiche, die zum Eingang führen, schrillt drinnen die Pausenglocke. Das blecherne Gebimmel ist sicher in der ganzen Umgebung zu hören. Die Häuser auf der gegenüberliegenden Straßenseite sind keine zehn Meter entfernt.

»Kein Zutritt für schulfremde Personen« steht auf einem Schild neben dem Eingang, gleich neben einer stilisierten FFP2-Maske.

Eine Handvoll Raucher, kaum älter als 17, schnipsen ihre Tschickstummel auf den Boden, treten die Glut aus und kehren in kollektivem Gemurmel ins Schulgebäude zurück. Der Letzte des Grüppchens, bleich und schlaksig, hält mir die Tür auf. Ich schlüpfe hinter ihm in die Schule. Ein paar Sekunden sehe ich seinem indigoblauen Irokesenschnitt hinterher, der aus der Masse der anderen Schüler hervorsticht und sich schnell entfernt. Schließlich verschwindet er in einem Raum am Ende eines langen Gangs. Schüler und Schülerinnen hetzen über Stufen in andere Stockwerke, einige mit Skizzenmappen oder Schminkkoffern, andere mit Kaffeebechern, Donuts oder anderen hochkalorischen Happen, die das Jausenbuffet bietet. Susis Lieblinge sind die extra schokoladigen Muffins, innen cremig und außen mit Schokostückchen. Ein Feuerwerk an Geschmacksverstärkern und gehärteten Fetten. Susi ist süchtig danach.

Ich sehe mich um. Die zahlreichen Elternabende, Sprechtage, Modeschauen und Tage der offenen Tür, an denen ich, auf der Suchen nach bestimmten Räumen, die Stockwerke durchkämmt habe, kommen mir jetzt zugute. Laurenz witzelt zwar immer über meinen mangelnden Orientierungssinn, aber da muss ich an den Spruch meiner Oma denken: Blöd kannst sein, aber zu helfen musst dir wissen. Absolut richtig. Und deshalb habe ich mir aus einem Newsletter vom vorigen Herbst, bei dem über die Bau- und Renovierungsarbeiten der Modeschule berichtet wurde, die Pläne der einzelnen Stockwerke aufs Smartphone kopiert. Schließlich will ich nicht als orientierungsloses Hendl durchs Gebäude irren und als »schulfremde Person« auffallen. Vorbereitung ist alles. Ich kenne die Modeschule quasi wie meine Westentasche und weiß genau, wo ich hin muss. Außerdem bin ich perfekt getarnt:

Ich trage Bleistiftrock, Bluse und Blazer und bin mit Notizbuch, Federpennal und Laptop bewaffnet. Top gestylt, wie es sich für eine Lehrerin an einer Modeschule gehört, aber nicht zu elegant. Das Tüpfelchen auf dem I, einen quietschbunten Loop-Schal, *das* Pädagogen-Accessoire, konnte ich mir nicht verkneifen.

Die wenigen Schüler und Lehrpersonen, die jetzt noch auf den Gängen unterwegs sind, beachten mich kaum. Ein paar nicken mir kollegial zu, den Schülern kommt um diese Uhrzeit sowieso nicht mehr als »Gumorgenfraufessor« über die Lippen. Perfekt.

An einer Fensternische bleibe ich stehen, lege Laptop und Co. kurz auf der Fensterbank ab und öffne die Schul-App am Smartphone. Die Software ist eigentlich für Schülerinnen gedacht, um den Stundenplan im Blick zu behalten, aber Susi hat mir die App installiert, zwecks Übersicht. Gott sei Dank. Kurzfristige Änderungen, Prüfungen, Hausaufgaben oder Supplierstunden: Hier wird alles eingetragen. Ich logge mich mit Susis Benutzernamen und Kennwort ein und checke den heutigen Tagesablauf. Dienstag, zweite bis fünfte Stunde: Werkstattunterricht in Mailand. Die Werksäle tragen die Namen der großen Modemetropolen: London, Paris, Mailand und Berlin. Laut Susi huscht die Werkstättenleiterin während des Unterrichts oft aus dem Klassenzimmer und lässt die Schülerinnen alleine an ihren Werkstücken arbeiten. Wofür Professor Glauninger diese kurzen Auszeiten nutzt, weiß ich nicht. Gut möglich, dass sie ein bisschen Lebensfreude in ihr farbloses Dasein bringt und die freien Minuten für Kontakte nutzt. Enge Kontakte. Susi hat einmal so etwas angedeutet. Aber eigentlich ist mir das egal. Wichtig ist nur, dass sie auch heute Dienst in der Klasse 4a hat, damit mein Plan funktioniert. Auf der Schulhomepage öffne ich die Liste der Lehrpersonen und scrolle mich zum Foto der Werkstättenleiterin. Ihr Bild passt genau zu Susis Erzählungen.

Ich taste nach dem kleinen Kruzifix an meiner Halskette, atme tief durch und klammere mich an meine Unterlagen. Der grantelnde Schulwart schlurft den Gang entlang und schleift eine Großpackung Toilettenpapier hinter sich her. Er nickt mir zu und lächelt sogar, als er an mir vorbeigeht. Na also. Heiliger Michael, als Schutzpatron der Polizei bist du zwar nicht für mich zuständig, aber falls es einen Heiligen für private Ermittlerinnen gibt, meint er es gut mit mir.

Ich streiche meinen Bleistiftrock zurecht und stöckle so selbstbewusst wie möglich Richtung Werkstättensaal.

17 Nähtische. Durch die Fensterscheibe, die den Werkstättensaal vom Gang trennt, beobachte ich 13 Schülerinnen und vier Schüler, die emsig an ihren Modellen arbeiten. Die Stille im Saal ist beeindruckend und die Konzentration fast greifbar. Stoffteile liegen auf den Werktischen, werden geheftet und auf Kleiderpuppen gesteckt. Maßbänder baumeln von Hälsen, Stecknadelkissen werden herumgereicht und Garn in Nähmaschinen eingefädelt. Frau Professor Glauninger, die Werkstättenleiterin, schreitet würdevoll von Tisch zu Tisch, begutachtet, bekrittelt oder lobt. Zwischendurch zieht sie immer wieder den linken Ärmel ihres Strickkleides hoch und sieht auf die Uhr. Und dann passiert das, womit ich fest gerechnet habe. Genau wie Susi gesagt hat: Nach gut einer halben Stunde macht sie sich aus dem Staub. Wie jeden Dienstag. Um ein Haar entdeckt sie mich, als sie durch die Glasscheibe auf den Gang hinaussieht. Ich lehne mich gerade noch rechtzeitig an den Kaffeeautomaten. Mit gesenktem Kopf krame ich in meiner Geldtasche nach Münzen. Frau Professor Glauninger

ist eine attraktive Mittvierzigerin. Schmal geschnittenes Strickkleid in Orange, Armreifen aus Holz und große auffallende Ohrringe. Diese Form kenne ich, meine Chefin besitzt das gleiche Modell: fein geschnitzte Ornamente aus lackiertem Horn. Zum kragenlosen Kleid trägt Frau Professor Glauninger einen Schal. Camouflage-Muster in Gold und Silber. An der Rückseite ihrer Unterschenkel ballt sich die Muskulatur zu Knödeln. Verkürzte Sehnen, vermute ich. Entweder durch das ständige Tragen von hochhackigen Schuhen oder zu intensives Training. Jedenfalls kein optisches Highlight.

Vom anderen Ende des Gangs nähern sich Schritte. Ich presse mich enger an den Kaffeeautomaten und lausche. Es sind keine eiligen Schritte. Eher ein gemächliches Schleichen. Ein schleppender Gang, wie er nur bei Jugendlichen mit einer großen Portion Wurschtigkeit zu finden ist. Oder bei Erwachsenen mit Knieproblemen. Im Nähsaal stöckelt Frau Professor Glauninger zur Tür. »Ihr kommt die nächsten Minuten ohne mich zurecht?« Ihre Stimme ist erstaunlich rauchig und tief. Die Werkstättentür öffnet sich, vorsichtiges Stöckeln auf dem Gang, dann Stille. Sie kann noch nicht weit von meinem Versteck entfernt sein, also bleibe ich in Deckung. Ich atme flach und bete, dass sie Automatenkaffee verabscheut. Gut möglich, dass sie sich nach meinem Namen erkundigen würde, wenn wir aufeinander treffen, und nach meinem Unterrichtsfach. Für Notfälle habe ich zwar eine Erklärung parat, aber ich bleibe lieber unentdeckt. Ein Reißverschluss wird geöffnet, dann leises Klack-Klack. Hört sich an wie das Tippen von langen Fingernägeln auf einem Display. Schließlich ein Rauschen, als würde man einen Papierflieger werfen: Frau Professor Glauninger verschickt eine Nachricht. Die

Lautlos-Taste auf ihrem Smartphone hat sie offenbar noch nicht entdeckt. Ich wage einen Blick Richtung Gang, an der Kante des Automaten vorbei. Frau Professor Glauninger starrt auf ihr Display und wartet. Ihre Stirn ist in Falten, der Körper angespannt. Wie auf dem Sprung. »Bling!« Eine eingehende Nachricht. Das Gesicht entspannt sich. Vorfreude huscht über ihr Gesicht, und Frau Professor Glauninger zupft ihr Strickkleid zurecht. Sie schaut sich um und trippelt zum großen Wandbild am Ende des Flurs. Obwohl jede Minute kostbar ist, die ich mit Fragen an die Schülerinnen verbringen kann, bleibe ich wie angewurzelt in Deckung.

Was hat die Werkstättenleiterin vor? Jetzt ist sie bei der Wand angelangt und bleibt davor stehen. Wie Harry Potter, der am Bahngleis Neundreiviertel durch die Wand muss, um den Hogwarts-Express zu erreichen. Aber die Lady im Strickkleid ist kein schüchterner Zauberlehrling: Zielsicher greift sie nach der Türklinke, die im knalligen Graffiti kaum auffällt, und schlüpft in das Dunkel dahinter. Ist dort ein Klassenzimmer untergebracht? Ich öffne den Hausplan auf meinem Smartphone, scrolle mich zu Stockwerk Nummer zwei und zähle Raum für Raum ab. Nein, alle Klassen liegen westseitig. Ich zoome den Plan größer: ein winziges Zimmer, kaum geräumiger als ein Wandschrank. Vermutlich ein Technikraum. Oder ein Lager für WC-Papier, Seife und anderes. Die schlurfenden Schritte kommen immer näher und stoppen kurz vor dem Kaffeeautomaten. »Bling!« Anscheinend texten nicht nur Schüler gern während der Unterrichtszeit. Ich halte den Atem an und presse den Laptop an mich. Die Schritte entfernen sich wieder und nehmen Kurs auf das Ende des Gangs. Gott sei Dank. Wieder jemand, der im Graffiti verschwindet? Jemand spuckt etwas in einen Mistkübel. Ich atme leise aus und luge hinter dem Kaffeeautomaten hervor. Im schummrigen Licht des Flurs öffnet sich die Graffititür zum zweiten Mal, diesmal von innen. Frau Professor Glauningers Kopf erscheint kurz in der Tür, ihr Gesichtsausdruck ist Vorfreude pur. Sie zieht den Neuankömmling mit beiden Armen an sich und küsst ihn innig. Dabei greift sie beherzt nach seiner trainierten Kehrseite, die in einer Hirschledernen steckt. Dann schließt sich die Tür hinter ihr und Alexis K..

Spurloses Untertauchen ist in unserer Datenflut nicht leicht zu organisieren und gelingt nur mit guter Vorbereitung. Trotzdem ist es möglich, wenn man einiges beachtet und das Einmaleins des Verschwindens beherrscht: zahlen mit Bargeld statt mit Bankomat, Fahrscheine aus Papier statt als App, bei Supermarktkassen möglichst im toten Winkel der Überwachungskameras stehen und natürlich: den Akku aus dem eigenen Smartphone entfernen, um nicht geortet werden zu können. An all das hat Susi anscheinend gedacht, denn bis jetzt hat der Roderich immer noch keine Erfolgsmeldung an mich hinausposaunt, dass die »Verdächtige« gefunden und jetzt zur Vernehmung abgeführt wird. Einerseits bin ich stolz auf meine Große, dass sie einem übereifrigen Polizisten so geschickt ausweicht. Andererseits komme ich fast um vor Sorge. Ich muss einfach wissen, wo sie steckt und ob es ihr gut geht. Außerdem will ich herausfinden, wie ihre Klasse auf den Namen Ella reagiert. Also bleibt nur eine Möglichkeit: Befragung. Bevor ich mich nach Mailand begeben, fische ich mit spitzen Fingern den Kaufgummi, den Alexis K. ausgespuckt hat, aus dem Mistkübel und stecke ihn in einen Plastik-Zipperbeutel. Man weiß nie. Dann betrete ich entschlossen den Werkstättensaal.

Einige Schüler schauen erstaunt auf, aber die meisten scheinen an eine Vertretung während des Nähunterrichtes gewohnt zu sein und arbeiten einfach weiter. Ich lege Laptop und Notizbuch auf dem Schreibtisch ab und suche nach einem Stück Kreide. Beinahe über die ganze Breite der Tafel schreibe ich in Großbuchstaben: ELLA.

Erst jetzt legen einige Schüler ihre Scheren und Nähkreiden beiseite und schauen neugierig zu mir. Zwei in der vordersten Reihe tuscheln und drehen sich suchend zur Glasfront.

»Wo ist denn die Glauninger?«

»Im Kammerl, sporteln.« Kichern und Prusten.

»Guten Morgen, ich bin Rosmarie Dorn. Susis Mama.«

Wissende Blicke, Tuscheln und eine gewisse Unruhe erfüllen jetzt den Raum. Der Zusammenhang zwischen Ellas und meinem Namen lässt die Schüler nicht kalt. Ich suche die Gesichter nach Reaktionen ab. Skepsis, Verschlossenheit. Da und dort auch Unverständnis. Das Mädchen, das von Ella die Treppe hinabgeschubst wurde, stemmt die Hände in die Hüften.

»Was wird das jetzt? Schon wieder eine Befragung?«

Zustimmendes Gemurmel von den Plätzen ringsum. So viel Gegenwind gleich am Anfang ist zwar unangenehm, aber auch nachvollziehbar, wenn man genau hinsieht. Der rechte Fuß des Mädchens steckt in einem Gehgips. Eine der letzten Gemeinheiten, die auf Ellas Konto gehen. Und der Roderich dürfte gestern, als er die Schüler im Freilichtmuseum befragt hat, wenig einfühlsam gewesen sein. Auch das ist ungewöhnlich: ein depressiver Polizist ohne empathische Fähigkeiten. Der Roderich ist ein Feuerwerk an Überraschungen. Bösen Überraschungen. Das Mädchen mit dem Gips hat jedenfalls Ellas Platz als Alphatierchen eingenommen, wie es aussieht. Die Königin ist tot, es lebe die Königin! Erstaunlich, wie schnell sich eine Klassengemeinschaft ein neues Leittier sucht! Oder eine neue Diktatorin. Die Konzentration hat sich endgültig aus dem Raum verzogen, jetzt herrscht nervöse Aufregung. Einige rücken näher an das Gipsmädchen heran. Anscheinend haben alle hier die Befragung durch den Roderich miterlebt. Vielleicht fürchten sie, er hätte mich geschickt, weil er mir einen kollegialeren Zugang zu Ellas Mitschülern zutraut und sich bessere Ergebnisse erhofft? Dann pralle ich auf eine Mauer des Schweigens. Wahrscheinlich ist es am besten, die Karten auf den Tisch zu legen.

»Ich hab tatsächlich ein paar Fragen, aber mit der Polizei hab ich nichts zu tun.«

Das Gips-Mädchen legt den Kopf schief und taxiert mich mit zusammengekniffenen Augen. »Die Susi ist heute nicht da.«

Ich werde aus dem Mädchen nicht schlau. Denkt sie, dass ich von Susis Abwesenheit nichts weiß? Dass ich hergekommen bin, weil ich meine Tochter für eine Schulschwänzerin halte und ihre Klassenkameraden aushorchen will? Ich seufze; so komme ich nicht weiter. Natürlich habe ich mir einen Plan B überlegt, falls Schwierigkeiten auftauchen. Drastischere Mittel. Wollte ich zwar vermeiden, aber das Gipsmädchen lässt mir keine Wahl. Dann wird es jetzt eben hässlich. Bilder sagen mehr als 1.000 Worte, und für lange Erklärungen fehlt mir die Zeit. Wer weiß, wann »die Glauninger« ihre Sportstunde mit Alexis K. im Kammerl beendet und zurückkommt. Ich entsperre mein Smartphone und gehe an ein paar Nähmaschinen vorbei.

Mit der Schuhspitze stupse ich Schultaschen beiseite. Ein paar Schülerinnen protestieren halbherzig, aber das ist mir egal. Vor dem Gipsmädchen bleibe ich stehen und lege mein Smartphone auf ihren Tisch. Bleibt abzuwarten, wie sie auf das Foto am Display reagiert: Ella, die auf einem der Metalltische in der Prosektur liegt. Ein türkisfarbenes Baumwolltuch bedeckt ihren Körper bis über die Brust, die Haut ist bleich, die Lippen sind blau verfärbt.

»Woher haben Sie das?« Das Gipsmädchen taumelt ein paar Schritte zurück und lässt sich auf einen Sessel plumpsen.

»Ach, ich habe so meine Quellen.« Welche, behalte ich natürlich für mich. Genau genommen darf nicht einmal meine Chefin wissen, dass ich das Foto auf mein Handy kopiert habe. »Also, kann ich mit eurer Hilfe rechnen?«

Das Gipsmädchen nickt stumm und starrt auf mein Smartphone.

»Noch ist nicht sicher, woran Ella gestorben ist. Daher muss man seine Fühler in alle Richtungen ausstrecken.« Ich sage absichtlich »man« und nicht »wir«, um mich von Roderich abzugrenzen. Nicht, dass noch der Eindruck entsteht, wir würden zusammenarbeiten. Die Sitznachbarin vom Gipsmädchen verschränkt die Arme über der Brust. »Inspektor Fuchs hat gesagt, es war Mord. Und er hat gesagt, dass es die Susi war.«

Sie klingt überzeugt. Ihr Blick ist anklagend. So, als stünde Susis Schuld tatsächlich schon fest. Kein Zweifel, der Roderich hat gestern ganze Arbeit geleistet. Man nehme eine Tote, ihre Erzfeindin und streue einen Verdacht: voilà, Fall gelöst! Wozu ermitteln? Das hier dürfte schwieriger werden als gedacht. Ich blase die Luft aus meinen Backen.

»Mord, Selbstmord, Unfall … was auch immer es war, man muss es beweisen können.«

»Und das kann der Herr Inspektor Fuchs?« Der kritische Kommentar kommt von ganz hinten, von einem Jüngling mit blauschwarz gefärbten Haaren und schwarzer Glattlederhose. Offenbar hat der Roderich gestern nicht überall denselben Eindruck hinterlassen. Gott sei Dank. Trotzdem muss ich vorsichtig sein. Wenn ich den Roderich vor den Schülern schlechtmache, wirft das wiederum kein gutes Licht auf mich. Außerdem will ich die Autorität der Polizei vor den Schülern nicht komplett infrage stellen. Ich winde mich. »Wer weiß das schon.«

Auf dem Gang stöckeln Pumps Richtung Werkstattsaal. Urplötzlich bricht mir der Schweiß aus. Aber die Schritte entfernen sich wieder – Glück gehabt. Trotzdem ist meine Zeit hier begrenzt. Allzu lange bleibt die Glauninger sicher nicht mehr im Kammerl, und irgendwie habe ich mir das hier anders vorgestellt. Effektiver. Aber die Uhr tickt. Ich brauche Informationen und werde sie, wie es aussieht, nicht bekommen. Also mache ich das Bestmögliche aus der Situation.

»Meine Oma hat immer gesagt: Alle Stauden haben Fenster. Soll heißen: Irgendjemand hat immer irgendetwas gesehen.«

Ich nehme mein *Leuchtturm*-Notizbuch vom Schreibtisch und schlage die letzte Seite auf. Dort, in einer Falttasche am hinteren Einband, habe ich immer drei Visitenkarten eingeschoben. Für alle Fälle. Kleines Stück Papier, große Wirkung: So ein Kärtchen, professionell bedruckt und in gedeckten Farben gehalten, macht gleich was her. Man erscheint kompetenter, autoritärer und seriöser als ohne. Ich nehme zwei Kärtchen aus der Falttasche, lege eines vor das Gipsmädchen auf den Tisch, das andere bringe ich nach hinten zur Lederhose. »Wenn euch etwas einfällt, ganz egal was, dann lasst es mich wissen.«

Kollektives stummes Kopfnicken. Zwei Schülerinnen stehen auf und fotografieren die Visitenkarte vor dem Gipsmädchen mit ihren Handys.

»Alles, was ihr mir über die Ella sagen könnt, ist wichtig. Weil …«, ich lasse meinen Blick durch die Reihen schweifen, »wer weiß, wen die Polizei als Nächstes verdächtigt.«

Als ich von der Klasse auf den Gang hinaustrete, fühle ich mich wie gerädert. Mein Magen meldet sich wieder mit Ziehen und Drücken – anscheinend stand nicht nur Ella hier auf der Abschussliste, sondern auch meine Susi. Anders kann ich es mir nicht erklären, dass die These vom Roderich hier so unkritisch aufgenommen wurde. In meinem Rücken, hinter der Glasfront, wird das Gemurmel lauter. Das Gipsmädchen erzählt vom Handyfoto und der toten Ella. Ich drehe mich absichtlich nicht um, sondern peile wieder den Kaffeeautomaten an; diesmal allerdings nicht zur Deckung, sondern um mir einen Koffeinschub zu holen. Kräutertee wäre zwar besser für meinen Magen, aber meine Nerven schreien nach Kaffee und Zucker. Shit – ich habe vergessen, Ellas Namen von der Tafel zu löschen. Ob mich die 4a verraten wird?

Laptop und Federpennal lege ich am Boden ab, das Notizbuch rutscht mir aus der Hand und landet auf dem Boden. Ich fluche und staple die Sachen wieder aufeinander. Überall sind Neonleuchten montiert, aber wieso steht die Kaffeetankstelle ausgerechnet im schummrigsten Eck der ganzen Schule? Ein Becher Kaffee kostet einen Euro 50. Es dauert ewig, bis ich im Halbdunkel die passenden

Münzen in meiner Geldtasche finde. Der Automat verfügt sogar über die Funktion »ohne Becher«, sprich: Man stellt seine eigene Tasse unter den Ausguss und erspart der Umwelt ein weiteres Stück Plastik. Gilt nicht für verdeckte Ermittlerinnen, denke ich und starre kaffeedurstig auf die gut 20 verschiedenen Auswahlmöglichkeiten. Espresso, großer Brauner, Schokocino oder heiße Schokolade? Mit oder ohne Zucker? Mit extra Milch, vegan, fettreduziert oder laktosefrei? Während ich mir mein ideales Heißgetränk per Knopfdruck zusammenzimmere, nähert sich von links ein Schatten. Hoffentlich niemand, der mich aus dem Werkstättensaal hat kommen sehen. Aus Gründen der Tarnung vermeide ich einen Blick zur Seite und füttere hochkonzentriert den Automaten mit Münzen. Jemand bleibt knapp neben mir stehen und fixiert mich. Blicke kleben an meinem Busen, meinem Hintern und meinen Beinen. Mir wird heiß, die Euromünze rutscht mir beinahe aus den schweißnassen Fingern. Was habe ich mir nur dabei gedacht, hier einen Kaffee zu trinken? Als ob ich es nicht bis zur nächsten Bäckerei ausgehalten hätte! Hoffentlich wird mir meine Koffeinsucht nicht zum Verhängnis. Jetzt, wo das Wichtigste erledigt ist und ich mich eigentlich aus dem Staub machen sollte. Der Blick von links ist stechend, ich spüre das. Nichts wie weg hier. Getränk auswählen, Becher und …

»Rosmarie?«

»Was?« Um Gottes willen, jemand hat mich erkannt!

»Ich glaub's nicht, du bist es wirklich! Rosmarie!«

Ich sehe nach links, der Automat spuckt den Kaffee aus und …

»Henning?« Meine Ohren werden heiß. Wahrscheinlich auch rot.

»Nimmst du keinen Becher?«

Henning. Immer noch so verdammt fesch. Blaue Augen und …

»Rosmarie, da ist kein Becher!!!«

»Ja, ich weiß.« Diese Haarsträhne. Sie rutscht ihm immer noch ins Gesicht, man möchte sie ihm sanft aus der Stirn streifen. Die Kaffeemaschine brummt und gurgelt. »Wie, kein Becher?« Der Schokocino rinnt unaufhaltsam ins Auffangsieb. Ein Euro 50 vergeudet! Ich fange den Schokocino mit hohlen Händen auf. »Aua!« Brennheißer Kaffee auf meiner Haut. Ich zucke zurück, dunkle Flüssigkeit rinnt auf den Boden, meine Hände schmerzen.

»Scheiße, Rosmarie, du hast dich verbrannt!«

»Ach …« Wenn er mich anschaut, tut's gar nicht so weh. Starre ich ihn gerade an? Das Magendrücken ist weg, stattdessen kribbelt es im Unterleib. Natürlich starre ich ihn an. »Geht schon …«

»Nein, geht nicht!« Henning schüttelt den Kopf. »Deine Haut ist brandrot, die müssen wir kühlen!«

Wir! Hat er das Wort jemals benutzt? Damals? Ich kann mich nicht erinnern. Henning klaubt meine Sachen vom Boden auf, legt einen Arm um mich und schiebt mich Richtung Damentoilette.

»Erst mal Wasser drüber rinnen lassen, okay?«

»Ja.« Ich stehe immer noch neben mir. Was macht Henning hier? Unser letztes Treffen ist Lichtjahre her. Und es war gar nicht mal besonders schön.

13. KAPITEL

Erzählt von Haarsträhnen und Küssen, von Samtkleidern, Maschen und Dessous. Es geht um Brandwunden, seelische Wunden und Platzwunden, um Türen, Hoden und den richtigen Moment. Die Nussschnecke habe ich mir verdient. Außerdem bekomme ich Gesellschaft und wertvolle Informationen.

Henning war der erklärte Mädchenschwarm der Schule. Schon sein Name war exotisch und verheißungsvoll. Ein unerreichbarer Schönling, dem ich seit dem ersten Blick verfallen war. Henning war der König der Coolness, er hatte sie quasi erfunden. Seine Haare hatten diese gewollte Mir-doch-egal-Perfektion. Sein Erscheinen hinterließ Schneisen der Sprachlosigkeit und lustvolle Seufzer. Klar, dass er Stunden wie Religion und Philosophie schwänzte. Rauchen am Lehrerparkplatz war wesentlich cooler. Und dann geschah das Unglaubliche: Henning hatte mich angesprochen! Mich, die letzte Ungeküsste der Klasse, die den ersten Ball ohne Tanzpartner überstehen und nur Tante Zenzi zuliebe hingehen würde.

»Tschick kaufen kann jeder.« Henning pustete eine Haarsträhne aus der Stirn und holte den Tschick-Wuzler aus seiner Umhängetasche. Wie elegant seine Finger das Verbotene taten, direkt neben dem Mercedes des Direktors! Ich war hin und weg.

»Jedenfalls«, jetzt klebte die fertige Zigarette in seinem Mundwinkel und das Feuerzeug klickte, »hab ich keine Lust auf dieses geschraubte Getue am Ball. Das ganze Bla-Bla, den Eröffnungswalzer, die Polonaise.« Henning schnippte Asche auf die Motorhaube des Mercedes. Drei tiefe Züge lang sagte er gar nichts. »Hast du schon ein Kleid?«

Urplötzlich waren meine Hände schweißnass. Ich wischte sie so unauffällig wie möglich an der Jeans ab und zwang mich, nicht sofort loszuplappern.

»Gut«, nickte er, »hoffentlich keines von diesen Allerwelts-Tüll-Ungetümen, in denen alle gleich ausschauen.« Er legte den Kopf in den Nacken und blies Rauchringe in die Luft. »Womöglich noch mit Perlen bestickt und einer Masche über dem Arsch.«

Mein Hals wurde eng. Das Rauschen in meinen Ohren konnte er hoffentlich nicht hören. Ich schluckte tapfer, vergewisserte mich, dass die Mädels am Fenster hersahen, und nahm ihm mutig die Zigarette weg. »Lass dich überraschen!«, flusterte ich bemüht sexy. Den Mädels, die am Fenster klebten, klappte der Kiefer runter, als Henning mir einen rauchigen Kuss auf die Wange hauchte. Erst gute zwei Minuten nach Ende der Pause schlurfte er betont langsam zurück zum Chemiesaal.

Am Nachmittag vollbrachte ich eine diplomatische Meisterleistung. Ich überredete Tante Zenzi, nicht das bereits reservierte Kleid abzuholen, sondern nach einem anderen zu suchen. Warum mir Perlen, Tüll und die Masche am Arsch plötzlich nicht mehr gefielen, schnaubte sie und klapperte lauter als sonst mit dem Geschirr. Weil ich dann ungeküsst bleibe, wäre die richtige Antwort gewesen. Und weil Hennings wunderschöne Hände dann mit anderen Mädchen machten, was sie mit mir tun sollten. Stattdessen brabbelte ich etwas von Standardmodell und Einheitsbrei. Und plünderte noch am selben Tag mein Sparbuch für ein schwarzes Samtkleid. Hauteng, schulterfrei und mit Schlitz am Bein. Dazu ein trägerloser BH, der am Rücken kratzte.

Als meine Tante pünktlich am großen Tag mit Grippe im Bett lag, wurde mein Traum wahr: Ich stöckelte allein als Femme fatale zum Ball und war *der* Hingucker. Henning pfiff anerkennend und legte seine Hand auf meinen Po. Die Botschaft war klar: my girl!

Den ersten Walzer ließen wir die anderen tanzen, erst bei den Schmuseliedern zog mich Henning zu sich und ließ seine Finger auf meinem Rücken nach unten gleiten. Die Band spielte fantastisch, und weil er selbst Musiker war, applaudierte er immer wieder und pfiff mit den Zeigefingern zwischen den Lippen. Irgendwann nach Mitternacht grölte er nur mehr. Ich weiß es noch genau: Die Band spielte »Dreams are my reality« aus dem Film *La Boum*. Ich weiß noch, wie sehr ich die neidischen Blicke der Mädchen in ihren Allerweltskleidern genoss. Und Hennings Duft: *Joop Nightflight*. Irgendwann verschmolzen unsere Parfums, Henning klebte förmlich den ganzen Abend an mir und kassierte die anerkennenden Blicke seiner Freunde.

Plötzlich war Hennings stolzes Grinsen weg. Er zog die Augenbrauen hoch, ließ mich los und trat einen Schritt zurück. Henning hielt mich eine Armlänge auf Abstand, musterte mich scharf und lachte unvermittelt. Ich hatte keine Ahnung, was los war. Die Romantik war dahin, Henning hatte einen Lachanfall. Er zeigte mit dem Finger auf mich, prustete und kriegte sich gar nicht mehr ein. »Dein Bauch!« Henning wieherte, klopfte sich auf die Schenkel und schnappte nach Luft. Meine Ohren wurden heiß: das Kratzen am Rücken war weg! Ich riskierte einen Blick nach unten und sah zwei Höcker, die in der Nabelgegend nichts verloren hatten. Der BH!

Und jetzt steht Henning neben mir, auf der Damentoilette der Modeschule. Der kleine Raum ist so eng, dass wir kaum beide vor dem Waschbecken Platz haben. Um die Tür unfallfrei öffnen zu können, muss man sich seitlich an die Fliesen pressen. Aber mir kommt das Kabäuschen vor wie die unendliche Weite des Universums.

Henning hält meine verbrannten Hände unter den kühlen Wasserstrahl. Seine Finger sind noch genauso schön wie damals: lang, feingliedrig und trotzdem stark. Er bewegt sich lässig und geschmeidig. Nicht einmal sein Duft hat sich verändert. *Joop Nightflight*. Ich mustere ihn von der Seite. Unterrichtet er hier? Was könnte ein Revoluzzer und Schulschwänzer wie Henning Jugendlichen beibringen? Ich riskiere einen Blick auf seine Lippen. Ob er noch Rauchringe macht?

»Jetzt geht's aber wirklich wieder«, murmle ich und ziehe meine Hände zurück. Sie sind immer noch brandrot. Hoffentlich bilden sich keine allzu großen Blasen. Ich brauche eine Brandsalbe.

Henning streicht sich eine Haarsträhne aus der Stirn und grinst schief. »Dein Hintern ist immer noch so sexy wie damals, weißt du das?« Er tastet meinen Bleistiftrock mit Blicken ab.

»Ach so?« Ich lache verlegen, reiße Papiertücher aus dem Wandspender und tupfe meine Handflächen vorsichtig damit trocken. Eine Wolke aus *Joop Nightflight* umhüllt mich.

Als ich mich umdrehe, steht Henning ganz knapp vor mir.

»Hab ich dir damals nicht gesagt, dass du den schönsten Hintern der ganzen Klasse hattest?«

Oh Gott. Ein Anmachspruch der billigsten Sorte. Die rhetorisch feine Klinge hatte Henning noch nie draufgehabt. Lass ihn einfach stehen, bevor er noch tiefer in der Trickkiste kramt!, schreit mir die selbstbewusste Rosmarie zu. Aber die ungeküsste Rosmarie von damals, die sich den coolsten Kerl der ganzen Schule für den Ball geangelt hatte, bleibt trotzig stehen.

Es sind nur zwei Schritte zur Tür, aber meine Beine bewegen sich nicht. Stattdessen kichere ich und versinke in Hennings Augen. Mit beiden Händen greift er nach meinem Po und küsst meine Halsbeuge. Die feuchten Papiertücher lasse ich einfach fallen und sauge den Duft dieses hammermäßig gut aussehenden Kerls ein. Wie lange habe ich ihn nicht mehr gerochen? Henning umfasst meine Taille, hebt mich hoch und setzt mich am Rand des Waschbeckens ab. Er zieht den Gummiring aus meinem Haar und fährt mit beiden Händen durch die Strähnen. Ich lege den Kopf nach hinten und spüre seine Lippen auf meiner Stirn, meinem Mund, meinen Schultern.

Seine Küsse wandern tiefer, zum obersten Knopf meiner Bluse. Irgendwo draußen quietschen Gummisohlen auf dem Linoleumboden, eine Tür fällt ins Schloss. Alles egal. Henning macht einfach weiter. Verwegen wie damals.

»Wo warst du die ganze Zeit, Rosmarie?«

Diese wunderbar samtige Stimme. Mehr davon!

»Ich war nie weg«, flüstere ich und öffne zwei Knöpfe.

»Wir könnten da weitermachen, wo wir damals aufgehört haben.«

Ich greife nach seinem Jeansknopf, öffne ihn und … ein Schrillen. Knapp neben uns. Ohrenbetäubend.

»Das ist nur die Pausenglocke«, haucht Henning zwischen zwei Küssen und bereitet das Innerste seiner Boxershorts auf den großen Einsatz vor. Aber bei mir hat sich ein Schalter umgelegt. Pause, das bedeutet: Schülerinnen, die aufs Klo gehen. Teenager, die uns in flagranti erwischen. Schlimmstenfalls Susis Mitschülerinnen. Ich schiebe Henning von mir weg und gleite vom Waschbecken. Wo ist mein Haargummi?

»Was ist los?« Er grapscht nach meiner Brust, aber ich weiche seinen Händen aus. Die Pausenglocke hat mich wachgerüttelt. Von jetzt auf gleich ist alle Erotik dahin, und Henning wirkt lächerlich. Die Jeans schlackern in Knöchelhöhe, und in seiner Unterwäsche sinkt gerade alle aufrecht pulsierende Vorfreude wieder in sich zusammen. Was, wenn die Pausenglocke nicht geklingelt hätte?

»Henning, das geht so nicht.« Ich schüttle den Kopf, während ich meine Bluse zuknöpfe. Dann stelle ich mich auf die Zehenspitzen und hauche ihm einen Kuss auf die Wange. »Ich kann das nicht, verstehst du? Ich bin verheiratet und habe drei Kinder.«

»Ha!« Henning legt den Kopf in den Nacken. »Alles beim Alten! Ich hätte es wissen müssen.«

»Was?« Ich streiche meinen Rock glatt. »Was hättest du wissen müssen?«

Henning zieht die Jeans hoch, verstaut alles ordentlich und betrachtet sich im Spiegel. Unverändert eitel. Er richtet seinen Kragen und streicht sich eine Strähne aus der Stirn. »Du hast es damals schon nicht draufgehabt.«

Weg ist sie, die aufgewärmte Verliebtheit. Endgültig. Es hat sich wirklich nichts geändert: Henning ist immer noch derselbe Arsch. In meinen Augen brennen Tränen. Wegwischen wäre zu offensichtlich. Einfach kullern lassen? Den Anblick gönne ich Henning nicht. Ich drehe mich weg, hebe die herumliegenden Papierhandtücher auf und stopfe sie hektisch in den Müll.

»Rosmarie, der Hauptgewinn.« Hennings Stimme trieft vor Sarkasmus. »Du würdest sogar nach einem Quickie im WC noch aufräumen. Immer noch die Queen of Spießigkeit, hm?«

»Arschloch«, presse ich hervor und spüre eine Träne am Wimpernkranz. Hastig schnappe ich meine Sachen, die am Waschtisch liegen. Henning hat nur mehr Augen für sein Spiegelbild. Ich sollte ihm den Laptop um die Ohren knallen, andererseits: schade um das Gerät. Das Federpennal rutscht zu Boden und rollt unter den Waschtisch. Am liebsten würde ich es liegen lassen und aus der Toilette rennen, aber das geht nicht. Mein Autoschlüssel ist drin. Also muss ich im engen Bleistiftrock an Hennings Beinen vorbei unter das Waschbecken krabbeln, um es zu erwischen. Haltung bewahren, Rosmarie! Jetzt nur nicht die Würde verlieren. Aber wie kriecht man würdevoll unter den Beinen von Henning durch? Und warum habe ich mich von diesem Idioten einwickeln lassen? Zum zweiten Mal!

Von außen trippeln Schritte eilig auf die Toilettentür zu. Zwei Mädchenstimmen werden lauter. Die beiden bleiben vor der Tür stehen und unterhalten sich.

»Nächste Stunde suppliert er bei uns, weil die Mathelehrerin nicht da ist.« Kichern. »Der war sicher total fesch, als er jung war.«

»Total. Und die Strähne, die ihm immer in die Stirn fällt. Wie süß ist das bitte?«

Hennings Blick ist triumphierend. Er ist gemeint, und er weiß es. »Aber der Vorname klingt komisch. Irgendwie so norddeutsch.«

»Keine Ahnung, ich hab vergessen, wie er heißt.«

Eine der beiden legt die Hand von außen auf die Klinke und drückt sie herunter. Und da ist sie, die Chance. Ich weiß, was zu tun ist und raffe blitzschnell meinen Rock hoch. Mit voller Wucht ramme ich Henning mein rechtes Knie in die Kronjuwelen. Dann mache ich einen Schritt zurück und presse mich an die gefliete Wand.

»Fuck!« Henning krümmt sich und stöhnt. Sein Oberkörper ist nach vorn gebeugt, der Kopf knapp vor der Toilettentür.

Zack! Es knackt hässlich, als die Türkante auf Hennings Stirn prallt.

Vier stark geschminkte Mädchenaugen, weit aufgerissen, starren Henning an und sehen zu, wie er zu Boden sackt. Eine der beiden kreischt hysterisch.

»Scheiße! Herr Professor? Was …«

»Du hast ihn k. o. geschlagen!«

Eine dritte Schülerin kommt dazu. »Was macht der bitte in der Damentoilette?«

Mich nehmen sie gar nicht wahr. Alle konzentrieren sich auf ihren Schwarm, der am Boden liegt, sich krümmt und wimmert. Aus einer abscheulichen Platzwunde an Hennings Stirn sickert Blut auf den Fliesenboden. Genauso war's gedacht. Das muss genäht werden. Schade um die makellose Stirn. Ein guter Arzt schafft das mit drei kleinen Stichen. Ich wünsche Henning alles Schlechte: den stümperhaftesten Mediziner, möglichst ohne Feinmotorik, dafür mit Schlafmangel. Und eine schlechte Wundheilung. Auf dass er ewig denkt an mich. Dann schlüpfe ich aus der Toilette und verlasse die Schule.

Die kühle Herbstluft holt mich schnell wieder in die Realität zurück. Der Besuch in der Modeschule hat meinem Ego eindeutig mehr weitergeholfen als meiner Tochter. Zumindest plagt mich ein ungutes Gefühl, als ich von der Dr.-Franz-Ferchl-Straße bergab in Richtung Pernerinsel über das Kopfsteinpflaster stöckle. Immerhin, der Schönling, der Frauen pflückt wie reife Tomaten, ist Geschichte. Zumindest für mich. Aber in Sachen Ella trete ich auf der Stelle. Die 4a schweigt eisern, und wie ich die Lage einschätze, wird sich das so schnell nicht ändern. Warum auch immer: Die Schüler fürchten einen Nachteil, wenn sie den Mund aufmachen. Ich muss meine Taktik anpassen. Mich anderswo umhören, aber wo? Und, was viel wichtiger ist: Wo hat Susi die letzte Nacht verbracht? Bei einer Freundin? Unter einer Brücke? Mich fröstelt. Mein Brustkorb fühlt sich eng an. Ich habe Angst. Angst, mit meiner Fragerei in die falsche Richtung zu tappen und Susi damit zu schaden. Schlimmstenfalls den Roderich auf mich aufmerksam zu machen. Oder die Schulleitung. Ein Leichenwagen fährt langsam die Fußgängerzone bergauf, Richtung Schule. Und obwohl ich weiß, dass die Schule inmitten von Wohngebäuden steht und Leute auch eines natürlichen Todes sterben, drehe ich den Kopf und schaue dem Wagen nach. Wie sagt Tante Zenzi immer? Zu Tode gefürchtet ist auch gestorben. In einem tiefen Atemzug pumpe ich meine Lungen voll mit frischem Sauerstoff.

Reiß dich am Riemen, Rosmarie! Volle Konzentration aufs Wesentliche!

»Bling!« In meiner Tasche vibriert das Smartphone. Meine Finger sind klamm, als ich den Reißverschluss öffne. Ein Blick auf das Display hebt meine Laune ein bisschen. Fünf *WhatsApp*-Nachrichten, alle von unbekannten Nummern. Die zwei Visitenkarten in der Klasse 4a haben sich offenbar bezahlt gemacht. Ich öffne die erste Nachricht. »Ella hatte psychische Probleme. Sie war in Behandlung und hat Medikamente genommen. Bitte sagen Sie nicht, dass Sie diese Information von mir haben. Gruß, Verena F.«

Keine Ahnung, wer aus Susis Klasse Verena F. sein könnte. Selber schuld. Hätte ich mir die Klassenfotos vom vorigen Jahr angeschaut, wüsste ich jetzt Bescheid. Unter jedem einzelnen Porträt stehen Vor- und Nachname der Schüler. Ich habe mich zu sehr auf die Lehrer konzentriert. Ermittlungstechnisch gesehen ein Anfängerfehler, der nicht passieren dürfte! Ich bin aus der Übung, seit dem ersten Fall ist gut ein Jahr vergangen. Noch bevor ich die zweite Nachricht öffne, entdecke ich eine kleine Bäckerei am Robertplatz. Und dahinter eine Apotheke. Zuerst Koffein, dann Medizin, beschließe ich, und blicke durchs Fenster auf ein Meer aus Nussschnecken, Buchteln und Topfengolatschen. Nach diesem schrägen Einsatz in der Modeschule sind Nussschnecke und Cappuccino absolut angemessen, finde ich und betrete die *Bäckerei Klappacher*.

Außerdem ist es höchste Zeit für einen Anruf bei Vroni. Um etwas außer Hörweite zu sein, aber trotzdem alles im Blick zu haben, setze ich mich auf einen Hocker in Fensternähe. Das überbreite Fensterbrett dient als Tisch. Eine Verkäuferin in schwarzem Polohemd mit aufgesticktem

Logo serviert mir auf Wunsch eine Nussschnecke. »Den Cappuccino bring ich gleich!« Sie runzelt die Stirn, als sie meine verbrannten Handflächen sieht. »Uh, das schaut aber gar nicht gut aus! Wo ist denn das passiert?«

»Am Kaffeeautomaten«, sage ich und halte ihr die Hände hin. »Ein Euro 50 bezahlt für nix. Die Verbrennung hätt' ich billiger auch haben können.«

Die Verkäuferin macht eine wegwerfende Handbewegung und aktiviert Kaffeemaschine und Milchschäumer. Ich beiße in die Nussschnecke. Sie ist noch warm und durftet intensiv. Der Zuckerguss knackt leise, die zimtigsüße Fülle dockt direkt am Belohnungssystem in meinem Gehirn an. Himmlisch.

Die Verkäuferin stellt ein ovales Tablett mit Cappuccino und Wasserglas vor mir ab. Auf den Milchschaum hat sie ein Kunstwerk in Blattform gezaubert. »So was kriegt ein Automat nicht hin, gell?« Sie zwinkert mir zu und begrüßt eine Kundin, die soeben die Bäckerei betritt. Das Gipsmädchen.

Ich wische mir die Krümel vom Kinn und straffe mich.

»Heiße Schokolade wie immer?«, ruft die Verkäuferin dem Gipsmädchen zu und greift nach einer Tasse im Regal.

»Ja, bitte. Mit Schlagobers und Kakao obendrauf.« Und dann, zu mir gewandt: »Darf ich?« Sie deutet auf den Hocker neben meinem. Interessant, dass sie zu mir kommt. Ausgerechnet das kampflustige Gipsmädchen sucht freiwillig meine Nähe und will sich neben mich setzen. Ihre Haare sind feuerrot. Eine seltene, aber schöne Farbe. Warum ist mir das vorhin nicht aufgefallen?

»Bitte, gern.« Ich ziehe meine Tasche vom Hocker und stelle sie am Boden ab. Die Frage, ob sie den Werkstattunterricht schwänzt, ist überflüssig. Es ist offensichtlich. Sie muss gleich nach mir das Schulgebäude verlassen haben und mir gefolgt sein, sonst wüsste sie nicht, dass ich in der Bäckerei bin.

»Luisa Hämmerle.« Das Gipsmädchen streckt mir die Hand entgegen. Ihr Blick ist wesentlich freundlicher als vorhin.

»Rosmarie Dorn.« Luisas Händedruck ist überraschend fest.

Sie hängt ihre Jacke an den Haken unter der improvisierten Tischplatte und deutet auf meine Nussschnecke. »Bringst mir bitte auch so eine, Franzi?«

»Nuss ist aus, aber Zimtschnecken hab ich noch.«

»Wunderbar.« Luisa lächelt in Richtung Vitrine. »Nehm ich.«

Der Ton zwischen Luisa und Franziska ist vertraut. So, als ob die beiden einander schon ewig kennen. Ich mache mir geistig eine Notiz. Wie oft ist das Gipsmädchen hier? Wälzen die Schülerinnen hier in ihren Pausen Probleme? Vielleicht weiß die Bäckereiangestellte darüber Bescheid, denn in diesem winzigen Lokal gibt es keine ruhigen Ecken. Hier sind überall Ohren.

Luisa wartet, bis der Becher mit der heißen Schokolade vor ihr steht. Mit einem langen Löffel rührt sie langsam in der Tasse um.

»Es gibt da etwas, das Sie wissen sollten.«

»Aha.« Ich beiße wieder in meine Nussschnecke und schaue Luisa abwartend an. Schweigen. Luisa rührt weiter. Offensichtlich braucht sie Zeit. »Und zwar?« Ich beiße noch einmal ab.

Luisa atmet tief ein, legt den Kopf in den Nacken und hält die Luft an. Anscheinend fällt ihr das, was sie mir mitteilen will, nicht leicht. »Also gut«, sie bläst die Luft aus den Backen, »ich kann diese Schule nur besuchen, weil ich Unterstützung erhalte. Finanzielle Unterstützung.«

Welche Reaktion erwartet sie von mir? Jedenfalls ist sie mir nicht gefolgt, um mir das zu sagen. »Für Unterstützung muss man sich nicht schämen.« Ich zucke die Schultern. Das war noch nicht alles, da bin ich sicher. »Und weiter?«

Franzi stellt einen Teller mit Serviette und Zimtschnecke vor Luisa ab.

»Ich wollte das in der Klasse nicht laut sagen, weil es eigentlich niemand weiß. Außer Ella.« Luisa beißt sich auf die Lippen und lässt ihren Finger über der Zimtschnecke kreisen. »Ella und ich hatten beide finanzielle Probleme. Ella war Vollwaise …«

»Weiß ich.«

Luisa nickt. »Und ich bin aus Vorarlberg.«

»Hört man.« Ich grinse. Die starke Betonung des Doppel-M und das rollende R haben sie verraten. »Vorarlberg und finanzielle Probleme sind nicht zwingend aneinander gekoppelt, also … wo ist das Problem?«

Luisa lächelt versonnen. Ihr Finger ändert die Richtung auf der Zimtschnecke. »Meine Eltern können sich das Schulgeld und meine Unterkunft hier nicht leisten, aber sie wollen unbedingt, dass ich die Chance auf diese Ausbildung habe. Also bin ich auf Hilfen und ein Stipendium angewiesen.« Wieder macht sie eine Pause. »Mit den Unterkünften in Hallein ist das nicht so einfach. In der Nähe der Schule gibt es wenig erschwingliche Quartiere. Also wohne ich nicht alleine.« Ihr Finger bleibt auf der Zimtschnecke stehen. »Zumindest während der letzten drei Jahre. Bis vergangenen Samstag.«

Ich verstehe. »Du und Ella, ihr hattet eine WG?«

Luisa nickt und zieht ihr Smartphone aus der Gesäßtasche ihrer Jeans. Sie öffnet den Fotoordner, tippt auf ein Bild und legt das Handy vor mir auf den Tisch. Das Bild zeigt eine strahlende Ella, wie sie einen Teller mit Spaghetti in die Kamera hält. Blendend weiße Zähne, ein Erdbeermund und Fliegenbeinwimpern. Ella war eine fesche junge Frau. Das Lächeln auf dem Spaghetti-Bild wirkt ehrlich und glücklich. Anscheinend gab es auch eine freundliche Version von Ella; das hat sie bei der Modeschau geschickt verborgen. Genau wie Luisa.

Ich greife nach dem Smartphone. »Darf ich?«

Luisa nickt, und ich swipe ein paar Bilder vor und zurück. Ein Selfie mit Ella und Luisa auf der Couch. Auf einem anderen Bild Ella, über einen Skizzenblock gebeugt. Auf dem Papier liegen Stifte in Blautönen und Stoffmuster. Eine Sinfonie aus Spitze, Samt und Taft. So wurde Ellas Entwurf bei der Modeschau anmoderiert. Dieses Bild zeigt Ella, wie sie an ihrem Entwurf arbeitet. Ich wische zum nächsten Bild. Ella und Luisa beim Schminken, beim Kochen und mit Jogginganzügen und dicken Wollsocken vor dem Fernseher. Heile Mädchenwelt. Beste Freundinnen. Ich lege das Smartphone wieder vor Luisa.

»Worüber habt ihr euch vergangenen Samstag gestritten?«

Luisa beugt sich vor und wird laut. »Ella und ich haben uns nie gestritten!«

Die Verkäuferin schaut über den Rand ihrer Brille zu uns herüber.

Ich seufze und deute unter den Tisch, auf Luisas Gipsfuß. »Dann bist du also ganz von alleine die Treppe beim

Salinenstadel runtergefallen? Und Ella hat dich unabsichtlich geschubst?«

Luisa wird rot. »Nein.« Vom großen Ego, das sie mir in der Schule präsentiert hat, ist nichts mehr übrig. Als wäre ihr Selbstbewusstsein in der Waschmaschine geschrumpft wie ein zu heiß gewaschener Walkjanker. Ich habe einen Verdacht.

»Du wolltest nicht über den Streit mit Ella reden, weil Inspektor Fuchs dich sonst auch verdächtigt hätte, oder?«

Luisa schweigt und starrt auf ihre Zimtschnecke. Über ihre Wange läuft eine Träne, aber darauf nehme ich jetzt keine Rücksicht. Erstens ist sie hart im Nehmen; immerhin ist sie freiwillig hier aufgetaucht, um mit mir zu reden. Außerdem hat sie meine Susi ins offene Messer laufen lassen, obwohl sie selbst ebenso ein Motiv hätte, Ella zu ermorden. Wahrscheinlich sogar ein stärkeres. Zwischen WG-Bewohnerinnen können Streitigkeiten schon mal heftig ausfallen, warum also nicht auch Mord? Wenn es überhaupt Mord war. Um das herauszufinden, bin ich ja nach Hallein gekommen. Also weg mit den Samthandschuhen.

Ich musterte Luisa genau. Sie wird rot und schweigt. Ich werde ungeduldig. »Raus mit der Sprache!«

An meinem Ton merkt sie, dass sie jetzt die Hosen runterlassen muss. Farbe bekennen. Sie nagt an ihren Lippen und hadert mit sich. Schließlich entsperrt sie wieder ihr Smartphone und sucht nach einem bestimmten Foto. Am Boden der Tasse ist noch ein kleiner Rest Milchschaum. Ich kratze mit dem Löffel über das Porzellan. Das Quietschen ist jenseits des Erträglichen. Ich kratze weiter. Luisa verzieht schmerzhaft das Gesicht. Ihre Finger wischen zunehmend nervöser über das Display. Dann, endlich, findet sie, wonach sie gesucht hat.

»Ella war hoffnungslos verliebt, aber es war der Falsche.«

Luisa nimmt den eingeschweißten Keks, der neben der heißen Schokolade liegt, und klopft damit auf den Tisch. Der Keks zerbröselt in der Folie.

»Sie hätte keine Zukunft mit ihm gehabt, das hab ich ihr immer wieder klargemacht. Aber sie wollte es nicht hören.«

Verstehe ich gut. Niemand wird gerne bevormundet. Am allerwenigsten, wenn es um die große Liebe geht. Außerdem haben noch nicht alle Mädchen in diesem Alter Zukunftspläne und suchen schon den Mann fürs Leben. Wenn sie überhaupt einen suchen.

»Wieso glaubst du zu wissen, welcher Mann für deine Freundin richtig oder falsch ist«, ich korrigiere mich, »... war?«

Luisas Blick unter ihren langen schwarzen Wimpern ist traurig. »Er hat ihr nicht gutgetan. Sie hat es vielleicht selber nicht bemerkt, aber so etwas spürt man als Freundin.«

Ganz schön klug für eine 18-Jährige. Ich nicke und denke an Henning. Idiot. Für mich war er auch der Falsche, aber das habe ich erst heute so richtig begriffen. »Du wolltest sie schützen«, sage ich etwas sanfter.

Luisa nickt und wischt immer noch am Handy herum. Vielleicht nur, damit sie mir nicht ins Gesicht sehen muss.

»Ja. Er hat sie eingewickelt nach allen Regeln der Kunst.« Luisa schüttelt den Kopf. »In dem Punkt hab ich sie einfach nicht verstanden. Das war nicht die Ella, die ich kannte. Normalerweise war sie clever und strebsam. Aber dieser Typ hat ihr richtig das Hirn weggev...«
Im letzten Moment beißt Luisa sich auf die Lippen. »Entschuldigung. Aber es war schrecklich, das mitanzusehen.

Ella war nur mehr auf ihn fixiert, sie hätte alles für ihn stehen und liegen gelassen. Außerdem hat sie sich bessere Chancen für ihre Karriere ausgerechnet, die dumme Nuss. Was natürlich Blödsinn ist: In der Schule zählt die Leistung, die man am Skizzenblock und an der Nähmaschine bringt. Ohne eigene Ideen geht da gar nichts, egal, wen man kennt oder mit wem man ins Bett steigt.« Sie macht eine kurze Pause und zupft ein Stückchen von ihrer Zimtschnecke ab. »Ich habe mit ihr geredet, aber sie hat nicht auf mich gehört. Im Gegenteil: Je mehr ich versucht habe, ihr die Augen zu öffnen, desto mehr haben wir gestritten.« Luisa lacht kurz und freudlos und steckt sich das Stück in den Mund. »Sie dachte wohl, ich will ihn ihr ausspannen.«

»Also, er hat sie total vereinnahmt«, fasse ich zusammen. Aber das ist ja bekanntlich – zumindest bei Verliebten – Ansichtssache. »Was war noch falsch an dem Mann?«

»Er ist verheiratet. Und eine Geliebte hat er auch.«

»Wow!« Schlimmer, als gedacht. »Dann ist er älter als Ella?«

»Viel älter!« Luisa reißt die Augen auf und nickt. »Er könnte ihr Vater sein!«

Ein Sugar Daddy also. Widerlich. »Wo hat sie ihn kennengelernt?«

Endlich hat Luisa das Foto gefunden und tippt zweimal drauf, um es zu vergrößern. »In der Schule.«

Henning. Vögelt alles, was nicht bei drei am Baum ist. Ich verschlucke mich am letzten Schluck Wasser und muss husten. »Ein Lehrer?«

»Nein.« Luisa hält mir ihr Smartphone hin. »Alexis K.«

14. KAPITEL

Erzählt von eitlen Gockeln, ungelegten Eiern und Schweigepflicht. Außerdem von Liebesglück, Vulkanen und suchenden Herzen. Es geht um Titel, Wunschlisten und Krautsalat. Ich trinke Radler und habe eine Theorie. Tante Zenzi meint es gut, Onkel Stefan steht seinem Glück im Weg und auf der Leitung. Hermis stillster Ort ist ein Ideen-Booster, ich erliege braunem Plüsch und Retro-Charme.

Das wirft natürlich ein anderes Licht auf die Sache. Und wirkt zugleich unheimlich befreiend auf mich: Zum ersten Mal, seit der Roderich seine wahnwitzige Theorie ins Orbit geflüstert hat, ist eine brauchbare Alternative greifbar. Und zwar eine, die nichts mit meiner Tochter zu tun hat und mit der sich arbeiten lässt.

Wer hätte ein besseres Motiv, eine junge Geliebte zu ermorden, als die Ehefrau? Selbst wenn es das klischeehafteste aller Motive ist: Es passiert. Immer wieder. Warum also nicht auch hier?

Wäre Frau Professor Krimpelstätter fähig, ein junges Mädchen kaltblütig zu ermorden? Ist es genau das, wonach sie lechzt, nach all den Demütigungen durch ihren Alexander?

Dass ein eitler Gockel wie Alexander Krimpelstätter am liebsten als Single wahrgenommen wird, überrascht mich nicht. Vielleicht gehört auch das zum Modebusiness: immer den smarten Junggesellen mimen, der leicht zu haben und gleichzeitig unerreichbar ist. In keinem der Artikel, die ich über Alexis K. gelesen habe, wird seine Ehefrau erwähnt, obwohl sie – zumindest laut Vroni – eine Expertin auf ihrem Gebiet ist. Aber warum?

Beißt sich das Fachwissen seiner Frau mit seinem Auftreten? Hätte er lieber ein unbedarftes Weibchen neben sich, das bewundernd zu ihm aufschaut? Oder schämt er sich, dass ihm seine Frau bei der Karrieregründung finanziell unter die Arme gegriffen hat?

Die Apotheke hat schon Mittagspause, als ich aus der Bäckerei komme und mir eine Brandsalbe holen will. Dann muss ich eben einen Zwischenstopp in der Praxis einlegen, um mich zu verarzten. Mir schwirrt der Kopf, und obwohl es noch weiter abgekühlt hat und ich im Bleistiftrock friere, sind die paar Schritte bis zum Auto eine Wohltat. Am Pfannhausersteg pfeift mir der kühle Herbstwind um die Ohren. Die ersten Blätter segeln zu Boden, und ich versuche, meine Gedanken zu ordnen.

Ella Krumbichler hatte also was mit dem Dirndldesigner. Der wiederum ist unerreichbar, weil gleich doppelt vergeben: nämlich an seine Frau und seine Geliebte. Ob Luisa mit der Geliebten die Glauninger gemeint hat? Alexis K. dürfte also über spezielle Fähigkeiten verfügen. Ein sehr kontaktfreudiger Mann, speziell in der unteren Körperhälfte. Stelle ich mir stressig vor, so ein Leben zwischen den Stühlen. Es erfordert unglaubliches Organisationstalent, um alle Termine im Blick zu haben, Verschwiegenheit und viele Orte für geheime Liebestreffen. Apropos Orte: noch immer keine Nachricht von Susi. Ich habe keinen blassen Schimmer, wo sie sich verstecken könnte.

Und damit bin ich anscheinend nicht allein: Vonseiten ihrer Klasse besteht kein Mitteilungsbedarf zu diesem Thema. Die restlichen vier *WhatsApp*-Nachrichten auf meinem Smartphone betreffen Ella. Was sie am liebsten gegessen hat (falls sie vergiftet wurde), was sie am Tag der Modeschau getrunken hat (betrifft ebenfalls mögliche Vergiftung), dass sie vor einer Woche grippekrank war und unbedingt bis zur Modeschau wieder fit sein wollte (Notiz: bei Doktor Putschauer wegen möglicher Herzmuskelentzündung erkundigen) und dass ihr Hund vor ein paar Wochen gestorben ist (mögliches Selbstmordmotiv). Keiner aus der Klasse scheint sich für Susi zu interessieren. Als wäre sie nie Teil dieser Gemeinschaft gewesen. Oder aber: *Alle* aus der Klasse wissen etwas und verheimlichen es mir. Warum auch immer. Ein Liebespaar kommt mir entgegen, eng aneinander gekuschelt und mit dusseligem Blick. Ich wende mich ab. Laurenz, die Glauninger, Henning, Ella, Alexis K. … Für heute reicht's mir mit der Liebe. Aus meiner Handtasche grölt Andreas Gabalier.

»Hulapalu!« Der Klingelton, den ich für Anrufe von Vroni ausgewählt habe. Ich hebe ab.

»Weißt du schon das Neueste vom Roderich?«

Mit Begrüßungsfloskeln hält sich Vroni gar nicht auf. Immer kommt sie gleich zum Wesentlichen. Manchmal, wenn mir danach ist, ärgere ich sie ein bisschen, nur so zum Spaß.

»Hallo? Vroni, bist du das?«

»Das siehst du doch am Display, oder?«, grantelt sie.

Ich kichere. »Meine liebste Volksschullehrerin auf Leitung eins: Was kann ich für dich tun?«

»Die Frage geht eher an meine liebste Arzthelferin auf Leitung zwei: Was kann *ich* für *dich* tun?«

Kurze Pause. »Hat das Neueste vom Roderich damit zu tun?«, frage ich. Zugegeben, jetzt bin ich leicht verwirrt. Mittlerweile stehe ich vor meinem Auto, sperre auf und quetsche mich ungelenk auf den Fahrersitz. Scheiß Bleistiftrock! Ich stecke den Schlüssel in die Zündung und aktiviere die Freisprecheinrichtung.

»Bist du unterwegs?«, will Vroni wissen.

»Ja. Ich war in Hallein, hab mich ein bisschen umgehört bei …« Ich lege meine Hände auf das Lenkrad und zucke zusammen. »Aua!«

»Was ist los, Rosmarie? Wieso umhören? Du wolltest mich doch anrufen, oder?«

Stimmt. Das habe ich ganz vergessen. Schuld daran ist eigentlich der Roderich und sein Auftritt gestern. Womit wir wieder beim Thema wären: »Also, was ist jetzt mit dem Roderich?«

»Wenn ich das so genau wüsste«, die Vroni seufzt, »jedenfalls ist er in letzter Zeit komisch, finde ich. Zumindest hatte ich bei den letzten beiden Stammtischen den Eindruck, dass er irgendwie anders ist. Und als er mir dann von der Versetzung erzählt hat …«

»Versetzung? Wohin denn?« Der Roderich hat doch erst die Dienststelle gewechselt! Von Hinterschlapfing nach Anif.

»Naja, das ist eigentlich noch ein ungelegtes Ei, Rosmarie.« Aha, heißes Eisen. Jetzt macht sie einen Rückzieher, die Vroni. Umso interessanter. Aber ihr Mitteilungsdrang ist stärker als die Schweigepflicht. War immer schon so.

»Versprich mir, dass du's niemandem weitersagst, okay?«

Ich muss lachen. »Ich wüsste nicht, wen ich mit Neuigkeiten vom Roderich beglücken könnte, selbst wenn sie noch so interessant wären!« Außerdem: ich und weitersagen! Ich bin stumm wie ein Fisch und halte dicht wie ein Aquarium. Mir kann man Seitensprünge, Diebstähle und andere Fehltritte anvertrauen: alles bestens aufgehoben. Bei Mord mach ich vielleicht eine Ausnahme, aber sonst ist auf mich Verlass.

»Also, was ist jetzt: Lässt er sich für den *Playboy* fotografieren? Oder für den Polizeikalender?« Ich kichere, obwohl meine Handflächen höllisch schmerzen. »Oder macht er eine Ausbildung zum Stimmtrainer?«

»Sehr witzig, Rosmarie, echt. Sich auf Kosten anderer zu amüsieren, ist ja wohl das Letzte.«

»Jaja, Frau Moralapostel, danke für den Hinweis.« Schluss mit lustig. »Ich hab auch was für dich in Sachen Neuigkeit und Roderich: Der Herr Inspektor Fuchs verdächtigt meine Tochter des Mordes!«

Am anderen Ende der Leitung ist es still. So still, dass ich denke, die Leitung ist unterbrochen. »Vroni?«

»Ja, ich bin noch da.« Sie klingt besorgt. »Jetzt wird mir einiges klar.«

»Du wusstest von dem Mord?« Ich bin ehrlich verwirrt.

»Nein, aber wenn man zwei und zwei zusammenzählt, kennt man sich aus.«

»Äh, wie jetzt?«

Vroni stöhnt genervt. »Du musst kombinieren, Rosmarie! Die Fakten zusammenfügen, die du schon kennst.«

»Welche Fakten über den Roderich kenne ich denn schon?«

»Er will sich verändern. Beruflich, meine ich. Hat er mir am letzten Stammtisch gesagt.«

»Davon wusste ich nichts!«

Sie schnaubt ungeduldig. »Ist aber so. Jedenfalls will er zur Kripo Salzburg, seit die von seinem Ermittlungserfolg im letzten Herbst gehört haben.«

»*Seinem* Erfolg?« Jetzt schlägt's aber 13! »*Wir beide* haben den Fall aufgeklärt, Vroni!«

»Weiß ich eh alles, aber es ist trotzdem so.« Sie seufzt. »Nenn mir *einen* Mann, der ehrlicherweise eine Frau vor den Vorhang holt, wenn er im Rampenlicht steht. Er schmückt sich quasi mit fremden Federn. Mir hat er gesagt, dass er schon alle Unterlagen beisammen hat für die Bewerbung. Jetzt braucht er noch einen knackigen Ermittler-Erfolg, dann steht dem Jobwechsel nichts mehr im Weg. Die wollen ihn unbedingt haben, die Salzburger.«

Ich fasse es nicht. Ellas Tod kommt praktisch wie gerufen für den Roderich.

»Und jetzt ist er noch mehr unter Zugzwang«, redet Vroni weiter, »weil die von der Salzburger Mordgruppe ihm natürlich ganz genau auf die Finger schauen.«

Ich verstehe. »Soll heißen, er braucht einen schnellen Erfolg, damit er die Stelle bei der Kripo Salzburg bekommt?«

»Ja.« Vroni schlürft irgendetwas. Wahrscheinlich Tee. Sie hat fast immer eine Tasse Tee neben sich stehen, wenn sie telefoniert. »Und deshalb ist der Roderich momentan nicht zu unterschätzen, Rosmarie. Der hat Energien, die hätt ich ihm nie zugetraut. Wie ein *Duracell*-Haserl.«

Mir wird übel. Schlimmstenfalls baut der Roderich seine Karriere auf Kosten meiner Tochter auf. Ich hole tief Luft. »Dann muss man ihn eben stoppen. Egal wie.«

Vroni nimmt noch einen Schluck und überlegt kurz. »Okay. Bin dabei.«

Mein Onkel Stefan, der natürlich nicht mein richtiger Onkel ist, zieht das Pech an wie ein Scheißhaufen die Fliegen. Zumindest in Sachen Amore. Was erstaunlich ist, denn er ist weder das, was man landläufig einen Ungustl nennt, noch sonst wie abstoßend. Er beherrscht die Klaviatur der Komplimente und ist kulturell interessiert. Er kocht gern, erledigt seinen Haushalt selbst und hält sich von Casinos, schmuddeligen Bars und sonstigen Etablissements fern. Er liebt die Natur und unternimmt Ausflüge, ist gern gesehener Gast auf Feiern und spricht fünf Sprachen fließend. Er war Professor für Geschichte an der Universität Salzburg und ist eine wahre Intelligenzbestie. Belesen und imstande, aus dem Stegreif Vorträge zu halten. Würde man ihn auf einer Partnerbörse verscherbeln wollen, wäre Onkel Stefan ein Hauptgewinn. Und trotzdem ist er fixes Mitglied im *Klub der einsamen Herzen*. Seit Jahren wartet er vergebens auf die Frau seines Lebens.

Lange habe ich geglaubt, dass er die große Liebe gar nicht sucht und umgekehrt von ihr auch nicht gefunden werden will. Dass er sich vor menschlicher Zweisamkeit drückt, weil er ohnehin nur für die Wissenschaft lebt. Diese Theorie habe ich vor ein paar Jahren verworfen. Ganz plötzlich und unverhofft ist nämlich genau das, womit wir alle nicht mehr gerechnet hatten, am allerwenigsten Onkel Stefan selbst, passiert: Amor hatte tatsächlich einen seiner Pfeile ausgepackt und auf meinen Onkel gezielt. Gut, als Zielscheibe ist Onkel Stefan ein Jackpot, übergewichtig und bewegungsfaul, wie er ist. Große Masse, leicht zu treffen. Aber selbst dem Gott der Liebe können Fehler passieren. Vielleicht versagte an diesem Tag seine Zielhand oder er hatte nicht genügend Pfeile im Köcher. Oder er war ganz einfach nicht bei der Sache. Jedenfalls wurde die Frau, in die sich mein Onkel verliebt hat, nicht getroffen. Kann natürlich auch sein, dass sie den Liebespfeil nur als lästigen Schiefer wahrgenommen hat, den man schleunigst entfernt, bevor er zu eitern beginnt. Jedenfalls war in der Angelegenheit der Wurm drin und die große Liebe einseitig.

Die beiden haben trotzdem geheiratet. Unserer Familie war es ein Rätsel, was Onkel Stefan an dieser Frau gefunden hat, aber Liebe lässt sich eben nicht erklären.

Das Eheglück war aber ohnehin nur von kurzer Dauer. Weniger, weil mein Onkel die Einseitigkeit dieser Liebesbeziehung entdeckt hat, sondern weil seine Frau bei einer ihrer Reisen in einen Vulkan geplumpst ist. Gerade rechtzeitig, bevor die Probleme Fahrt aufnehmen konnten. Ist zumindest meine Meinung, und damit stehe ich in der Familie nicht alleine da. Nur sagen traut es sich niemand außer Tante Zenzi, die ihr Herz auf der Zunge trägt. Das Universum löst manchen Knoten auf seine eigene Art und lässt sich nicht gern ins Handwerk pfuschen.

Das Unglück passierte bei einem Selfie am Kraterrand. Ein letzter Spaziergang am Abend vor dem Heimflug, natürlich entlang des Vulkanschlotes. Posieren, sich ins perfekte Licht rücken, ein Schritt zurück, Kusshand werfen, noch ein Schritt … Der Klassiker, man kennt das. Auf dem Rückflug blieb der Sitzplatz neben meinem Onkel Stefan jedenfalls leer, denn was im Vulkan ist, bleibt im Vulkan. Der natürliche Schmelzofen hat ihm einige Entscheidungen abgenommen, die er in der Schockstarre seines plötzlichen Witwerdaseins ohnehin nicht hätte treffen können. Sarg oder Urne, Grab oder Seebestattung, Eisblumen oder Plastikrosen. Denn mein Onkel, so belesen und gebildet er auch ist, funktioniert in Ausnahmesituationen nur auf Sparflamme. Sein Körper ist vollends damit beschäftigt, einfach zu funktionieren. Der Geist driftet in eine Abwärtsspirale aus Selbstmitleid und Endzeitstimmung. Für den Alltag oder gar Entscheidungen ist keine Energie mehr übrig. So gesehen war die Art und Weise, wie seine Frau aus dem Leben geschieden ist, für ihn die allerbeste. Quasi maßgeschneidert. Kurz und schmerzlos. Und so bitter das Erlebte für ihren Bruder auch war, Tante Zenzi hat es auf den Punkt gebracht: »Der Herrgott weiß schon, was er tut!« Und aus.

Onkel Stefan ist also wieder in der Umlaufbahn der suchenden Herzen, und mit jedem Jahr, das er allein verbringen muss, wächst seine Sehnsucht nach weiblicher Gesellschaft. Leider schwinden, proportional zu seiner Sehnsucht, mit jedem Jahr auch die Chancen, eine passende Herzdame zu finden. Wobei der Hund nicht auf der Angebotsseite begraben liegt: Die Auswahl an attraktiven Singledamen in Salzburg und Umgebung ist reichhaltig und vielversprechend. Das Problem ist Onkel Stefan selbst.

Zu Mittag ist full house bei Hermi. Sie hat groß aufgekocht; es gibt Kartoffeln, Krautsalat und Ripperl. Berge knusprig gebratener Schweinsripperl, gewürzt und mariniert nach Hermis Spezialrezeptur. Meine Schwiegermutter ist überzeugte Fleischesserin und würde mit ihren gebratenen Ripperln wahrscheinlich sogar Paul Mc Cartney zu einem Grillteller überreden. Und obwohl ich noch satt bin von Nussschnecke und Cappuccino, rinnt mir das Wasser im Mund zusammen, und ich setze mich zum Tisch. Der Krautsalat ist ein Traum, und soeben kommt Hermi mit dem Bratensaft aus der Küche zum Esstisch.

Onkel Stefan ist das einzige männliche Wesen in der Runde; Laurenz ist auf seinem Kongress in Frankfurt, und Max kommt erst am späten Nachmittag aus der Schule.

Meine Gedanken kreisen ständig um Susi, Ella und Luisa. Der Vormittag in der Modeschule hängt mir nach, und Vronis Zusage, mir beim Ermitteln zu helfen, ist zwar rührend, wirft aber neue Fragen auf. Wo fange ich an? Was ist wichtiger: Susi zu finden oder das Mordmotiv? Was weiß ich über Alexis K.? Und hatte Ella tatsächlich psychische Probleme?

Hermi stellt eine Flasche Zitronenradler vor mich und beugt sich zu mir. »Noch immer keine Nachricht von der Susi?«

»Gar nix.« Ich spüre, wie mein Hals wieder eng wird.

Gott sei Dank sind Onkel Stefan und Tante Zenzi in ein Gespräch vertieft – auf lange Erklärungsreden zu Susis Verschwinden kann ich jetzt verzichten. Noch dazu, wo Lisi mit am Tisch sitzt und schon nach ihrer großen Schwester gefragt hat. Es kostet mich Überwindung, nicht ständig auf das Foto in Hermis Bücherregal zu starren. Ungerahmt und schon leicht verbogen an ein Kochbuch gelehnt, zeigt es Susi, die stolz ihr selbst kreiertes Dirndl trägt und in die Kamera lacht.

Hermi öffnet ihre Flasche mit dem Bieröffner und nimmt den ersten Schluck. »Und du weißt wirklich nicht, wo sie sein könnte?«, murmelt sie halblaut. Ihr Blick ist prüfend.

»Nein, ehrlich. Keine Idee.« Ich öffne ebenfalls meine Flasche.

Hermi zuckt die Schultern. »Dann musst du alle Orte abklappern, die ihr wichtig sind. Was anderes bleibt dir nicht übrig.« Hermi lädt sich Ripperl auf ihren Teller und lässt mich mit meinen Gedanken wieder alleine.

Alle Orte abklappern. So weit war ich selber auch schon. Ich nippe am Radler. Tante Zenzis Stimme wird lauter.

»Vielleicht solltest du einmal deine Wunschliste ausmisten.« Wieder einmal ist Onkel Stefans Liebesdesaster Thema beim gemeinsamen Mittagstisch. Ich bin froh über jede Abwechslung, auch wenn Partnersuche jenseits der 60 bereits gefühlte tausendmal durchgekaut wurde. Neben der Schüssel mit den dampfenden Kartoffeln liegt die heutige Ausgabe der *Salzburger Nachrichten*. Tante Zenzi hat in den Kontaktanzeigen geblättert und das Inserat ihres Bruders entdeckt. Sie nestelt an der Kette ihrer Lesebrille, die sie immer umgehängt trägt, und liest vor.

»Sportlich, schlank, gebildet, humorvoll, Akademikerin.« Tante Zenzi sieht ihren Bruder über den Rand ihrer Brille hinweg an. Sie hat kein Verständnis für die Suchkriterien ihres Bruders.

»Darfst dich nicht wundern, wennst einmal alleine stirbst.«

Sie nimmt sich ein Ripperl vom großen Teller und nagt daran herum. »Muss es unbedingt eine Akademikerin sein?«

»Ich wünsch mir halt eine Partnerin, mit der ich geistreiche Gespräche führen kann.« Onkel Stefan gießt Bratensaft über seine Kartoffeln. Ein glänzend-brauner See mit Fettaugen entsteht. Dann zermatscht er die Kartoffeln mit seiner Gabel und salzt großzügig. »Schlichte Gemüter hab' ich mein Leben lang genug um mich herum gehabt.«

Schlagartig ist es still am Tisch. Sekundenlang rührt sich nichts, bis Tante Zenzi ihre Kartoffel so energisch schneidet, dass das Messer auf dem Porzellan quietscht.

Lisi hält sich die Ohren zu und verzieht das Gesicht.

»Was denn?« Onkel Stefan lädt sich Krautsalat und Kartoffelmatsch auf die Gabel und schaut verdattert. Stille am Tisch hat bei uns Seltenheitswert.

Langsam dämmert es Onkel Stefan, dass er der Grund dafür sein könnte. »Habt ihr etwa geglaubt, ich red' von euch?«

»Hätte ja sein können.« Hermi schmeißt einen abgenagten Knochen auf ihren Teller und schnappt sich ungerührt das nächste Ripperl.

»Hab ich aber nicht.« Onkel Stefan schiebt sich die Gabel in den Mund und schmatzt zufrieden. Langsam entspannen sich die Gesichter wieder. Bratensoße wird herumgereicht, fettige Finger abgeschleckt und Servietten ausgeteilt. Thema erledigt. Aber Onkel Stefan schmunzelt in sich hinein, nimmt sich noch Krautsalat und Anlauf für ein nächstes Statement. »Außerdem hätte es ja keinen Sinn, mir eine Partnerin zu wünschen, die so ist wie ihr.«

Und da ist er: der Grund, warum es mit Onkel Stefan und der Liebe nicht klappt. Vermute ich zumindest. Ihm fehlt einfach die nötige Empathie. Das Gespür für Gefahren. Drohende Explosionen oder Katastrophen erfasst sein Radar nicht. Keine Warnleuchte, die hektisch zu blinken beginnt, kein schriller Alarm, der ihn zurückhält. Onkel Stefan merkt nicht, wann es gefährlich wird. Egal, ob es um die perfekte Pose am Vulkankrater oder um die Wut seiner Schwester geht, die sich in wenigen Sekunden entladen und auf uns alle herabregnen wird. Ich werfe ihm einen mahnenden Blick zu, aber Onkel Stefan hat nur Augen für die Bratensoße. Stattdessen peilt er den rhetorischen Weg ins Verderben an. Volle Kraft voraus!

»Warum das?« In Tante Zenzis Stimme klirren Eiswürfel.

»Man wünscht sich ja immer das, was man vermisst«, plappert Onkel Stefan drauflos, ganz im Erklärmodus. Die roten Wutflecken am Hals seiner Schwester, sicheres Zeichen einer drohenden Eruption, nimmt er gar nicht wahr.

»Und ich vermisse eben jemanden, mit dem ich über die großen Fragen des Lebens diskutieren kann. Intellektuelle Gespräche führen, die meinen Horizont erweitern. Ich will nicht immer nur im eigenen Saft schwimmen und schlussendlich darin versauern.«

Ein Krautfaden klebt an seinem Kinn. »Bildung. Kultiviertheit.« Seine Backen sind prallvoll, und aus seinem Mund tropft Bratensaft. »Das fehlt mir.«

»Aha.« Tante Zenzi wischt sich mit der Serviette über den Mund. »Und deshalb muss jetzt ein weibliches Wesen mit Universitätsabschluss her, oder was?«

Sie knüllt die Serviette zusammen und wirft sie auf den Teller.

»Schade. Aber andererseits auch wieder gut, dass ich es weiß. Ich hätte nämlich ein Herzblatt für dich gefunden, lieber Bruder.« Hermi schaut erstaunt von ihrem Teller auf. »Echt?«

Onkel Stefan hält in der Kaubewegung inne. »Wer denn?«

Aber Tante Zenzi winkt ab. »Hätt' eine Überraschung sein sollen. Ein zwangloses Treffen, das ich zwischen euch arrangiert hätte.«

»Wann denn?« Onkel Stefans Blick ist glasig, aber Tante Zenzi winkt ab.

»Nein, nein, vergiss es gleich wieder. Ich hab's nur gut gemeint, aber wenn du dein Glück nur bei einem akademischen Weibchen findest …«, sie zuckt die Schultern und trägt ihren Teller in die Küche, »da muss ich leider passen.«

Onkel Stefans Blick, als er ihr nachsieht, ist an Neugierde nicht zu toppen. Verdattert klaubt er sich ein Kümmelkorn aus dem Mundwinkel. »Eine Kollegin von dir?«

Tante Zenzi ist pensionierte Krankenschwester. Ab und zu hilft sie beim *Roten Kreuz* aus. Erste Hilfe Kurse, Bürokram und so. Logisch, dass sie jede Menge Leute kennt.

»Für dich scheint ja nur aus einem Akademikerhintern die Sonne.« Tante Zenzi lehnt lässig in der Küchentür und trinkt ihren Radler auf ex. »Also will ich dich nicht ins titellose Unglück stoßen.«

»Wieso Unglück?« Onkel Stefan steht so was von auf der Leitung.

»Weil ich nicht weiß, ob man mit meinen Kolleginnen über die großen Fragen der Menschheit diskutieren kann.« In Tante Zenzis Tonfall ist Ironie, aber auch eine Spur Bitterkeit. Und als Onkel Stefan wieder nach dem Topf mit dem Bratensaft greift, ist sie mit einem riesigen Satz bei ihm und schnappt ihm seinen Teller weg. »Noch etwas: Sollte ich dich jemals einer meiner ungebildeten Kolleginnen vorstellen, tu mir einen Gefallen.« Sie deutet auf ein Stück von Onkel Stefans Bauch, das zwischen zwei Hemdknöpfen hervorlugt: »Nimm ein Hemd in deiner Größe!«

Und dann rauscht sie ab. Die Tür fällt krachend ins Schloss, und das Foto von Susi in ihrem Dirndl segelt zu Boden. Eines muss man Tante Zenzi lassen: Vom richtigen Moment versteht sie etwas. Ganz im Gegensatz zu ihrem Bruder.

»Bist du deppert!« Hermi nagt konzentriert am letzten Ripperl. »Da hast dich aber ordentlich in die Nesseln gesetzt«, sagt sie in Richtung Onkel Stefan.

»Ich versteh gar nicht, was sie hat«, jammert er.

Hermi nickt wissend und wischt sich die fettigen Finger ab. »Eben.«

Onkel Stefan sendet mir einen ratlosen Blick, aber in diesem Moment schreit Andreas Gabalier sein Hulapalu aus meiner Hosentasche. Vroni.

Wie immer kommt sie ohne Begrüßung und Einleitung zur Sache. »Ich hab schon einmal meine Fühler ausgestreckt in Sachen …«

»Moment!« Wo die Stimmung schon einmal so dermaßen im Eimer ist wie an diesem Esstisch, will ich nicht auch noch Neuigkeiten über depressive Polizisten oder ermordete Schülerinnen austauschen. Eckbänke sind zwar der Inbegriff der Gemütlichkeit bei Tisch, aber wer zwischen zwei Personen eingequetscht ist, kann seinen Sitzplatz nicht ohne Weiteres verlassen. Ich klettere hinter Lisis Rücken vorbei über die Sitzfläche und haste aus dem Esszimmer, auf der Suche nach einem stillen Ort zum Telefonieren. Hermis WC ist am weitesten vom Esstisch und dem Rest der Familie entfernt. Ich verkrümle mich in den kleinen Raum und sperre ab. Eine letzte Design-Bastion der 8oer-Jahre: braune Fliesen mit rosa Blümchen, Häkel-Gardine und eine *Barbiepuppe* mit Klorollen-Kleid. Es duftet nach *WC-Ente* und Zitrone.

»Also«, Vroni klingt gut gelaunt, »der Roderich hat sich zwar bei der Mordgruppe Salzburg beworben, aber da ist er nicht alleine.«

Darauf fällt mir keine Antwort ein. Kommt da noch was? Sollte das meine Laune heben? Ich wüsste nicht, warum. Wenn der Roderich nur einer von vielen Bewerbern ist, wird er sich umso mehr anstrengen, um aus der Masse herauszustechen. Sprich: ordentlich Tempo vorlegen, um den Mord so schnell wie möglich aufzuklären. Außerdem: Der neue Job vom Roderich ist nur ein Detail am Rande, das ich weder verhindern noch beeinflussen kann. Und mir eigentlich herzlich wurscht ist. Soll er hingehen, wo der Pfeffer wächst. Hauptsache, er lässt meine Susi in Ruhe. Vroni wartet auf eine Antwort.

»Toll gemacht«, sage ich lahm. Meine Begeisterung hält sich in Grenzen. Das merkt sie natürlich.

»War mir ein Volksfest«, ätzt sie.

Normalerweise würde ich jetzt einen Witz vom Stapel lassen, sie ärgern oder zu einer neuen Runde Klugschiss provozieren. Gehört bei unseren Telefonaten mittlerweile dazu. Aber heute ist mir irgendwie nicht danach. Die Zeit drängt. Worauf noch warten? Also komme ich zur Sache.

Ich fasse in aller Kürze zusammen, was bisher passiert ist und die Vroni noch nicht weiß: die Modenschau. Ellas Zusammenbruch. Susis nächtlicher Ausflug. Am nächsten Tag ihr verzweifelter Anruf, und schlussendlich Roderich, der bei uns aufgetaucht ist und Susi verdächtigt.

»Der spinnt ja!«, unterbricht mich Vroni, »warum in Dreigottesnamen sollte deine Susi diese Ella umgebracht haben?«

»Die beiden hatten einen handfesten Streit bei der Modeschau. Es ist um die Reihenfolge der Auftritte gegangen, glaube ich.«

»Glaubst du?«, hakt Vroni nach. »Oder bist du sicher? Es gibt bestimmt 1.000 andere Gründe, warum Teenager streiten.«

»Ich hatte keine Gelegenheit mehr, Susi danach zu fragen. Jedenfalls hat sie Ella den Tod gewünscht. Laut und deutlich.«

»Und das habe alle auf der Modeschau gehört«, stellt Vroni fest.

»Ja.« Ich seufze und setze mich auf den braunen Plüschteppich vor dem Waschtisch. »Ein astreines Motiv für den Roderich. Mehr braucht er nicht.«

»Braucht er schon!«, ruft Vroni. »Und das weißt du selber auch! Er braucht eine Tatwaffe, den Tathergang und handfeste Beweise. Bis jetzt hat er nur eine tote Schülerin und einen Fluch, den deine Tochter in die Welt hinausgepfeffert hat, ohne nachzudenken.«

Ich überlege und zupfe am braunen Plüsch. Er ist verwaschen und rau. Eigentlich hat Vroni recht. Ich hab mich viel zu sehr vom Roderich einschüchtern lassen. Vielleicht, weil ich im tiefsten Innersten meines Herzens Angst davor habe, dass an seinem Verdacht etwas dran ist? Dass Susi tatsächlich die Beherrschung verloren und einen riesigen Fehler gemacht haben könnte?

»Da ist noch lange nichts bewiesen. Und halbherzige Ergebnisse kann sich der Roderich erst recht nicht leisten; damit schadet er sich mehr, als dass er Eindruck schindet.« Am anderen Ende der Leitung knackt es. So, als ob Vroni von einem Keks abbeißt.

»Ich seh' das Problem nicht, Rosmarie!«

»Das Problem ist«, sage ich und fahre mit dem Finger die erhabenen Blümchen auf den Fliesen nach, »dass ich keine Ahnung habe, worum es bei dieser Sache wirklich geht. Warum Ella sterben musste.«

»Was ist mit der Krimpelstätter?«

»Du meinst seine Frau?«

»Ja.« Sie schlürft wieder. »Ich meine, die hätte doch allen Grund, ihren Mann um die Ecke zu räumen, oder? Eine Geliebte nach der anderen, mangelnde Dankbarkeit ... Da reißt einem irgendwann der Geduldsfaden. Außerdem war sie vor Ort.«

»Ja, aber viel zu weit weg. Die Rainerkeusche mit dem Ur-Dirndl ist ganz woanders als der Salinenstadel, wo die Modeschau stattgefunden hat.«

Vroni sagt nichts, sondern rührt in ihrer Tasse. Der Löffel klirrt.

Dann hat sie eine Idee. »Das Dirndl war hoch versichert. Hat sie selber gesagt, oder? Vielleicht hat sie den Diebstahl selbst eingefädelt, um ihrem Mann die Show zu stehlen?«

»Du meinst, um ihm eins auszuwischen? Weil der Diebstahl eines so wertvollen Fundes mehr Staub aufwirbelt als eine Dirndl-Präsentation?« Ich denke nach. Klingt zumindest interessant. Aber wäre die Archäologin der Typ für so einen hinterhältigen Akt? Ich habe sie anders eingeschätzt. Verschlossen und vielleicht sogar einen Tick verbittert. Aber seriös.

»Das würde aber die Aufmerksamkeit erst recht auf sie lenken, und wenn sie die Mörderin ist, kommt ihr das nicht gerade entgegen«, widerlege ich Vronis Theorie.

»Aber wo ist die Verbindung zwischen dem Dirndl und Ella?«

Ich schweige und zupfe weiter am Plüsch herum. Mittlerweile liegen lauter filzige Fussel auf dem Fliesenboden.

»Diese Modeschau-Sache allein ist zumindest viel zu dünn als Motiv. In Wirklichkeit ist das doch alles nur Kleinkram: ein zerrissenes Dirndl, eine geänderte Reihenfolge der Auftritte. Ehrlich, Vroni: Wer mordet schon wegen einer Modeschau?«

»Also, es sind schon Leute wegen zehn oder 20 Euro umgebracht worden.«

»Jaaaa, bei Raubüberfällen. Oder Drogendelikten. Wenn Geld das Motiv war und der Täter eine niedrige Hemmschwelle hatte. Oder wütend war, dass es nicht mehr zu holen gab. Ist aber hier nicht der Fall. Hier geht's um recycelte Trachten und Mode.«

»Mode, das ist eine eigene Welt, Rosmarie.« Vronis Stimme klingt düster und verheißungsvoll. »Ein Nimbus aus Lügen und Intrigen, wo einer am Sessel des anderen sägt und den ganzen Tag darüber nachdenkt, wie man sich selbst zur Nummer eins kürt und dabei die Konkurrenz ausschaltet.«

Ich lasse Vronis Worte nachhallen, quasi Weissagung der Kassandra. Funktioniert aber nur mittelmäßig auf einem verwaschenen Plüschteppich in Hermis Toilette, neben *Klorollenbarbie* und *WC-Ente*.

»Übertreibst du jetzt nicht ein bisschen?«

Vroni, die tragische Heldin, schweigt beleidigt am anderen Ende der Leitung. Ich höre sie pusten und dann schlürfen. Wahrscheinlich hat sie wieder eine Tasse Tee vor sich stehen. Keine Telefonie ohne Heißgetränk. Eine Weile sagt niemand etwas. Mit dem Zeigefinger taste ich weiter die Blümchen auf den Fliesen ab. Ganz so, als wären sie eine Art Blindenschrift, eine verschlüsselte Botschaft auf Hermis Blümchenfliesen.

»Wenn es nicht um die Modeschau geht: Worum geht es dann?« Vroni klingt versöhnlich. Scheint ein Beruhigungstee zu sein.

Ich lehne mich mit dem Rücken an den Waschbeckenschrank.

»Das ist es ja grade: Ich hab keine Ahnung.«

Von draußen ist Geschirrklappern zu hören. Laden werden auf- und zugemacht. Das Mittagessen ist beendet, Hermi macht klar Schiff in der Küche. Wahrscheinlich hilft Lisi ihr beim Abwasch.

»Mein erster Verdacht war, dass diese Ella irgendjemandem den Entwurf geklaut hat und sich ...«

»... mit fremden Federn geschmückt hat?«, unterbricht mich Vroni.

»Genau. Aber Luisa, ihre Mitbewohnerin, hat mir Fotos von Ella gezeigt. Und auf einem war Ella mit ihrem Skizzenblock zu sehen. Sie hat an einem Entwurf gearbeitet.« Ich rufe mir das Bild ins Gedächtnis. Eine Sinfonie aus Spitze, Samt und Taft. »Es war das Dirndl, das sie bei der Modeschau präsentiert hat.«

»Also ihre ureigener Geistesblitz.« Vroni schlürft wieder. »Womit Ideenklau als Motiv flachfällt.«

»Ja, wahrscheinlich. Aber vielleicht«, ächze ich und ändere meine Position, »hat das Motiv gar nichts mit Ellas Schule zu tun.«

Mein Rücken schmerzt.

»Möglich. Aber das kannst du erst ausschließen, wenn du alle befragt hast.«

»Hab ich schon! Ich war doch heute in der Schule und hab ihre Mitschüler ...«

»Würdest du mich bitte ausreden lassen?«

Eine rasiermesserscharfe Lehrerinnenfloskel. Ich verstumme augenblicklich, verschlucke mich vor Schreck und muss husten. Erst als ihr die Aufmerksamkeit wieder sicher ist, sagt Vroni:

»Die Mitschüler sind erst die halbe Miete.« Sie schlürft wieder an ihrem Tee und schluckt. »Aber was sagen Ellas Lehrer über sie?«

Erwischt. »Bei denen war ich noch nicht.« Um ehrlich zu sein: Ich habe es vorgehabt. Wirklich. Aber dann ist Henning aufgetaucht und hat mich, sagen wir, abgelenkt. Und nach der Sache am Damenklo wäre ich echt nicht mehr tough genug gewesen, um kaltschnäuzig einfach ins Lehrerzimmer zu marschieren. Aber das behalte ich lieber für mich.

»Das solltest du schleunigst nachholen. Lehrpersonen sehen Schüler immer aus einem anderen Blickwinkel als ihre Klassenkollegen.«

Wo sie recht hat, hat sie recht. Schließlich schlägt sich Vroni Tag für Tag selbst mit Schülern herum. Meistens leider auch mit deren Eltern, aber das ist eine andere Geschichte.

»Okay, mach ich.«

Draußen nähern sich Schritte. Jemand rüttelt an der Türklinke. »Ist da immer noch besetzt?« Onkel Stefan. »Herrschaftszeiten, jetzt wart' ich schon so lang. Das Bier treibt!« Die Schritte entfernen sich wieder, und Onkel Stefan trabt eilig die Stufen hinunter. Sekunden später fällt die Haustür ins Schloss.

»Aber ich hab' was anderes rausgefunden!«

Vroni ist dermaßen gespannt, dass sie weder schlürft noch schluckt. »Was denn?«

Ein bisschen lasse ich sie noch zappeln. »Es ist zwar

nur ein Puzzleteilchen, von dem ich noch nicht sicher bin, wo ich es einordnen muss, aber …«

»ROSMARIE, JETZT SAG SCHON!!«

Ein paar Sekunden ziehe ich die Spannung noch in die Länge und frisiere den braunen Plüsch mit den Fingern. Erst dann lasse ich die Bombe platzen. »Ella Krumbichler hatte etwas mit Alexis K.«

»Dem Designer?« Vroni klingt schrill. »Der könnte ihr Vater sein!«

»Rein rechnerisch: ja.« Jessasmarandjosef, woran Vroni schon wieder denkt! Alexis K. als Homo-Faber-Verschnitt. Ich schiebe die Vorstellung beiseite; allein bei dem Gedanken wird mir schon schlecht. »Jedenfalls war es für Ella die große Liebe. Sagt zumindest ihre Freundin, mit der sie zusammengewohnt hat.«

Vroni hat sich wieder beruhigt und brummt etwas Ähnliches wie »Die sollte es eigentlich wissen.«

»Ich kann mir allerdings nicht vorstellen, dass es für Alexis K. das große Gefühlsfeuerwerk war. Wahrscheinlich war Ella nur eine weitere Nummer in seiner Sammlung.« So wie die Glauninger, die ihn wie ein liebeshungriger Kraken hinter die Graffiti-Tür gezogen und ihn dort, zwischen Stehleitern, Kabelrollen und Putzeimern, verschlungen hat. Stelle ich mir vor. Ein äußerst kontaktfreudiger Mann, dieser Alexis. Die Glauninger, Ella und seine Ehefrau. Ganz schön kräftezehrend.

»Vielleicht tust du dem armen Mann Unrecht«, unterbricht Vroni meine Gedanken, »weil er gar nicht anders konnte.«

»Er konnte nicht anders, als alles zu vögeln, was nicht bei drei auf dem Baum ist? Was ist das denn für eine bescheuerte Theorie?«

»Schon mal was von Polyamorie gehört?«

»Poly-was?«

»Polyamorie«, klugscheißt Vroni. »Sehr interessante Sache. Das fängt schon beim Wort an. Der erste Teil poly kommt vom altgriechischen polys, also viele oder mehrere. Der zweite Teil amor kommt aus dem Lateinischen. Polyamorie ist also ein Kunstwort.«

Ich blase die Luft aus den Backen. »Wunderbar. Und was heißt das in Sachen Alexis K.?«

»Das heißt, dass – gesetzt den Fall, dieser Alexis ist tatsächlich Polyamorist – er mehrere Partnerinnen liebt und zu jeder einzelnen eine Liebesbeziehung pflegt.«

»Also ganz normales Fremdgehen.«

»Nicht direkt.« Vroni schlürft schon wieder. »Beim Fremdgehen werden die jeweiligen Partner hintergangen. Bei Polyamorie wissen alle Bescheid. Es ist eine spezielle Form, seine Liebe auszuleben. Alle sind damit einverstanden und gehen vertrauensvoll miteinander um.«

Muss ich kurz sacken lassen. Alexis K. hat nichts ausgelassen, egal welches Alter. Wenn man die tote Ella, die Glauninger und seine Frau miteinander vergleicht, scheint er nicht einmal ein bestimmtes Beuteschema gehabt zu haben. Trotzdem glaube ich nicht an Vronis Theorie. »Nein«, sage ich und strecke meine Beine aus. Das rechte ist eingeschlafen. »Ich kann mir nicht vorstellen, dass der Alexis Poly-dings ist.«

»Polyamorist«, bessert mich die Vroni aus. »Warum nicht?«

In Sachen Erklärung muss ich passen. »Bauchgefühl«, sage ich. »Bei der Modeschau hat sich der Alexis verzogen, sonst hätte ich damals schon mitbekommen, dass ihm etwas an der Ella liegt. Und die Glauninger hat sich aus ihrer Stunde geschlichen und im Kammerl versteckt. Lauter Heimlichkeiten. Also wenn du mich fragst: Einverständnis schaut anders aus.«

»Hm.« Die Vroni macht eine Denkpause. Und dann: »Was machst du heute Nachmittag?«

»Meine Tochter suchen.«

»Du, wenn du moralische Unterstützung brauchst: Ich bin für dich da. So etwas drückt aufs Gemüt, Rosmarie. Das eigene Kind unter Mordverdacht, und dann weiß man nicht einmal, wo es die letzte Nacht verbracht hat. Da leidet man ja Höllenqualen als Mutter, ich kann mir das gut vorstellen. I feel you, wie der Engländer sagt. Weißt du was? Ich komm' mit.«

Auf keinen Fall! Da, wo ich heute hinwill, kann ich die Vroni weder brauchen noch mitnehmen. Die Vroni ist bekannt wie ein bunter Hund, da kommt man keine zehn Meter, ohne dass sie stehen bleibt und mit jemandem zum Ratschen anfängt. Und ein ganzer Nachmittag mit ihren Weltuntergangs-Szenarien ist mir eindeutig too much. Das drückt dann tatsächlich aufs Gemüt. Ich muss also einen Weg finden, ihre Talente anderweitig einzusetzen. Wenn sie mir schon helfen will, die treue Seele, soll schließlich etwas dabei herausschauen.

»Anderer Vorschlag«, sage ich verschwörerisch, »ich mach mich alleine auf die Suche nach der Susi, und in der Zwischenzeit hältst du mir den Rücken frei.«

Vroni schnaubt beleidigt und sagt erst einmal gar nichts. Auf Außenstehende wirkt das wahrscheinlich wie eine mittelschwere Freundschaftskrise. Weil ich die Vroni aber seit unserer Volksschulzeit kenne, sehe ich das nicht so eng. Ich weiß genau, dass das Schweigen ziemlich bald in sich zusammenfällt wie Salzburger Nockerl, die man zu lange stehen lässt, bevor man sie serviert. Maximal 60 Sekunden. Egal, wie beleidigt Vroni ist: Letztendlich ist ihre Neugier stärker. Immer. Ich fange an zu zählen. 16, 17 …

»Den Rücken freihalten? Was konkret stellst du dir da vor?«

»Naja«, sage ich und stemme mich mühsam vom Plüschteppich hoch, »du kannst doch ganz gut mit dem Roderich. Lass dir halt was einfallen!«

15. KAPITEL

Erzählt von Sorgen und Stimmungsaufhellern, von Horoskopen, Napoleon und Gifttieren. Ich tanke Kraft und Kalorien, überwinde mich und werde ertappt. Den Kakteen geht es gut und mein Sohn weiß Bescheid.

Ich lasse Lisi bei meiner Schwiegermutter und gehe nach Hause. Das, was ich mir vorgenommen habe, funktioniert nicht mit einem Schulkind an der Seite. Und die Kleine ist sowieso selig, wenn sie bei ihrer Oma ungebremst *Cola* trinken und *Schwedenbomben* essen darf. Ich muss mich dann zwar auf eine unruhige Nacht einstellen, aber sonst: klassische Win-win-Situation.

Der Wetterbericht hat ein Sturmtief angekündigt, das Regen und eine Kaltfront mitbringt und die nächsten Tage trüben soll. Als ich Hermis Haus verlasse, wirbelt kühle Herbstluft Blätter und Staub auf. Dunkle Wolken ziehen von Westen Richtung Untersberg und verhüllen den Kalkriesen innerhalb kürzester Zeit. Fast so, als würde die Welt hinter der Rotbuchenallee und Schloss Glanegg enden und langsam, aber sicher im trüben Nebelsumpf versinken. Die grauen Schwaden passen perfekt zu meiner Stimmung. Der Ärger über den Laurenz, die Sorge um Susi und das Wiedersehen mit Henning sammeln sich zu einem überdimensionalen Gedankenhaufen, der sich in meinem Kopf breitmacht und alles Positive verdrängt. Ist meine Ehe im Eimer, weil ich mich über ein paar Tage ohne meinen Mann freue? Hätte ich früher nach Susi suchen sollen, anstatt auf Auskunft ihrer Klassenkollegen zu hoffen? Und warum bin ich auf Hennings klebrig-süße Komplimente hereingefallen? Hätte ich für diesen affektierten Schönling tatsächlich meine Ehe aufs Spiel gesetzt?

Mit der linken Hand am Oberbauch gehe ich nach Hause und komme mir vor wie Napoleon nach der Schlacht von Waterloo. Das schlechte Gewissen bereitet mir Magendrücken; vielleicht sind es aber auch Hermis Ripperl und der Bratensaft.

Vor zwei Tagen habe ich das letzte Lebenszeichen von Susi erhalten, und so sehr ich mich bisher beherrscht und abgelenkt habe: Es geht mir gewaltig an die Nieren. Ich haste grußlos am Nachbarn und dem Fischer Xaverl vorbei, die sich über Hundebesitzer und weggeworfene Gacki-Sackerl mokieren. Die Christl, die heute spät dran ist mit der Post und mir von Weitem winkt, sehe ich nur mehr durch einen Tränenschleier. Mein Hals ist eng, als ich den Schlüssel ins Schloss stecke, und noch auf der Schwelle tropfen die ersten Tränen. Draußen peitscht der Wind durch die Baumwipfel in alle Richtungen, und irgendwo zwischen Wals und Großgmain donnert es dumpf. Ich schaffe es gerade noch in den Flur, aber mit dem Knall der Haustür, die krachend ins Schloss fällt, ist es aus mit meiner Selbstbeherrschung. Startschuss für einen heftigen Gefühlsausbruch.

Dass Susi abgehauen ist, ohne jemanden ins Vertrauen zu ziehen, übersteigt meine schlimmsten Befürchtungen. Was, wenn niemand weiß, wo sie sich aufhält? Ist sie dort sicher? Und warum das Ganze überhaupt? Warum tappe ich ahnungslos im Dunkeln, während meine Tochter auf sich allein gestellt ist und mit ihrer Angst vor einer Festnahme fertigwerden muss? Ist ihr der Roderich womöglich schon auf den Fersen?

Ich sinke auf den Fußboden und schluchze hemmungslos. Draußen stürmt und wettert es, Regen prasselt auf die Steinplatten vor der Haustür. Ich fühle mich allein. Mutterseelenallein. Der Gedanke an meine Mutter treibt mir neue Sturzbäche in die Augen. Was um alles in der Welt bewegt eine Frau dazu, ihr Kind wegzugeben? Noch dazu bei Nacht und Nebel, ohne Gewissheit, dass ihm nichts zustößt, bevor es gefunden wird? Was für eine Art Mensch bringt so etwas fertig? Und ginge es mir besser, wenn sie mich jetzt in den Arm nehmen und »Alles wird gut« murmeln würde? Wie fühlt sich das überhaupt an? Und warum hatte sie nie das Bedürfnis, für mich da zu sein?

Sturmböen rütteln an den Fenstern, mit lautem Scheppern fallen draußen abgestellte Räder um. Die von Laurenz und mir sind in der Garage abgestellt, aber die Kinder lassen ihre meistens vor der Haustür stehen. Worüber sich Laurenz furchtbar aufregt. Überhaupt regt er sich viel zu oft auf. Was sind schon drei Räder vor der Haustür? Ich schniefe, ziehe ein benutztes *Tempo* aus der Hosentasche und putze mir die Nase. Denke nach. Drei Räder? Bin ich vorhin, auf dem Weg zur Haustür, an drei Rädern vorbeigegangen? Oder waren es nur zwei? Ich stehe auf. Aus dem Spiegel in der Garderobe sieht mir ein verheultes Gesicht entgegen – geschwollene Augen und schwarze Wimperntusche-Spuren auf den Wangen. Egal. Ich öffne die Haustür. Der Sturm tobt noch immer und fegt Teilchen durch die Luft. Mit der Hand schirme ich die Augen ab und blinzle. Und dann sehe ich es: Vor dem Garagentor liegen, verdreht und ineinander verkeilt, zwei Räder.

Ein kluger Kopf hat einmal gesagt: Menschen ohne Schwächen und Laster sind gefährlich. Mein Laster ist *Nutella*. Die dunkelbraune Haselnusscreme ist mein Stimmungsbarometer und gehört zu mir wie das Kreuz an der Kette, meine nächtlichen Kapellenbesuche, das Sticken und die Gelegenheitsdepression. *Nutella* ist fixer Bestandteil unserer Vorratskammer, quasi Grundnahrungsmittel. In Krisenzeiten steigt der Verbrauch drastisch an. Seit der Modeschau und Susis Verschwinden gehen drei 750-Milliliter-Gläser allein auf mein Konto. Wie viele Kalorien ich in den letzten Tagen getankt habe, will ich gar nicht wissen. Tante Zenzis Warnungen vor Diabetes habe ich bis jetzt erfolgreich verdrängt und mich lieber auf Rezepte-Vielfalt konzentriert: *Nutella*-Brot, *Nutella*-Palatschinken, süße Knödel mit *Nutella*-Fülle oder Soletti mit *Nutella*-Dip: Ich schlage alle Warnungen in den Wind, bleibe meiner Droge treu und jage meinen Blutzuckerspiegel von einem Hoch zum nächsten. Außerdem habe ich mir – gemessen am Elend, das Alkohol- oder Rauschgiftkonsum hervorruft – sowieso den familienfreundlichsten aller Stimmungsaufheller ausgesucht. Wenn es sein muss, schaufle ich das Zeug löffelweise in mich hinein. Wenig elegant, ich weiß, aber welches Laster ist schon elegant? So richtig schlimm steht es ohnehin nur um mich, wenn ich mich mit Brot, Butter und Nutella ins kalorische Out schieße. So wie jetzt.

Ohne nachzudenken, tauche ich ein Messer ins bauchige Glas und bestreiche mein Vollkornbrot mit der fettglänzenden Masse. Der Zucker dockt direkt an mein Schmerzzentrum an und dreht alle negativen Gedanken ab. Die Bewegungen passieren mechanisch: eintauchen, streichen, essen, wiederholen. Ohne Pause, ohne Denken. Zumindest fast. Die Zeitung, die Laurenz beim Frühstück gelesen hat, liegt noch aufgeschlagen am Küchentisch. Er hat ernsthaft die Horoskope gelesen? Das passt so gar nicht zu seiner rationalen Einstellung. Und weil die Zeitung schon einmal aufgeschlagen da liegt, suche ich nach einer Prophezeiung für mein Sternzeichen. Skorpion: »Normalerweise sind Sie belastbar, aber alles hat Grenzen.«

Toll. Macht richtig Mut, der Astrologe.

»Bei Ihrem aktuellen Projekt haben Sie anfangs im Hintergrund agiert, aber damit ist jetzt Schluss.«

Ich ziehe die Zeitung näher heran. Nicht, dass ich auf Horoskope hereinfallen würde. Weiß ja jeder, dass das vorgefertigte Satzbausteine sind, die wöchentlich neu zusammengewürfelt werden. Trotzdem: Das klingt interessant. Schluss mit agieren im Hintergrund? Irgendwie stimmig.

»Sie geben sich nicht mit Halbwahrheiten zufrieden, sind kampflustig und mit Herzblut bei der Sache.«

Kommt hin. Jetzt, wo mein Blutzuckerspiegel durch astronomische Höhen saust, hebt sich langsam auch wieder meine Stimmung. Ich sollte mir mehr zutrauen und nicht so streng mit mir selbst sein. Ballast abwerfen. Letztes Jahr habe ich im Hintergrund agiert, stimmt. Als der Roderich Hilfe gebraucht hat, waren Vroni und ich zur Stelle und haben ihm ermittlungstechnisch unter die Arme gegriffen. Heimlich, still und leise, damit niemand davon erfährt und er den Erfolg für sich verbuchen kann.

Aber heuer sind die Voraussetzungen anders und die Karten neu gemischt: Erstens, weil es sowieso längst ein offenes Geheimnis ist, wer den Bauarbeitermord wirklich aufgeklärt hat. Das ist mir klar geworden, als der Rettenbacher seine Beobachtung an mich herangetragen hat. Schließlich hätte er damit ja auch zur Polizei gehen können. Und sobald der Rettenbacher Bescheid weiß, setzt sich das *Stille-Post*-Spiel in Bewegung wie die Nostalgiebahn im Freilichtmuseum. Am Anfang vielleicht ein bisserl langsam und ruckelnd, aber stetig in Bewegung und nicht umzubringen. Die Heimlichtuerei kann ich mir künftig also sparen, was die Recherche wesentlich erleichtert. Zweitens: Der Roderich bedarf meiner Hilfe beim Ermitteln nicht mehr. Im Gegenteil: Er will beweisen, dass er es ohne mich schafft. Selbst ist der Mann. Dass er, ganz nebenbei, meine Tochter in echte Schwierigkeiten bringt und mir Sorgen bereitet, ist wahrscheinlich der Tupfen auf dem I. Sollte er mit seiner Theorie nur annähernd erfolgreich sein, schlägt er gleich drei Fliegen mit einer Klappe: Er schindet Eindruck bei der Mordgruppe Salzburg, zeigt meiner Wenigkeit, dass er mehr drauf hat als ich und wischt somit das böse Gerücht vom Tisch, er habe letztes Jahr seinen Job nicht ordentlich gemacht.

Meine Kampflust kommt zurück. Der Roderich will sich mit mir messen? Kann er haben! Ich wische die Brösel vom Tisch und schiele zur Zeitung. Eigenschaften des Skorpions: unerschrocken, zäh, belastbar, furchtlos. Ein Ruck geht durch meinen Körper. Als ob sich ein riesiger Schalter umlegt, der Stimmung, Körperhaltung und Selbstvertrauen aktiviert.

Susis Rad ist weg, also gut. Was sagt mir das? Ein fehlender Drahtesel ist kein schlechtes Zeichen. Zumindest wenn man Diebstahl ausschließen kann, wovon ich stark ausgehe. Aus unserem Garten wurde noch nie etwas gestohlen. Dass irgendein anderes Familienmitglied sich das rosarote Hollandrad mit der Blumengirlande geliehen hat, ohne zu fragen, ist unwahrscheinlich. Hermi und Tante Zenzi haben ihre E-Bikes, und Onkel Stefan ist schon seit Ewigkeiten ausschließlich mit seinem Hybrid-Auto unterwegs. Bleibt nur mehr eine Möglichkeit: Susi war selbst da und hat es mitgenommen. Aber wann? Ich überlege. In der Nacht nach der Modeschau ist sie davongefahren, schwarz gekleidet und ohne Erklärung. Um circa 4 Uhr war sie wieder daheim, also am frühen Montagmorgen. Am Montagnachmittag dann ihr Anruf mit dem Autolärm im Hintergrund, als sie aus dem Freilichtmuseum gerannt ist, um dem Roderich zu entkommen. Beim Gedanken daran beschleunigt sich mein Herzschlag. Ich schlecke das Messer ab und schraube das Nutellaglas zu. Was, wenn Susi gar nicht in einen Bus gestiegen ist, wie ich zuerst vermutet habe? Mein erster Gedanke war ja, dass sie zu einer Freundin fährt und dort unterkommt. Falsch gedacht, wie sich heute in ihrer Klasse herausgestellt hat. Vielleicht, weil keine ihrer Freundinnen ihr Hilfe angeboten hat. Oder weil Susi niemanden zusätzlich mit in die Sache hineinziehen wollte. Ich nicke. Verantwortungsbewusstsein. Unabhängigkeit. Das passt zu ihr. Susi schafft das. Mein Mädchen. Sie ist tough, und wenn's sein muss, schlägt sie sich allein durch. Aber wo? An welchem Ort könnte sie sein, den man mit dem Rad erreicht? Und was hat sie sonst noch geholt außer ihrem Drahtesel? Die Holzstiege ächzt, als ich in den ersten Stock sprinte und immer zwei Stufen auf einmal nehme.

Vor Susis Zimmertür bleibe ich stehen, die rechte Hand auf der Türklinke. Etwas hält mich zurück. Ungefragt in den Sachen meiner Kinder zu stöbern, fühlt sich nicht richtig an. Es kommt einem Vertrauensbruch gleich und widerstrebt mir bis in die letzte Faser. Aber diesmal muss es sein. Nicht aus Eigennutz, um meine Neugier zu befriedigen, sondern für Susi. Vielleicht finde ich einen Hinweis, mit dem sich die Theorie vom Roderich entkräften lässt. Oder … Ich nehme die Hand wieder von der Klinke. Was, wenn ich auf Dinge stoße, die dem Roderich recht geben, von denen ich bis jetzt aber nicht die geringste Ahnung hatte? Beweise, die meine Tochter schwer belasten und alles noch komplizierter machen und die ich, um meine Tochter vor einem überehrgeizigen Gesetzeshüter zu schützen, womöglich verschwinden lassen müsste?

Mein Herzschlag dröhnt in meinen Ohren. Ich zähle von zehn rückwärts und versuche, mich zu beruhigen. Rede mir selbst ein, dass nichts ohne Grund passiert, und egal, was ich gleich finden werde, die Welt deswegen nicht untergehen wird. Wie sagt Tante Zenzi? Es gibt immer zwei Möglichkeiten. Sein oder nicht sein. Schwarz oder weiß. In diesem Fall: suchen oder verstecken. Ich atme tief durch und betrete das Zimmer meiner Tochter.

Aufgeräumt. Das ist mein erster Gedanke, als ich mitten im Raum stehe. Susis Zimmer wirkt, als habe sie aus erster Hand Informationen über eine bevorstehende Razzia erhalten. Das hier ist nicht der Normalzustand, den ich von Susis Zimmer gewohnt bin. Normalzustand heißt: zerwühlte Polster im ungemachten Bett, schmutzige Socken am Fußboden, angeknabberte Brote, die in

Jausenboxen vor sich hin schimmeln, Zahnpastaflecken im Waschbecken. Am Schreibtisch ein kreatives Chaos aus Stiften, Papierschnipseln, leeren Tintenpatronen und vollen Dosenspitzern. Ein überquellender Mistkübel, umrahmt von einem Stillleben aus angeschnäuzten Taschentüchern am Boden.

Aber jetzt wirkt Susis Zimmer, als hätten sich Martha Stewart und Marie Condo hier zum Wett-Aufräumen verabredet. Kein einziges Kleidungsstück liegt herum. Die Schmutzwäsche ist im Wäschekorb. Ich öffne den Deckel; sogar die benutzten Socken sind umgedreht und nicht, wie sonst, mit der Innenseite nach außen achtlos hingeworfen. Über Susis Bett liegt die faltenfreie Tagesdecke. Der Riesenteddy, den Laurenz für sie beim letzten *Rupertikirtag* geschossen hat, sitzt am Fußende. Daneben ein paar kleinere Kuscheltiere. Fehlt eines davon? Ich bin nicht sicher. Am Boden jedenfalls liegt kein einziges Taschentuch. Ich öffne den Treteimer mit dem Fuß: leer. Am Schreibtisch sind Stifte nach Farben und Arbeitstechnik in Dosen sortiert. Aquarellstifte, Wachsmalkreiden, Fineliner, Bleistifte. Schnittpapier und Zeichenblöcke, Kurvenlineal und Geo-Dreieck liegen griffbereit nebeneinander. Einzig unverändert: Susis Kakteensammlung am Fensterbrett. Die stacheligen Überlebenskünstler sind Susis ganzer Stolz. Gut 25 Kakteenarten wuchern in winzigen Tontöpfen, einige stehen kurz vor der Blüte, andere haben extralange oder besonders dicke Stacheln. Ich sehe mich um und frage mich ernsthaft, wann meine Tochter ihr Zimmer so auf Vordermann gebracht haben könnte. Noch am Sonntagnachmittag, bevor wir zum Freilichtmuseum gefahren sind, war hier vom Fußboden nicht viel zu sehen. Also kann sie nur nach der Modeschau sauber gemacht haben. Vielleicht am Abend danach, als ich ein Rumpeln und Susis Flüche durch die Wand gehört habe? Oder gestern, als sie ihr Rad geholt hat? Warum hat sie nichts gesagt, als sie hier war? Und warum habe ich nichts bemerkt? Ist sie in der Nacht gekommen? Ich stecke den Zeigefinger in einen der Tontöpfe, um den Feuchtigkeitsgrad der Erde zu überprüfen.

»Mama?«

Mein Herz macht einen Stolperer, ich zucke zusammen. »Max?«

Mein Sohn steht hinter mir, die Arme vor der Brust verschränkt. Ich fühle mich ertappt, ohne zu wissen, wobei. Noch habe ich nichts angerührt außer der Kakteenerde.

»Machst du das bei mir auch?«

»Was denn?«, frage ich ehrlich verwirrt und atme tief aus. »Musst du mich so erschrecken?« Hat er sich hereingeschlichen? »Ich krieg ja einen Herzkasperl!«

»Lenk' nicht ab!« Max' Blick ist finster. »Also: Stöberst du in meinem Zimmer auch, wenn ich nicht zu Hause bin?«

»Erstens: Ich stöbere nicht. Ich hab nur überprüft, ob die Kakteen genug Wasser haben.« Das ist zumindest nicht gelogen. Bis jetzt.

Max schüttelt den Kopf. »Das ist das Besondere an Kakteen: Sie schaffen's ziemlich lange ohne Wasser.«

Eins zu null für meinen Sohn. »Und zweitens«, ich räuspere mich und rücke alibihalber Susis Nachttischlampe zurecht, »zweitens habe ich gehofft, dass ich etwas finde.«

Max schaut mich streng an. »Wonach suchst du denn?«

Ich zucke die Schultern und öffne halbherzig ein paar Schubladen, rücke Bücher in Susis Regal zurecht und schaue unter ihren Kopfpolster. Nichts. Ratlos setze ich mich auf Susis Bett und schaue mich um. »Wenn ich das wüsste.«

Mein Sohn setzt sich neben mich auf die Tagesdecke. »Die Susi steckt in Schwierigkeiten, oder?«

Ich nicke und überlege einen Moment, wie weit ich ausholen soll mit meiner Erzählung. Lisi ist definitiv noch zu klein, um ihr Ellas Tod und den Verdacht vom Roderich zuzumuten. Dass die Polizei glaubt, ihre große Schwester habe etwas Unrechtes getan, würde Lisis Weltbild aus den Fugen heben. Aber der Max ist ein Teenager und kein kleines Kind mehr. Auch wenn er sich die Modeschau nicht angesehen und somit Ellas Auftritt versäumt hat, ist ihm nicht entgangen, dass seine große Schwester danach durch den Wind war. Und dass sie seit gestern nicht mehr nach Hause gekommen ist – oder sich zumindest nicht hat sehen lassen – ist ja offensichtlich. Außerdem hat er bestimmt schon selber versucht, sie zu erreichen. Ich denke, ich kann ihm die Vollversion zumuten und lege los. Max hört sich alles an, ohne mich zu unterbrechen. Ich erzähle ihm vom Rettenbacher und der Stecknadel, vom Dirndl im Leichenwagen und sogar von meinem Besuch in der Modeschule – die Sache mit Henning lasse ich natürlich aus. Als ich fertig bin, starre ich unmotiviert vor mich hin. Zugegeben, ich bin ein bisschen ratlos. Wahrscheinlich habe ich mir zu viel erhofft. Irgendeine Botschaft, die Susi mir hinterlassen hat. Einen unübersehbaren Hinweis. Aber da ist nichts. Susis Zimmer ist sauber wie geleckt. Was bedeutet: Sie hat geahnt, dass jemand hier nach etwas sucht. Und womöglich etwas findet, das ihr schaden könnte. Was könnte dieses Etwas sein? An der Wand hängen drei Leinwände mit abstrakter Acrylmalerei. Eines von Susis Farb-Experimenten vom letzten Sommer. Max schüttelt den Kopf, als ich die Keilrahmen von der Wand nehme und umdrehe.

»Du liest zu viele Krimis, Mama. Zettelbotschaften auf der Rückseite von Bildern – so was gibt's nur im Film.«

»Einen Versuch war's wert.« Ich lasse mich wieder neben Max und den Teddy auf das Bett sinken und massiere den Punkt zwischen meinen Augenbrauen. Gehe in Gedanken Susis Gewohnheiten durch. Ein Tagebuch vielleicht? Aufzeichnungen über ihren Streit mit Ella? Nein. Susi kann Tagebücher nicht ausstehen. Texte sind nicht ihre Art, Gefühle auszudrücken. Ihre Waffe ist das Zeichnen. Ich sauge scharf die Luft ein. Ihr Kalenderbuch! Ich springe auf und bin mit einem Satz beim Schreibtisch. Wenn sie es nicht bei sich in ihrer Tasche hat, liegt es hier. Ein gebundenes Buch im A5-Format, in das sie Termine einträgt, ihre Ideen festhält oder kleine Stoffmuster einklebt. Das hilft ihr, Gedanken und Geistesblitze zu strukturieren, sagt sie. Bullet-Journaling nennt Susi das. Gut möglich, dass sie auch Ella gezeichnet hat. Susi zeichnet immer, in jeder Lebenslage, und sie ist gut darin. Wenn andere schimpfen und streiten, lässt Susi Dampf mit dem Stift ab. Nach einem Krach mit ihrer Freundin Maria hat sie sie als schielende Ziege karikiert. Nur wenige Striche, aber die Ähnlichkeit war unverkennbar. Was passiert, wenn der Roderich eine solche Zeichnung finden würde, will ich mir gar nicht ausmalen.

Trotzdem: Wie finde ich heraus, wo Susi ist? Irgendjemandem muss sie sich doch anvertraut haben, oder? Ich sehe Max von der Seite an, aber er kommt mir zuvor und steht auf.

»Nein, sie hat mir nicht gesagt, wo sie ist.«

Das war wohl nichts. »Jaja, schon gut«, murmle ich und zupfe verlegen an den Ohren vom Riesenteddy.

Max schaut mich an und grinst. »Aber ich weiß es trotzdem.«

16. KAPITEL

Erzählt von Tratsch, roten Jacken und Brennnesseln, von großen Schachteln, Butterkeksen, Taschenlampen und fehlender Menschlichkeit. Es geht um Holzbänke, Spitzendeckchen und Kettenanhänger. Ich stolpere und brauche jemanden zum Reden.

Wer sich auf Spazierwegen nicht nur die Füße vertritt, frische Luft in seine Lungen pumpt, den Augen eine Pause von der Bildschirmarbeit gönnt oder seinen Hund Gassi führt, der hat eine klare Mission: Nachrichtenübertragung. Landläufig auch als Tratsch bekannt.

Einer, der seine Aufgabe als Glanegger Kurier wirklich ernst nimmt, ist der Fischer Xaverl. Der Xaverl ist, was Tratsch angeht, eine Institution. Auf ihn ist Verlass. Der sympathische Mittsiebziger mit der roten Jacke absolviert täglich seine Runde um den Glanegger Schlossberg, und er tut das für die Allgemeinheit. Sagt er. Gewissermaßen ist er der Erfinder des Newsletters, denn er hat sich im Laufe der Jahre ein fixes Klientel erarbeitet, das fest mit seinen täglichen Nachrichten rechnet. Auf halber Strecke, irgendwo zwischen dem Hochstand und der letzten Wegkurve, begegnet er meist Gleichgesinnten, was ein ausführliches Tratsch-Update zur Folge hat. Der Fischer Xaverl schöpft sämtliche Nachrichten aus dem Pool an Mitteilungen, die seine Korrespondenten an ihn

herantragen, wobei er besonderen Wert auf Qualitäts-
arbeit legt. Halbe Sachen macht er nicht, sagt der Xaverl,
und hält sich an die journalistische Grundregel: Check,
Re-Check, Double-Check. Soll heißen: Er klopft sämtliche Meldungen und Berichte auf Fakten- und Wahr-
heitsgehalt ab. Danach sortiert er sie nach Aktualität und
Relevanz. Eine Heidenarbeit, die sich jedoch bezahlt
macht. Nachrichten vom Xaverl sind pressfrisch und
verlässlich.

Hinter dem Schlossberg summt und vibriert es also
nachrichtentechnisch, und absoluter Hotspot ist dabei
eine unscheinbare Bank, von der aus man die Nachmittagssonne und einen fantastischen Blick auf den Untersberg genießen kann. Diese schlichte, leicht verwitterte
Sitzgelegenheit ist quasi das Epizentrum der Neuigkeiten. Hier wartet, meistens zwischen 9 und 10 Uhr vormittags, der Fischer Xaverl und passt seine Informanten
aus Runde eins ab.

Das erste Update haut er also noch vor dem Mittagessen
an seine Abonnenten raus. Für alle anderen, die ihm am
Vormittag durch die Lappen gehen, absolviert der Xaverl
ein paar Stunden später Runde zwei. Diese Auswertun-
gen ergeben quasi die Abendausgabe seines Newsletters.
Im Laufe der Jahre hat sich der Xaverl ein engmaschiges
Kommunikationsnetz gewoben, das er eifrig pflegt. Ihm
entgeht also nichts. Und sollte der unwahrscheinliche
Fall doch einmal eintreten, gibt es immer noch die Pelzinger Miri. Die Miri führt jeden Tag ihren Hund spazieren und hat es sich zur Aufgabe gemacht, dem Xaverl in
Sachen Neuigkeiten zu assistieren. Schließlich ist er nicht
mehr der Jüngste und braucht eine würdige Nachfolge-
rin, sollte er einmal dahinscheiden. Die Miri ist quasi der

Vektor, mit dem die Neuigkeiten in die Praxis gelangen, wenn der Xaverl aus gesundheitlichen Gründen ausfällt. Denn unsere Putzperle findet nicht nur jedes Staubkorn, sondern kehrt auch gut Verborgenes unter jedem Teppich hervor.

Um von Glanegg nach Fürstenbrunn zu gelangen, gibt es drei Möglichkeiten: mit dem Bus oder Auto über die Glanegger Straße, zu Fuß oder mit dem Rad durch die Schlossallee und anschließend den Gutshof, oder – für alle, die mehr Zeit und kein Problem mit schmutzigen Schuhen haben – zuerst durch den Wald, am Glanegger Schlossberg entlang, und dann querfeldein über sumpfige Wiesen. Der Schlossberg-Weg, der auf einem Abschnitt von circa 100 Metern direkt an der Autobahn entlangführt, ist stark frequentiert. Genaue Zahlen habe ich nicht, aber täglich spazieren hier sicher zwischen 100 und 200 Personen, mit oder ohne Vierbeiner. Die kurze Runde eignet sich als Verschnaufpause zwischen Homeoffice-Einheiten oder um den Hund Gassi zu führen. Überhaupt sind Hunde aus Glanegg und Fürstenbrunn nicht wegzudenken; statistisch gesehen kommt auf einen Hund wahrscheinlich ein halber Einwohner. Die rege Verdauung der felligen Freunde wurde in den letzten Jahren zunehmend zum Problem: Der explosionsartige Anstieg von Kack-Haufen verwandelte den Waldweg in einen Exkremente-Erlebnis-Pfad. Also setzte man auf die Eigenverantwortung der Hundehalter und stellte farbenfrohe Gassi-Sackerl zur Verfügung. Eine schöne Idee. Seither liegen die Haufen nicht mehr nur am Wegesrand, sondern hängen auch als leuchtendrote Kackbeutel-Blumen in den Zweigen der Sträucher.

»Was soll das heißen: Du weißt, wo die Susi ist?« Meine Stimme hört sich schrill an. Die Aufregung der letzten zwei Tage kocht wieder hoch, brodelt in meinem Bauch und treibt mir die Hitze ins Gesicht. »Wieso hat sie es dir gesagt und nicht mir?«

Max schüttet den Kopf. »Die Susi hat mir gar nichts gesagt.«

»Willst du mich verarschen?« Schon wieder ist meine Stimme laut. Ich merke es und reiße mich zusammen, so gut es geht. »Du hast doch gerade gesagt, du weißt, wo sie ist!«

»Ja, aber nicht von ihr.«

Jetzt verstehe ich gar nichts mehr. Meine Kehle ist trocken, mein Herz rast. Was ist hier los? Ich beuge mich über das Waschbecken in Susis Zimmer, drehe den Hahn auf und trinke direkt aus der Leitung. Dann schwappe ich mir mit hohlen Händen kaltes Wasser ins Gesicht. Das Handtuch, das ich mir vors Gesicht presse, riecht nach Susi.

»Also?« Ich nicke Max zu, bereit, ihm zuzuhören.

»Wo würdest du dich verstecken, wenn's drauf ankommt?«

»Wird das jetzt ein Ratespiel?« Ich blicke meinen Sohn giftig an. »Schlechter Zeitpunkt, Max. Ganz schlechter Zeitpunkt.«

»Mama, jetzt komm schon!«

»Selber komm schon! Ich hab keinen Nerv für so einen Scheiß, verstehst du das nicht?« Die Ader an meinem Hals zuckt.

»Also gut, ich sag's dir.« Er zögert, überlegt und knetet seine Finger. »Aber raste jetzt bitte nicht aus!«

»Ich bin die Ruhe selbst.« Mit zusammengeführten Daumen und Ringfingern mache ich ein indisches Finger-Mudra für Entspannung. »JETZT SAG SCHON!!!«

»Da ist so ein Rohbau, der steht schon ewig leer.« Max beißt sich auf die Lippen und mustert mich abwartend. Ganz so, als müsste er erst überlegen, wie viel von seinem Wissen er preisgeben kann.

»Und …?« Ich deute ihm weiterzureden. »Was ist damit?«

»Naja …« Max atmet durch und gibt sich einen Ruck. »Das ist ein Treffpunkt. Von uns. Also der Susi und mir.« Er räuspert sich. »Und noch jemandem.«

»Ihr. Trefft. Euch. Dort. Mit. Jemandem.« Ich betone jedes Wort einzeln, als wäre ich eine Logopädin und Max ein hoffnungsloser Fall. Mein Sohn nickt und schweigt. Eisern. Langsam verliere ich die Geduld. Ich weiß nicht, was das soll. Erst wirft er mir einen Brocken hin, dann lässt er mich verhungern. Will er mir sagen, wo sich seine Schwester versteckt, oder nicht? Oder hat er sich zu weit nach vorn gewagt und rudert wieder zurück? Eine Chance gebe ich ihm noch. Ich presse die Zähne aufeinander.

»Ganz schön dünn für eine handfeste Information«, stoße ich hervor. Ich packe ihn bei den Schultern und rüttle. Die Geste verfehlt aber ihre Wirkung, denn Max ist zwei Köpfe größer als ich.

»Wenn ich es dir sage, gibt's Ärger.«

»Warum sollte es?«

Max steckte die Hände in die Hosentaschen und schaut zu Boden. »Weil«, er zieht die Schultern hoch, »weil es dir vielleicht nicht recht wäre, wenn du wüsstest, mit wem wir uns treffen.« Noch immer ist sein Blick gesenkt. Er bohrt quasi ein Loch in den Boden.

»Also, ich wiederhole: Du und Susi, ihr nutzt einen leerstehenden Rohbau, um euch mit jemandem zu treffen?«

Max nickt und weicht meinem Blick aus.

»Nicht, um irgendein Zeug zu rauchen, Diebesgut zu verstauen oder die Schule zu schwänzen?«

»Mama!« Max schaut entsetzt.

»War ja nur eine Frage. Sicherheitshalber.« Ich überlege. Warum in aller Welt befürchtet mein Sohn Ärger? Ganz offensichtlich hat er sich vorhin verplappert, als er gesagt hat, er wisse, wo Susi ist. Jetzt muss er den Kopf aus der Schlinge ziehen und ist verschlossen wie eine Auster. Also muss ich Abstriche machen. Wahrscheinlich muss es mir fürs Erste egal sein, wen meine Kinder an diesem geheimen Ort treffen. Hauptsache ich weiß, wo das ist.

»Wem gehört dieser Rohbau?«

»Niemandem.«

Ich schnaube Luft aus und schüttle den Kopf. »Es gibt kein Haus, das niemandem gehört, Max. Alles gehört irgendjemandem. Wenn ihr euch dort regelmäßig trefft – mit wem auch immer – gehe ich davon aus, dass noch niemand darin wohnt, oder?«

»Nein.«

»Okay. Aber wer auch immer dieses Haus besitzt oder gebaut hat, will irgendwann dort einziehen.«

Max schüttelt heftig den Kopf. »Der, der das Haus gebaut hat, kann dort gar nicht mehr einziehen.«

Ich runzle die Stirn. »Hat er das Haus verkauft?«

»Nein, er ist tot.«

Einen Moment lang bin ich sprachlos. Dann dämmert es mir, welcher Rohbau gemeint sein könnte. »Ist das Haus in der Nähe?«

Max nickt. Sein Blick ist unsicher.

»Das Haus in der Kurve?«, frage ich.

Er nickt wieder. Und wirkt dabei irgendwie erleichtert. Wahrscheinlich, weil ich selbst auf die Lösung gekommen bin und er nichts sagen musste. Sonst hätte er seine Schwester verraten. Was er im Grunde ja sowieso getan hat, das wird er ihr erklären müssen. Aber aktiver Verrat ist schwieriger zu rechtfertigen. Stattdessen kann er sagen, dass ich quasi selbst an das Versteck gedacht habe. Von den Treffen mit diesem unbekannten Jemand muss ich ja offiziell nichts wissen. Fürs Erste.

»Das Haus steht seit mehr als zehn Jahren da«, plappert Max inzwischen. Er wirkt gelöst. »Niemand kümmert sich darum. Drinnen wächst sogar schon ein Baum.«

Als ob das rechtfertigen würde, einfach ungefragt dort einzuziehen. Ich rufe mir das Gebäude vor mein geistiges Auge. Fenster wurden dort nie gesetzt. Von einer Haustür ganz zu schweigen.

»Ist es da drinnen nicht saukalt?« Das Dach ist gedeckt, aber längst vermoost. Ein paarmal bin ich mit Laurenz daran vorbei spaziert. Ein zweigeschossiger Bau am Waldrand, südseitig ausgerichtet. Es war schon da, bevor Susi auf die Welt gekommen ist, hat also schon fast zwei Jahrzehnte auf dem Buckel. Der Besitzer hat die Fertigstellung vor sich hergeschoben. Irgendetwas kam immer dazwischen: Nachbarschaftsstreitigkeiten, Probleme mit den Behörden, hohe Materialkosten. Vielleicht hatte er auch nie ernsthaft vor, dort einzuziehen.

Jetzt, wo ich weiß, dass Susi keinen Kilometer von mir entfernt ist, halte ich es nicht mehr aus in ihrem Zimmer. Ich muss hier weg, zu ihr. In meinem Bauch kribbeln 1.000 Ameisen.

»Komm!«, sage ich entschlossen und schiebe Max vor mir her, Richtung Haustür.

Die Gummistiefel quietschen. Ich wollte gerüstet sein für Wasserlacken, die sich womöglich im Gebäude gesammelt haben. Wir stellen unsere Räder an der Straße ab. Das Grundstück ist groß. Gute 1.000 Quadratmeter, schätze ich, direkt am Waldrand. Von hier aus wirkt der Untersberg unangenehm nahe. Als ob er sich schleichend auf uns zubewegen würde.

Max deutet auf das schwarze Loch in der Ziegelwand, das wohl der Eingang sein soll. Ich folge ihm über das Stück Land, an dem ich jahrelang gedankenlos vorbei spaziert bin. Brennnesseln schlingen sich um meine Knöchel, da und dort sind Maulwurfshügel und der Boden unter den Gängen hohl. Gut, dass ich keine Sneakers anhabe. Dort, wo kein Gras wächst, ist das moosige Grundstück schlammig und matschig, denn die Bäume sind höher als das Haus und schlucken alles Licht. In einigen Senken steht Wasser.

Von der grünen Folie, die als Begrenzung fast um das ganze Grundstück gespannt ist, ist nicht mehr viel übrig. Sträucher wuchern vom Nachbargarten aus über und durch das brüchige Gewebe. Das Gras ist kniehoch, eine wilde Rose, die längst die Gartenmauer überwunden hat, kriecht neugierig und dornig Richtung Ziegelbau. Vom letzten Sturm, der schon mehr als drei Wochen her ist, liegen Äste herum. Max hat recht: Um dieses Haus schert sich niemand. Die Natur erobert sich das Grundstück zurück. Langsam, aber sicher. Noch während ich mich an den Namen des Besitzers zu erinnern versuche, bleibt Max kurz stehen und sieht sich nach mir um. Von außen ist nicht erkennbar, ob sich jemand innerhalb der rohen Ziegelmauern aufhält. Nirgends brennt Licht. Wie auch, ohne Strom. Ich folge Max durch die Türöffnung. Zwischen den Ziegeln quillt gelbes Material aus den Ritzen: der Kleber, mit dem die Ziegel zusammengehalten werden. In eine Ecke hat der Herbststurm verdorrtes Laub gefegt.

»Susi?« Max steht dort, wo der Hausbesitzer vielleicht einmal die Garderobe eingerichtet hätte. Der Boden ist roh und hat an manchen Stellen einen Grünschleier. Ich frage mich ernsthaft, wie Susi die letzten 24 Stunden hier verbracht hat. Und wie sie reagieren wird, wenn sie mich sieht.

»Bist du allein?«

Susis Stimme, brüchig und verängstigt. Ich schlucke. Max deutet zum Obergeschoss. Ich dränge mich an ihm vorbei zu den Stufen aus Beton. Seitlich ist eine lange Latte mit Schraubzwingen befestigt: das Geländer.

Wie unter Strom rase ich die Stufen hinauf und pralle – oben angekommen – beinahe mit dem Gesicht an eine Wand. Wer plant denn so etwas? Egal – ich wische den Gedanken beiseite und kneife die Augen zusammen. Eine große Baumkrone vor der Fensteröffnung nimmt dem Raum das Licht. Es dauert ein paar Sekunden, bis sich meine Pupillen an das Halbdunkel gewöhnt haben. Ich tappe vorsichtig über den Boden, immer auf der Hut vor Aussparungen in der Decke, die für die Installationen gedacht sind. Ein Tritt in die falsche Richtung kann fatale Folgen haben. Es wäre nicht der erste Baustellenunfall. Ich steige auf etwas Weiches, vielleicht eine Jacke, will ausweichen, verfange mich mit dem Fuß darin und …

»Aua!«

Ich bleibe stehen. »Susi?«

Eine Taschenlampe blendet mich. »Mama?«

Susi springt auf und umarmt mich. Sie schluchzt hemmungslos, ihr schlanker Körper zittert. Tränen sickern in meinen Pulli. Minutenlang streichle ich nur über Susis Rücken. In ihren langen Haaren hat sich Laub verfangen. Hinter uns kommt Max langsam über die Stiegen herauf und zieht eine umgedrehte Bierkiste zu sich heran, die als Hocker dient.

Als Susi sich einigermaßen beruhigt hat, halte ich sie an den Schultern ein Stück weg von mir. Sie wischt sich mit dem Handrücken über die Nase. Max reicht ihr ein Taschentuch.

»Warum hast du nichts gesagt?« Ich schaue ihr in die Augen.

Ein Blickwechsel zwischen Susi und Max. Nur kurz, nicht länger als ein Wimpernschlag, aber ich sehe es. Will sie sichergehen, ob er mir von den Treffen erzählt hat? Max schüttelt kaum merklich den Kopf. Ich merke, wie Susis Anspannung ein paar Stufen nachlässt.

»Susi, was soll das alles?« Ich mache eine allumfassende Geste und sehe mich zum ersten Mal hier richtig um. Das Wenige, mit dem sich meine Tochter in diesem Geisterhaus eingerichtet hat, zeichnet ein klares Bild: ein Winterschlafsack auf einer Iso-Matte, eine Taschenlampe, Mineralwasser, eine angebrochene Familienpackung Butterkekse und drei Rollen Klopapier. Genug, um ein paar Tage durchzuhalten. Wegen einem empathiebefreiten, übereifrigen Polizisten? Ich lehne mich gegen die Wand, Susi setzt sich im Schneidersitz auf ihren Schlafsack.

»Der Roderich, hm?«

Susi nickt. »Er ist gestern plötzlich im Salinenstadel aufgetaucht, als wir unsere Sachen weggeräumt haben.«

»Nur der Roderich?«

Susi schüttelt den Kopf. »Nein, zwei Kollegen waren auch noch dabei. Sie haben uns alle befragt.« Sie lacht ein freudloses Lachen. »Zuerst haben wir noch Witze über die Flüsterstimme gemacht.«

Was den Roderich wahrscheinlich noch beflügelt hat.

»Was wollten sie wissen?«

Susi zuckt die Schultern und zupft an ihrem Schlafsack herum. Mittlerweile ist es fast komplett dunkel. »Alles, was irgendwie mit Ella zu tun hat. Wer kurz vor dem Auftritt mit ihr beisammen war, was sie gegessen und getrunken hat, mit wem sie befreundet war.«

»Wer hat eigentlich die Flyer gedruckt?«

Susi antwortet nicht gleich. »Eigentlich war schon alles fertig hergerichtet. Die Zettel waren ordentlich verpackt in einer Kiste. Die, auf denen ich an vierter Stelle gelistet war.« Ich nicke, obwohl Susi mich nicht sehen kann.

»Am Freitag, als wir alle Utensilien für die Modeschau zusammengepackt haben, war die Kiste plötzlich weg. Und dann … ich weiß auch nicht. Alles war so hektisch. Ella hat gesagt, sie kümmert sich darum.«

Was sie ja auch getan hat. Zu ihrem eigenen Vorteil.

»Sie hat neue Flyer drucken lassen, auf denen ihr Name ganz vorn gestanden ist?«

Ich werte Susis Schweigen als Zustimmung. Draußen raschelt etwas. Vielleicht ein Igel, der durch Laub läuft. Oder ein Katze. Manchmal hört man ein Auto vorbeifahren. Sonst ist es still.

»Die Polizisten wollten noch wissen, wer mit Ella gestritten hat.«

Eine gute Frage. Wenn man die Antwort zeitlich eingrenzt: was die Flyer betrifft, hatten alle Grund genug, sauer auf die Klassendiva zu sein. Nur meine Susi hat den Ärger nicht geschluckt sondern ausgesprochen, was bestimmt viele gedacht haben. Kannst du nicht einfach tot umfallen? So gesehen war sie die Letzte, die auf Konfrontation mit Ella gegangen ist.

Es ist zu dunkel, um Susis Gesicht noch zu sehen. Aber ich höre, dass sie weint. Max steht auf und stellt einen großen Karton, in dem vielleicht einmal ein Kühlschrank verpackt war, vor das Fenster. Erst dann schaltet Susi die Taschenlampe wieder ein. Womit konnte dieser Roderich mein toughes Mädchen so einschüchtern? Ich stecke meine Hände in die Taschen meines Parkas und balle sie zu Fäusten. Dass der Roderich eine fachliche Niete ist, weiß ich längst. Aber hier hat er auf einer anderen Ebene versagt: Menschlichkeit.

Susi wischt sich energisch die Tränen aus den Augenwinkeln. Im Schein der Taschenlampe, die auf dem Boden steht und an die Decke leuchtet, sieht sie noch müder und ausgezehrter aus als vorhin im Licht der Dämmerung. Ihr Anblick macht mir Angst.

»Jedenfalls sind sie alle drei wieder zu ihren Autos gegangen, als sie mit der Befragung fertig waren. Zwei sind gleich weggefahren. Wahrscheinlich zurück zum Posten.«

»Autos? Sie sind nicht zu dritt in einem Wagen gesessen?«

»Nein.« Susi schnieft. »Die zwei Kollegen haben das Gelände vom Freilichtmuseum gleich wieder verlassen, aber der Roderich ist nur zu seinem Auto gegangen und hat die Tür aufgemacht. Ich habe gedacht, er will einsteigen.« Susi schaut mir ins Gesicht. »Ich bin am Balkon vom Salinenstadel gestanden und hab ihm nachgeschaut.«

Sie öffnet eine Flasche Mineralwasser und nimmt einen Schluck. »Er hat die Autotür aufgemacht und sich ins Auto gebeugt. Da hat er etwas entdeckt. Zuerst hab

ich nicht gesehen, was es ist. Sein Rücken war ja davor.«
Wieder rinnen Tränen über ihre Wangen. »Aber dann
hat er sich umgedreht und zu mir heraufgeschaut.« Susi
schluchzt. Ihre Schultern zucken, und ihre Nase rinnt.
»Und hat es hochgehalten.«

»Was hat er hochgehalten?«

Susi redet einfach weiter, als hätte sie meine Frage nicht
gehört.

»Ich hab es schon seit Freitag vermisst, dachte, ich hätte
es irgendwo verloren. Oder liegen gelassen. Deshalb habe
ich nach der Modeschau mein Zimmer komplett umgedreht.«

Sie schluchzt auf.

»Susi, was hat der Roderich hochgehalten?«

Susis Stimme klingt erstickt. »Mein Kalenderbuch.«

Die Fahrt mit dem Rad nach Hause verläuft schweigend.
Trotz aller Versuche, Susi zum Heimkommen zu bewegen, ist sie im Rohbau geblieben. Ich habe auf sie ein-
geredet, ihr angeboten, selbst zur Polizei zu gehen oder
einen Anwalt einzuschalten, der den Roderich zurück-
pfeift. Sinnlos. Unter keinen Umständen wollte sie mitkommen und in ihrem Bett schlafen. Die Angst, der
Roderich könnte jederzeit bei uns vorbeikommen und
sie mitnehmen, ist einfach zu groß. Auch ohne dass sie
mir erzählt hat, warum ihr der Kalender zum Verhängnis geworden ist, kann ich es mir vorstellen. Die Zeichnungen. Der Roderich verwendet Susis eigenes Talent,
mit nur wenigen Strichen ihre Umwelt klar erkennbar
festzuhalten, gegen sie. Susi hat ihr Kalenderbuch bereits
am Abend vor der Modeschau vermisst, hatte aber keine
Zeit, es zu suchen. Die Vorbereitungen waren wichtiger.

Das Rumpeln und Fluchen in ihrem Zimmer habe ich tatsächlich richtig gedeutet: Susi hat das Unterste zuoberst gedreht, in der Hoffnung, ihr Buch wiederzufinden. Zu diesem Zeitpunkt war noch nicht klar, welche Rolle die Zeichnungen darin spielen würden. Ella war am Sonntagabend noch nicht tot.

Und plötzlich: Glühbirnen-Effekt. Die Sache mit dem Kalenderbuch wirft ein ganz neues Licht auf den Fall. Das Büchlein ist der Grund, warum der Roderich so felsenfest von Susis Schuld überzeugt ist. Und erklärt sein sicheres Auftreten, als er mich gestern damit konfrontiert hat. Die Botschaft: Ich weiß etwas, was du nicht weißt. Und ich habe ihn noch ausgelacht.

Während Max beim Bringservice eine Riesenpizza bestellt und damit zu seiner Schwester fährt, hole ich Lisi von meiner Schwiegermutter ab. Natürlich fragt Hermi nach Neuigkeiten, aber ich weiche ihren Fragen aus, so gut es geht. Nicht, weil ich an ihrer Verschwiegenheit zweifle. Sondern weil ich weiß, dass Hermi kein Auge zumachen würde, wenn sie an Susi im zugigen Rohbau denkt. Gut möglich, dass sie mitten in der Nacht ihre Enkeltochter aufsuchen würde. Mit eingeschaltetem Licht am Fahrrad und einer Taschenlampe. Jedes Risiko, dass Susi von den Nachbarn entdeckt wird, muss vermieden werden. Klingt schrecklich, ist aber so. Ich bringe Lisi ins Bett und streife unschlüssig durchs Haus.

Das Alleinsein schlägt mir aufs Gemüt, aber heute Abend ist mir nicht nach *Nutella*. Stattdessen hole ich mir aus der Speisekammer eine Flasche *Lambrusco*. Laurenz und ich trinken ab und zu ein Gläschen von diesem leichten Rotwein, den manche milde belächeln. Und obwohl ich nichts gegen ein paar Tage als Strohwitwe habe, denke ich schon beim Anblick des Etiketts an meinen Mann und fühle mich einsam. Wie ein Wellensittich, der mit seinem Spiegelbild auskommen muss, und langsam, aber sicher abstumpft. Ich hole den Korkenzieher aus der Schublade und drehe die Spindel in den Korken. Ist unsere Ehe am Sand? Haben wir uns auseinandergelebt, wie diese Abertausenden Paare, denen der Alltag zum Verhängnis geworden ist? Sand im Getriebe? Der Korken sitzt fest und verlässt nur ungern den Flaschenhals. Warum, zum Henker, funktioniert der Flaschenöffner heute nicht? Und was funktioniert bei Laurenz und mir nicht mehr, Herrschaftszeiten? Warum ruft er nicht an und erkundigt sich nach Susi? Weil er selbstgefällig geworden ist. Der Korken ploppt aus der Flasche. Ich schenke mir ein Glas ein, lehne mich an die Küchenarbeitsplatte und lasse die Flüssigkeit im Kelch kreisen. Laurenz weiß, dass Susi verschwunden ist. Trotzdem meldet er sich nicht. Allerdings – ich lasse die Flüssigkeit in die andre Richtung kreisen – ich mich auch nicht. Hätte ich sollen? Als ob der *Lambrusco* mein Samstagabend-Orakel wäre, starre ich in die rote Flüssigkeit. Nein, hätte ich nicht. Höchst an der Zeit, dass Laurenz sein Machogehabe ablegt und von seinem hohen Ross heruntersteigt. Zweifelhaft allerdings, ob das je passieren wird. Da müsste schon etwas Einschneidendes passieren, das ihn zum Umdenken und Handeln zwingt. Andererseits: Ist es nicht einschneidend genug, dass unsere Tochter einfach abgetaucht ist? Wäre das nicht Grund genug gewesen, sich bei mir zu melden und nach Neuigkeiten zu fragen, wenn er schon seinen Kongress in Waswraißichwo nicht sausen lassen will? Wer weiß, ob er sich tatsächlich mit Architekten trifft, denke ich bitter. Oder hat er nur mich nicht angerufen, aber unsere Tochter schon? Der erste Schluck perlt. Ich hätte den Wein früher öffnen und kurze Zeit stehen lassen sollen, damit die Kohlensäure entweichen kann. Entweichen: Das Wort beschreibt Laurenz perfekt. Bevor Schwierigkeiten und Konflikte ihn einengen und umschlingen wie eine Boa Constrictor, die bei jedem Ausatmen ihres Opfers fester zudrückt, entweicht er wie ein Flaschengeist in die Freiheit. Er verpufft und ist nicht mehr greifbar. Auch eine Art Talent. Prost, Laurenz. Du fehlst mir trotzdem. Ein bisschen zumindest. Fehle ich dir auch? Ich nehme noch einen Schluck und denke an seinen rostroten Schal. Wie er daran gezupft hat, bevor er am Bahnhof ausgestiegen ist. In meinem Bauch breitet sich Hitze aus und wallt nach oben wie glühende Lava. »Tu mir einen Gefallen und spiel nicht wieder Miss Marple«, hat er gesagt. Ha!

Einen Tick zu fest setze ich das Glas ab. Es knackst bedrohlich. Wut, ein filigranes *Riedel*-Glas und steinerne Küchenarbeitsplatten sind keine guten Partner. Am Fuß des Glases ist ein Sprung.

Ob Laurenz gerade allein im Hotelzimmer sitzt, vielleicht auch bei einem Glas Wein wie ich? Ich streiche mit den Finger über den Riss im Glas. Die Bilder von Schloss Valtice und der Weinverkostung im letzten Herbst sind plötzlich ganz klar vor meinem Auge, zeitgleich ein Schmerz im Zeigefinger. Aus meiner Fingerkuppe tropft Blut. »Verdammte Scheiße!« Plötzlich bin ich wütend. Auf Laurenz, auf den Roderich, der meine Susi in die Enge treibt, aber am meisten auf mich selbst. Ich könnte es mir vor dem Fernseher gemütlich machen, ein Bad nehmen, ein gutes Buch lesen. Nicht entweder oder, sondern genau in dieser Reihenfolge. Niemand würde mir die Fernbedienung wegnehmen, ungefragt den Sender wechseln, sich über körniges Badesalz unter dem Hintern oder über das Leselicht beschweren. Ich könnte den Abend genießen und ganz nach meinem Geschmack gestalten. Was mache ich stattdessen? Ich zerschneide mir beim Frustsaufen den Finger. Morgen wieder *Nutella*, denke ich und stecke den Finger in den Mund. Es schmeckt ekelhaft metallisch.

Aus der Speisekammer hole ich eine Packung *Cantuccini*. Ist meinem Mann egal, was zu Hause passiert, während er auf einem Kongress fachsimpelt? Ich tauche einen der steinharten Mandelkekse in den *Lambrusco* und warte, bis er sich rot färbt. Oder hat Laurenz angenommen, die Angelegenheit würde sich von alleine wieder auflösen? In seiner Ahnungslosigkeit glaubt er bestimmt, seine Tochter müsste nur mit lächerlichem Zickenkrieg fertig werden. Denn das war sein Eindruck von der Modeschau am Sonntag: überspannte Teenager im Wettbewerbsmodus. Dass sich die Situation mittlerweile geändert und eine andere Dimension angenommen hat, kann er nicht wissen. Wie würde er reagieren, wenn ich ihm vom Schlaflager unserer Tochter in einer Bauruine erzähle? Eigentlich könnte ich das gleich ausprobieren. Mein Blick wandert zum Smartphone, das neben dem Flaschenöffner und der *Cantuccini*-Packung liegt. Zwischen zwei weiteren Schlucken entsperre ich das Display und tippe auf Laurenz' Nummer. Mailbox. »Lieber Anrufer, momentan bin ich telefonisch nicht erreichbar. Bitte sprechen Sie mir ...«

Lieber Ehemann, mit einer Mailbox kommuniziere ich nicht. Aus Prinzip. Außerdem bin ich kein Anrufer, sondern deine Frau, und lieb ist längst ausverkauft.

Ich schlecke meinen Zeigefinger ab und fahre am Glasrand entlang. Es summt und vibriert leise. Er ist nicht erreichbar, typisch. Eigentlich ist er das nie. Laurenz ist entweder in seinem Büro und darf nicht gestört werden, weil gerade eine Idee sachte bei ihm anklopft und nicht verschreckt werden darf. Oder er ist in Kundengesprächen, im Abgabestress oder schlicht und einfach erholungsbedürftig. Ich kann mich an kein Problem erinnern, das wir je gemeinsam gelöst hätten. Wenn's drauf ankommt, bin ich auf mich allein gestellt. Mitleidheischen und die Opferrolle des allein gelassenen Weibchens liegen mir nicht besonders, also habe ich mich mit dem Alleinsein arrangiert. Hat ja nicht nur Nachteile, so ein überbeschäftigter Ehemann. Was habe ich also erwartet? Dass Laurenz einsam und verlassen auf das Smartphone starrt und auf meinen Anruf wartet? Ich leere mein Glas bis auf einen kleinen Rest, schenke mir erneut ein. Wenn man bei einem Glas nachschenkt, bevor es leer ist, gilt es immer noch als »ein Glas«. Sympathische Theorie. Die Sache mit der Kohlensäure erledige ich diesmal gleich und rühre mit einem Löffel heftig im Glas um. Es zischt leise, als die Perlen nach oben steigen. Mein Kopf fühlt sich leicht und wattig an, ein Zustand, den ich nicht gewohnt bin. Meine Gedanken schrauben das Tempo zurück, von Hochgeschwindigkeit auf Spaziergang. Mit *Nutella* wäre das nicht passiert. Egal. Heute habe ich nichts mehr vor. Oder doch?

Noch einmal wähle ich Laurenz' Nummer. Die Aussicht, ihm verbal den Kopf zu waschen, wirkt berauschender als der Alkohol. Ich lege mir zurecht, was ich loswerden will, zur Not auch auf der Mailbox. Laurenz hört seine Sprachnachrichten immer ab, die Botschaft kommt also an, auch wenn er temporär nicht erreichbar ist. Der wird sich wundern! Ich presse das Smartphone ans Ohr und lausche der Tonbandstimme, die nur mehr entfernt nach meinem Mann klingt. Das dauert ja ewig! Ich trinke zwei große Schlucke, warte auf den Piepton, trinke wieder. Denke an Laurenz' Abschiedsworte: Miss Marple spielen! Ich schüttle den Kopf und nehme den nächsten großen Schluck. Soll er doch in Frankfurt, Hamburg oder sonst wo machen, was er will. Idiot! Der wird noch froh sein, wenn ich den Fall löse! Wenn nicht, kann er nämlich gleich einen Anwalt für die Susi engagieren. Und da wird er sich wundern, der Herr Architekt, was das kostet. Und was das mit seinem mühsam aufgebauten Saubermann-Image macht: eine Tochter unter Mordverdacht. Miss-Marple-Spielchen sind weitaus diskreter und kostengünstiger, so schaut's aus!

Es piept blechern und ich hole tief Luft. Aber aus der zurechtgelegten Kriegserklärung wird ein Rülpser. Und was für einer! Die Kohlensäure einer ganzen Flasche Lambrusco entweicht dröhnend und auf einmal. Ich fühle mich ertappt, lege auf und kichere. »Prost!« Vom Hochzeitsfoto, das an der Wand hängt, glotzt Laurenz treuherzig zu mir herab.

»Mama?« Max steht in der Küchentür. Wo kommt der denn auf einmal her?

»Ist bei der Susi alles okay?« Nicht nur ich bemerke meinen Zungenschlag. Max' Blick wandert von mir zum Hochzeitsbild und dann zur leeren Flasche. Er schüttelt den Kopf und verzieht sich wieder.

Ich bin erledigt. Als wäre ich rückwärts auf den Untersberg gestiegen. Schwer wie ein Stein und mit geschlossenen Augen liege ich seit 1 Uhr im Bett, trotzdem wälze ich mich zwei Stunden später immer noch hin und her. Nach dem Konsum einer ganzen Flasche Wein hatte ich mir eigentlich erlösenden Tiefschlaf erhofft. Fehlanzeige. Die Bilder des heutigen Tages fegen mit ohrenbetäubendem Lärm durch meinen Kopf wie eine Straßenkehrmaschine, die nach dem Winterdienst liegen gebliebenen Kies aus den hintersten Ecken kehrt. Dieser Fall hat es in sich, so viel steht fest. Ich fühle mich elend, aber die Gründe dafür haben mit dem Mord an sich gar nichts zu tun. Im Gegenteil: Diesmal gibt es nur eine Leiche, im letzten Herbst waren es zwei. Allerdings war meine Familie damals nicht involviert – in der Ella-Sache ermittle ich auf anderer Ebene. Es geht um meine Familie. Das Verbrechen ist ein Stück näher zu mir gerückt.

Irgendjemand hat Ella Krumbichler auf dem Gewissen. Noch versteckt sich dieser Jemand hinter Roderichs Theorie von Susi als Mörderin. Aber was, wenn ich dem wahren Täter auf die Spur komme, noch bevor das dem Roderich gelingt? Ist meine Tochter damit entlastet? Oder in zusätzlicher Gefahr, wenn sich der Täter in die Enge getrieben fühlt? Mir bleibt keine Zeit mehr.

So sehr ich den Gedanken wegzuschieben versuche: Susis Buch ploppt immer wieder vor meinem geistigen Auge auf. Wie ist es auf dem Beifahrersitz vom Roderich gelandet? Und warum hat er es nicht erwähnt, als er hier war und Susi gesucht hat? Wo ist es jetzt und – die interessanteste Frage – was macht meine Tochter so verdächtig?

Mein Herz rast, die Bettwäsche ist nassgeschwitzt und meine Kehle trocken. Kann natürlich ein simpler Brand sein, bedingt durch das Frustsaufen. Jedenfalls wird das heute nichts mehr mit dem Schlafen. Ich stehe auf und ziehe mich an.

Es ist bereits weit nach 3 Uhr, als ich mich aus dem Haus schleiche. Mein Rad lasse ich in der Garage stehen und schnappe mir stattdessen das von Max. Ein quietschendes, ratterndes Garagentor, das sich mitten in der Nacht öffnet und alle Nachbarn aufweckt, erzeugt nichts als Ärger. Und davon habe ich momentan genug.

Der Mond scheint hell und taucht die Allee in milchiges Licht.

Schon ab der Mitte des Weges lösen sich meine Gedanken auf und verabschieden sich. Statt dessen lege ich mir eine Wunschliste zurecht, die ich Gott schicke, sollte er gerade ebenfalls nicht schlafen können. Hat bisher wunderbar funktioniert.

Ich trete schneller, der kalte Fahrtwind streift meine Wangen und füllt meine Lungen. Befreiend.

Vor der Kapelle bremse ich und lehne das Fahrrad an die Mauer.

Das kleine Gotteshaus am Fuß des Schlosshügels ist mein Kraftplatz, obwohl meine Mutter mich hier an einem kalten Novembermorgen in einem Weidenkorb ausgesetzt hat. Hätte Tante Zenzi mich nicht gefunden, wäre ich damals vielleicht erfroren. Meine Tante schweigt eisern zu den Geschehnissen dieser Nacht, und mehr als der alte Weidenkorb, eine kleine Tuchent und ein winziges Polster sind von meiner Vergangenheit nicht übrig. Außer einem goldenen Halskettchen mit Kreuzanhänger, das mir meine Mutter zurückgelassen hat und das ich nie ablege. Wie immer greife ich nach dem Kreuz, als ich über die Stufen der Kapelle gehe und das schwere Holztor aufstoße.

In der Kapelle haben maximal 40 Leute Platz. Die wenigen Quadratmeter sind vollgequetscht mit wurmstichigen Kirchenbänken, Spitzendeckchen, Blumen, Stuck und Kerzen.

Fünfte Bank links außen, gleich neben dem Mauervorsprung. Mein Lieblingsplatz und Zufluchtsort. Seit ich denken kann, zieht es mich hierher, wann immer ich Trost, Kraft oder Ruhe suche. Sogar dem *Gotteslob*, das seit Jahren an derselben Stelle in der Kirchenbank liegt, habe ich gewissermaßen meinen Stempel aufgedrückt. Die Markierbändchen in Gelb, Rot und Lila sind geflochten und teilweise zerfranst. Susi hat als Kleinkind mit grünem Farbstift neben dem Lied 380 ihren Namen gekritzelt.

Das kleine ovale Fenster oberhalb des Holztors lässt genügend Mondlicht herein, um sich zurechtzufinden. Die alte Holzbank knarrt, als ich mich setze. Über dem Altar liegt eine blütenweiße Spitzendecke, in zwei großen Bodenvasen leuchten zartrosa Rosen. Ein paar tiefe Atemzüge lang sitze ich einfach nur da und lausche der Stille. Dann krame ich meine gedankliche Wunschliste hervor und hoffe, dass Gott Nachtdienst hat.

Bei der Tätersuche könnte ich wirklich Hilfe gebrauchen. Und die Sache mit Henning würde ich gerne abhaken – also bitte kein Wiedersehen, falls ich die Modeschule noch einmal aufsuche. Lass mich nichts übersehen, was mir in den letzten Tagen untergekommen ist und ein Hinweis sein könnte. Und was Laurenz betrifft … ich seufze. Da werde ich mich selber drum kümmern müssen. Ganz automatisch greife ich zum *Gotteslob*. Nicht, weil mir mitten in der Nacht zum Singen zumute ist, sondern weil das mein Ritual ist. Über die Seiten streichen und die Bändchen glätten. Der rote Einband ist abgegriffen und speckig. Ach ja, einen Wunsch hätte ich noch: die Sache mit meiner leiblichen Mutter. Status unverändert. Wenn's recht ist, würde ich sie gerne finden. Oder wenigstens ein Zeichen erhalten, wie es um sie steht. Vielleicht ist sie mittlerweile verstorben? Oder sie lebt in irgendeinem entlegenen Winkel der Erde? Dann wüsste ich bitte gern Bescheid. Damit ich mich danach richten kann. So, das wär's. Amen und Danke im Voraus für die schnelle Bearbeitung. Ich bin erleichtert. Mit geht's viel besser. Kaum zu glauben, dass ich mich noch vor 30 Minuten schlaflos im Bett gewälzt und düstere Gedanken vertrieben habe. Ich sehe auf die Uhr: 3.30 Uhr. Soll ich mich zu Hause noch einmal ins Bett legen oder noch schnell bei Susi vorbeischauen? Nein, ich lasse sie schlafen. Für das, was auf uns zukommt, braucht sie alle Kraft, die sie kriegen kann. Ich will das *Gotteslob* wieder an seinen Platz legen, da sehe ich es. Neben den drei Bändchen ragt noch etwas aus dem Liederbuch. Ich schlage die Stelle auf, wo sich die Seiten über dem vierten Band, das im Mondlicht schimmert, wölben.

Ich sehe genauer hin. Mir stockt der Atem. Mein Herzschlag stolpert. Mit der linken Hand greife ich nach meinem Kettenanhänger und halte mich mit der rechten an der Holzbank fest. Das vierte Band gehört nicht in dieses Buch. Es ist aus Gold. Nicht gewebt, sondern fein geschmiedet. Ein zartes Kettchen. Ein Anhänger baumelt daran. Als ich die Form erkenne, wird mir schlecht, und meine Hand krampft sich um den Anhänger meiner eigenen Kette. Es ist das gleiche Kreuz.

Eng. Alles fühlt sich eng an. Mein Brustkorb, mein Hals, die Kapelle, sogar die Allee. Ich stolpere die Marmorstufen aus dem winzigen Gotteshaus, pralle gegen das Fahrrad, das scheppernd umfällt. Ich zerre es hoch, steige auf, keuche, strample mir die Seele aus dem Leib, zum ersten Mal in meinem Leben will ich die Kapelle hinter mir lassen und nur weg, weg, weg. Jeder Meter, den ich zurücklege, verschafft mir Erleichterung. Die Allee ist schwarz und beklemmend, Laub raschelt unter den Reifen, und es knackt, als ich über einen Ast fahre. Ein paarmal höre ich Katzen schreien. Als ob ein Kleinkind wimmert. Mich fröstelt.

Eine Kette mit Anhänger, genau an meinem Platz. In meinem *Gotteslob*. Was das zu bedeuten hat, liegt auf der Hand. Die Frage nach dem Warum macht mich fast wahnsinnig. Warum genau jetzt? Warum nicht schon viel früher? Warum überhaupt?

Vor dem Haus lasse ich das Rad einfach fallen und stürme hinein. Ich spüre meinen Herzschlag bis in den Hals, meine Hände sind schweißnass und eiskalt. Der Schlüssel rutscht mir aus den Fingern und landet klirrend am Fliesenboden. Aus dem Spiegel schaut mir mein Ich leichenblass entgegen. Mir ist schwindelig, am liebsten würde ich mich fallen lassen und einfach nichts mehr denken. Mich treiben und vom Sog des Gedankenstrudels mitreißen lassen. Aber das ist keine Option. Ich atme durch. Dreimal, viermal. Ich muss den Gedanken an die Kette beiseiteschieben, solang es geht. Nicht mehr daran denken, wer in der Kapelle auf mich gewartet hat. Denn dass die Kette kein Zufallsfund ist, steht fest. Das Einzige, was mir von meiner Mutter geblieben ist: gut versteckt und zugleich unübersehbar. Für mich. Wer auch immer dahintersteckt, kennt meine Gewohnheiten genau. Vielleicht ist alles nur Einbildung? Ein Wunschtraum, der so lange in mir gärt und brodelt, bis er die glatte Oberfläche aus Beherrschung durchbricht und sich Raum verschafft?

Bevor mein Gedankenkarussell sich zu drehen beginnt, ziehe ich die Notbremse. Genug gegrübelt. Es gibt diese Momente, in denen nur mehr Reden hilft. Jetzt ist so ein Moment. Obwohl es erst 4.15 Uhr am Morgen ist, greife ich zum Smartphone und rufe Vroni an.

17. KAPITEL

Erzählt von Tee, Keksen und Plüschigkeit, von Bühnen, Schwestern und Nachrichten. Ich tue der Vroni einen Gefallen, finde mich mit den Tatsachen ab und mache das Beste draus. Die Christl ist beleidigt, der Rettenbacher im Verzug, und ich erinnere mich an Chemie.

»Rosmarie, was ist los?«

Kein Maulen, keine Beschwerden. Vroni ist sofort hellwach und zur Stelle. Sie weiß, dass ich sie nicht grundlos aus dem Bett hole. Im Hintergrund höre ich, wie sie eine Tür schließt, den Wasserhahn aufdreht und mit Geschirr klappert.

»Bist du in der Küche?«

»Ja.« Vroni gähnt. »Ich mach mir eine Tasse Tee. Also, schieß los.«

Und genau das mache ich. Ich erzähle von Susis Zufluchtsort, dem Kalenderbuch und dem Kettchen mit dem Kreuzanhänger in der Kapelle. Vroni unterbricht mich nicht. Ein paarmal schlürft sie an ihrem Tee. Erst als ich ihr alles erzählt habe, rührt sie mit einem Löffel in der Tasse um und meldet sich zu Wort.

»Rosmarie, das mit der Kapelle tut mir leid.«

Ich sage nichts, aber Vroni weiß auch so, was ich denke.

»Im Prinzip ist es genau das, was du immer wolltest: ein Lebenszeichen von deiner Mutter.«

»Ja.« Ich fange die Träne, die über meine Wange rinnt, mit der Zunge auf und ziehe die Nase hoch. »Aber warum genau jetzt?«

Vroni bläst Luft aus ihren Backen. »Ich weiß auch nicht. Vielleicht hat deine Mutter gespürt, dass du jetzt jemanden an deiner Seite brauchst?«

»Vielleicht hat sich jemand einen Scherz mit mir erlaubt und das Kreuz einfach dorthin gelegt?« Es sollte tapfer klingen. Ein Versuch, das Unmögliche zu erklären. In Wirklichkeit ist das die Variante, die ich mir am wenigsten wünsche.

»Kann ich mir nicht vorstellen.« Vroni wischt die Theorie so energisch weg, dass ich sie selbst lächerlich finde. »Ich meine, wer sollte so etwas tun? Zu welchem Zweck?«

Einen Moment lang schweigen wir beide.

»Du musst dir jetzt Zeit lassen, Rosmarie«, sagt Vroni leise. »Ein Rätsel, mit dem man sein Leben lang beschäftigt ist, löst sich nicht in einer Nacht auf. Außerdem: Für deine Mutter ist das bestimmt auch nicht leicht. Vielleicht war die Kette mit dem Kreuz ein Versuch, Kontakt mit dir aufzunehmen.«

»Eine Art Anbahnungsversuch?«

»Ja. Lass es langsam angehen, Rosmarie. Außerdem hast du jetzt andere Sorgen.«

Allerdings. Susi. Roderich. Ich nicke stumm.

»Also«, wechselt Vroni das Thema, »habe ich das richtig verstanden: Der Roderich hat Susis Buch, sagt aber nichts davon.«

»Zumindest mir nicht«, sage ich und räuspere mich. »Bei der Susi war er weniger zimperlich. Er hat ihr gezeigt, dass er das Buch hat.« Ich mache eine kurze Pause und hole mit ein Glas Wasser. »Warum auch immer: Er wollte sie einschüchtern.« Die kühle Flüssigkeit rinnt langsam meine Kehle hinunter.

»Hm.« Vroni überlegt kurz. »Wenn ich gestern Abend schon von dem Buch gewusst hätte, hätte ich ihm andere Fragen gestellt.«

»Du warst gestern Abend beim Roderich??«

»Umgekehrt«, Vroni schlürft an ihrem Tee, »er war bei mir.«

Ich verschlucke mich und muss husten. »Spinnst du?«

»Keineswegs. Falls du dich daran erinnerst: Du wolltest mich gestern nicht dabei haben beim Ermitteln.«

Stimmt. Jetzt fällt es mir wieder ein.

»Stattdessen sollte ich dir den Rücken freihalten und den Roderich ablenken. Hab ich gemacht.«

Vroni hat recht. Unser Telefonat gestern, in Hermis Toilette, habe ich ganz vergessen. Eigentlich hatte ich andere Pläne für den Nachmittag. Ich wollte mich im Freilichtmuseum umschauen, allein. Aber Pläne ändern sich. Stattdessen bin ich mit Max zum Rohbau gestiefelt und habe mit Susi geredet.

»Also gut, der Roderich war bei dir.« Ich muss das kurz sacken lassen: meine beste Freundin und der Polizist, der meine Tochter des Mordes verdächtigt. Womöglich beim gemeinsamen Abendessen oder *Tatort*-Schauen. Widerlich.

»War eh ganz nett, der Abend.«

Ich schlucke und überlege, was genau sie unter »nett« versteht.

Und ob ich mich trauen soll, danach zu fragen. Vroni kommt mir zuvor. Ich kann direkt sehen, wie sie die Augen verdreht.

»Nicht so, wie du jetzt denkst. Wir haben gebacken. *Linzer Augen*, weißt eh, mein Familienrezept. Normalerweise geb ich das nicht aus der Hand, und eigentlich passt es auch gar nicht zur Jahreszeit, aber besondere Situationen erfordern besondere Maßnahmen. Der Roderich hat zwar schrecklich breite Wurschtfinger, aber er hat sich gar nicht so blöd angestellt beim Keksausstechen.« Sie kichert. »Aber eigentlich war es eh komplett egal, wie die Kekse ausschauen.«

Mir bleibt die Luft weg. Der Hüter des Gesetzes und die Volksschullehrerin in der vor-vorweihnachtlichen Backstube. *Linzer Augen*. Familienrezept. Wurschtfinger. Ich will mir das alles gar nicht vorstellen müssen.

»Danke«, ächze ich. Ihren Auftrag hat Vroni allemal erfüllt: mir den Roderich vom Leib halten. Wie sie das macht, habe ich schließlich ihr selbst überlassen. Und es hat funktioniert. Nur darauf kommt es an. Eine Zeit lang schweigen wir beide.

»Jedenfalls ist gemeinsames Kekse-Backen ein echter Türöffner. Der Roderich war natürlich geschmeichelt, dass ich ihm unser Geheimrezept verrate, kannst dir ja vorstellen. Der ist richtig aufgetaut und aus sich herausgegangen. Gar nicht misstrauisch. Ich war selber überrascht.«

»Was du nicht sagst.« Plüschige Zweisamkeit zwischen Keksausstechern und Mehl.

»Weiß doch ein jeder, dass gemeinsame Aktivitäten verbinden«, klärt mich die Vroni auf, denn ohne Klugschiss geht es dann doch nicht. Nicht einmal mitten in der Nacht.

»Teambildende Maßnahmen, Rosmarie. Musst du dir merken. Natürlich habe ich selber auch ein paar Federn lassen müssen, ist ja klar.« Sie schlürft wieder. »Zwei Gläser Rib-Him sind draufgegangen, um die Kekse zu füllen, aber das kann ich verschmerzen. War ja für einen guten Zweck.«

Rib-Him. Die legendäre Marmelade aus Ribiseln und Himbeeren, die Vroni ausschließlich in ihrem Wochenendhaus in Oberösterreich herstellt. Zutaten: nur die besten sonnengereiften Früchte aus dem eigenen Garten. Geschmacksexplosion pur.

»Und nach ein paar Stamperln Waldhimbeergeist war er richtig gut drauf. Was der mir alles erzählt hat …«

Vronis Einsatzbereitschaft in allen Ehren, aber mir fallen fast die Augen zu. Ich höre ihr nur mehr mit einem Ohr zu und unterdrücke ein herzhaftes Gähnen.

»Lass mich raten: von seiner verstorbenen Frau, seiner Depression und seinen Bienen?« Plötzlich bin ich unendlich müde. Ich fühle mich kraftlos und will nichts als schlafen. Was der Roderich von sich gegeben hat, ist ungefähr so interessant wie ein Sack Reis, der in China umfällt.

»Viel besser.« Vroni schlürft wieder und stellt die Tasse ab. »Er hat erzählt, dass er zwei Geschwister hat. Einen Bruder, der Milizsoldat beim *ABC* Abwehrzentrum ist …«

»*ABC*?«

Vroni seufzt. »Atomar, biologisch und chemisch. *ABC* eben. Jedenfalls ist der Bruder vom Roderich bei so einer Spezialeinheit, die im Notfall schnell einsatzbereit ist.«

»Einsatzbereit wofür?«

»Was weiß ich, er hat's mir eh erklärt, aber alles hab ich mir auch nicht gemerkt. Irgendwas mit gefährlichen Stoffen und Kontaminierung. Und dass sie bestens ausgerüstet sind zum Entstrahlen, Entseuchen und Entgiften.«

Aha. Chemie und Physik waren bei mir eher Durchlaufposten, was die Erinnerung angeht. »Du hast was von zwei Geschwistern gesagt.«

Vroni räuspert sich. »Ja, genau. Die Schwester, die dürfte seelisch nicht ganz so auf der Höhe sein.«

»Ist der Roderich ja auch nicht«, gebe ich zu bedenken.

Vroni brummt etwas Unverständliches und füllt erneut den Wasserkocher. Zumindest hört es sich so an. »Jedenfalls macht er sich ziemliche Sorgen um sie.«

Der Roderich und Sorgen. Ha! »Sehr edel von ihm. Und warum macht er sich Sorgen?« Nach seinem Auftritt kann ich mir den Roderich beim besten Willen nicht als Kümmerling vorstellen. Und noch weniger, warum mich das interessieren sollte.

»Weil sie seit Jahren mit dem falschen Mann zusammen ist. Sie opfert sich auf und kommt einfach nicht von ihm los.«

»Aha. Interessant.« Ich gähne und sehe auf die Uhr. »Aber das ist sicher kein Einzelfall.« Es ist beinahe 5 Uhr morgens. Noch ist es draußen dunkel.

»Vroni, ich muss jetzt Schluss machen. Bin echt erledigt. Ich leg' mich noch kurz aufs Ohr, bevor die Kinder aufstehen, okay?

»Okay.« Sie klingt bestens gelaunt und putzmunter. »Ich dachte nur, es interessiert dich vielleicht, wer seine Schwester ist.«

Eigentlich nicht. Ich seufze. »Also gut: Wer ist seine Schwester?«

»Halt, halt, nicht so schnell. So macht das ja keinen Spaß!«

»Mir ist nicht nach Spaß.«

Vroni seufzt. »Komm schon.« Sie klingt enttäuscht.

Vroni liebt es, ihren Wissensvorsprung groß zu inszenieren. Nur aus purer Dankbarkeit, dass sie mitten in der

Nacht mit mir telefoniert, gebe ich nach. »Okay. Ich bin ganz Trommelfell.« Bühne frei!

»Also: Sie kommt aus Hinterschlapfing.«

»Jaaaaa«, sage ich gedehnt. Wird wohl doch nicht so spektakulär. »Der Roderich kommt auch aus Hinterschlapfing. Und?«

»Sie war kurz verheiratet, aber die Ehe ist geschieden.«

»Soll vorkommen. Jede zweite Ehe in Österreich wird geschieden.«

»Ihr lediger Name war Fuchs.«

»Logisch, wenn sie die Schwester vom Roderich ist.«

Vroni schnaubt genervt. Erst nach ein paar Sekunden wirft sie mir den nächsten Brocken hin. »Sie hat die *Modeschule Hallein* absolviert und hilft manchmal bei Events der Schule aus.«

Ich richte mich auf und halte die Luft an. »Rote Haare?«

Der Rettenbacher hat eine Rothaarige erwähnt.

»He!« Vroni klingt beleidigt. »Woher weißt du das jetzt wieder?«

Somit fällt eine Möglichkeit flach. Luisa hat ebenfalls rote Haare, aber die ist nicht mit dem Roderich verwandt. Das Netz schnürt sich enger zu. Ich kann nicht mehr ruhig sitzen und springe auf. Da ist es! Das *Missing Link*! Die Verbindung, die so lange gefehlt hat und die alles erklärt. Zumindest fast alles. Mit dem Gefühl, sofort in 1.000 Teile zu zerspringen vor lauter Tatendrang tigere ich in der Küche auf und ab. Keine Spur von Müdigkeit. Ich bin elektrisiert und angespannt wie eine Sehne.

»Vroni, war diese Schwester am Sonntag im Freilichtmuseum?«

»Ist das wichtig?«

Was für eine Frage! Darum geht es doch die ganze Zeit! Ich bleibe stehen und raufe mir die Haare. Jetzt nicht ausflippen!

»Ja«, sage ich bemüht geduldig, »sehr wichtig sogar. Die Modeschau am Sonntag war ein Event der *Modeschule Hallein*. Da wurden viele helfende Hände gebraucht, hauptsächlich ehemalige Absolventinnen, die etwas von der Materie verstehen und Nerven bewahren bei öffentlichen Auftritten. Also: War die Schwester vom Roderich am Sonntag im Salinenstadel oder nicht?«

»Keine Ahnung. Aber das kann man herausfinden. Ich weiß ja jetzt, wie sie heißt.« Klar, dass sie den Namen nicht einfach so preisgibt. Die Vroni will gefragt werden. »Also: Wie heißt sie?«

»Waselberger. Ines Waselberger.«

Nach dem Telefonat bin ich hellwach und aufgewühlt. Jetzt zahlt es sich nicht mehr aus, schlafen zu gehen. Ich schalte die Kaffeemaschine ein, trinke zwei starke Espressi und fühle mich wie ein gedopter Hamster im Laufrad. Mein Herz schlägt dröhnend gegen die Rippen, ich fühle mich fahrig und weiß nicht, was ich zuerst machen soll. Susi aufsuchen und ihr sagen, dass alles gut wird?

Frau Doktor Putschauer anrufen? Oder noch einmal mit Frau Professor Krimpelstätter telefonieren? Alibi brauche ich keines mehr von ihr, jetzt fügt sich ein Steinchen zum anderen. Außerdem habe ich sowieso nie an die Ehefrau als Mörderin geglaubt. Viel zu klischeehaft.

Als Erstes trage ich die leere *Lambrusco*-Flasche in den Keller. Gegen das Dröhnen im Kopf trinke ich knapp einen halben Liter Wasser und wasche mir das Gesicht kalt. Der Spiegel zeigt mir eine entschlossene Rosmarie, die alles Selbstmitleid beiseiteschiebt. Ich denke an Susi, die keinen Kilometer entfernt in einem Schlafsack kauert. Alles wird gut, mein Mädchen!

Punkt 6 Uhr. Ich drehe das Radio auf. Jürgen Pfaffinger liest auf *Ö3* die Nachrichten zur vollen Stunde.

»Wie erst jetzt bekannt wurde, ist am vergangenen Sonntag ein wertvoller Textilfund aus dem Salzburger Freilichtmuseum verschwunden. Das sogenannte Ur-Dirndl wurde während einer Veranstaltung der *Halleiner Modeschule* entwendet. Die mutmaßliche Täterin, eine Schülerin aus …«

Ich drehe das Radio ab. Jetzt ist es also soweit. Der Roderich hat den Diebstahl offiziell gemeldet und an die Presse weitergegeben. Was das zu bedeuten hat, liegt auf der Hand. Er will mich einschüchtern. Zeigen, dass er imstande ist, Fäden zu ziehen und das Netz um Susi und mich enger zu schnüren. Taktisch kein schlechter Schachzug. Eine Kampfansage. Aber nicht mit mir.

»Dein Handy blinkt!« Max löffelt den Milchschaum von seinem Cappuccino und deutet auf mein Smartphone. Die Tasse Kaffee zum Frühstück ist ihm heilig. Lisi bestreicht ihre Semmelhälfte dick mit *Nutella* und beißt selig ab.

Ich entsperre das Display meines Handy und lese die Nachricht. »VM du, NM Herta. Bis später, FKK.«

Keine Einladung zum herbstlichen Nacktbaden, sondern eine Mitteilung meiner Chefin. FKK sind die Anfangsbuchstaben ihres Namens: Fleischer-Kocher Kordula. Seit ihrer Heirat trägt sie stolz den Namen ihres Mannes nach ihrem eigenen, auch wenn sie mittlerweile schon wieder verwitwet ist. Für die paar Monate Eheglück hat sich der bürokratische Aufwand in Sachen Doppelname kaum ausgezahlt, finde ich. Außerdem setzt die eigenartige Kombination sofort ein Kopfkino in Gang: Fleischer-Kocher. Scharf gewetzte Messer, Kettenhemden, Kühlvitrinen mit rohem Fleisch und einen riesigen Kochtopf, an dem meine Chefin steht und die blutigen Stücke auf kleiner Flamme gart. Stelle ich mir vor. Ein wenig vertrauenerweckendes Bild für Patienten, aber bitte. Die Frau Doktor hängt an diesem Relikt ihrer kurzen Ehe. Überhaupt verwendet sie oft Abkürzungen, was daran liegt, dass sie nicht gern am Smartphone textet. VM steht für Vormittag, NM logischerweise für Nachmittag. Über den Inhalt der Botschaft kann ich mich nur wundern. Normalerweise bin ich mittwochs bis zum Abend in der Ordination, was kein Problem darstellt. Die Nachmittage sind perfekt organisiert und eingespielt: Hermi holt Susi von der Schule ab und kocht für die ganze Familie. Die Hausaufgaben kontrolliert Onkel Stefan, und die beiden Großen kommen ohnehin allein zurecht. Eigentlich liebe ich meine Arbeit in der Praxis, warum also lässt meine Chefin Herta einspringen? Will sie dem ausrangierten Vorzimmerdrachen das Gefühl geben, noch gebraucht zu werden? Eher nicht. Meine Chefin und Herta waren noch nie ein funktionierendes Dream-Team. Allerdings: Wenn Herta den Nachmittagsdienst übernimmt, kann ich die freie Zeit nutzen, um in der Ella-Sache voranzukommen. Ich massiere den Punkt zwischen meinen Augenbrauen mit dem Zeigefinger. Warum ziehen sich manche Tage in die Länge wie Kaugummi, während andere schon am Morgen vollgestopft sind mit Neuigkeiten und Herausforderungen? Meinetwegen, soll die Herta eben für ein paar Stunden das Kommando auf meinem Schreibtisch übernehmen. Mir soll's recht sein, auch wenn der beißende Gestank von Nagellackentferner danach tagelang in der Praxis festhängt. Herta nutzt die Zeit am Schreibtisch lieber für ihre Maniküre als zum Arbeiten. Mit Papierkram hält sie sich nur ungern auf. Vielleicht ein Grund, warum sie als Teilzeitdomina in ihrem Reihenhauskeller so erfolgreich ist. Sie kümmert sich lieber ums Wesentliche, sprich um ihre Kunden. Angeblich ist sie gut in ihrem Job, und sie weiß, worauf die Herren der Schöpfung stehen: Lederfesseln, Nietenhalsbänder, Lackstiefel. Aber als Ein-Frau-Betrieb kann sie schließlich nicht gleichzeitig Folterkammer und Büro managen. Das weiß ich dank der Christl, die immer wieder eingeschriebene Briefe vom Finanzamt an die Herta zustellt. Zahlungsaufforderungen angeblich. Niemand zahlt gern Steuern, außerdem wird Buchhaltung überbewertet. Aber darum geht's jetzt nicht.

Beim Frühstück erwähnt Max unseren gestrigen Besuch bei Susi mit keinem Wort. Lisi fragt nicht nach ihrer großen Schwester; vielleicht ahnt sie, dass die Antwort auf diese Frage zu groß wäre, um sie zu erfassen. Kindlicher Schutzreflex.

Max verlässt wie immer um ein paar Minuten zu spät das Haus und rennt zur Bushaltestelle. Ich liefere Lisi bei der Volksschule ab und fahre danach in die Praxis. Und werde das dumpfe Gefühl nicht los, dass die Herta nicht ohne Grund Praxisdienst macht.

Langsam schafft es die Nachricht von Ellas Tod in die Ordination. Zuerst als sanfter Windhauch, der zur offenen Tür hereinweht, Herbstlaub mitbringt und Rezepte durch die Luft flattern lässt. Der Hauch wird zur steifen Brise, bläht die Vorhänge, kühlt die Luft ab und entwickelt sich binnen kürzester Zeit zum Orkan, der alles mitreißt und mit voller Wucht wütet.

Dass die Todesursache noch immer nicht geklärt ist, befeuert die Gerüchteküche zusätzlich. Von Verschwörungen ist die Rede, von Suizid und Ritualmorden. Irgendjemand kennt jemanden, dessen Schwager im vorigen Urlaub die vermeintliche Mutter von Ella Krumbichler gesehen hat. Am Strand. Hochschwanger. Die Theorien werden immer skurriler, schaukeln sich in die Höhe und gipfeln schließlich darin, dass Ella eine geheime Hohepriesterin von Verschwörungstheoretikern war, die von einem Softwarehersteller ins Freilichtmuseum geschmuggelt wurde, um Sitten und Gebräuche unserer Region auszuspionieren. Im Dirndl.

Um das unerträgliche Geschwurbel im Wartezimmer zu beenden, werfe ich ein, dass Ella Vollwaise war, und kassiere böse Blicke. Hinter vorgehaltener Hand wird gerätselt, warum ich in letzter Zeit so launisch bin. Ob das mit meinem Mann zu tun hat, der schon wieder im Ausland ist. Oder mit der Tatsache, dass ich als Findelkind einfach keinen Spaß verstehe, wenn es um Familientragödien geht. Manchmal nervt mich mein Beruf. Überhaupt ist heute der Wurm drin. Zwei zart besaitete Seelen, die sich Rezepte für Stimmungsaufheller gegen den Herbstblues abholen, erzählen von ihren Enkeltöchtern in Ellas Alter und brechen spontan in Tränen aus. Ein Patient beschwert sich über die Hintergrundmusik. Die Frau Doktor legt nämlich großen Wert auf Naturgedudel vom Band, um den Patienten die Wartezeit so angenehm wie möglich zu gestalten. Aus unserem reichhaltigen Sortiment habe ich mich heute für Wassergeplätscher entschieden, passend zum Nieselwetter. Nur leider verträgt sich das nicht mit der Blasenentzündung vom Herrn Wintersteller. Das Plätschern würde seinen Harndrang noch verstärken, meint er, und er wäre schließlich hier, damit ihm geholfen wird. Aufs Klo gehen kann er zu Hause auch. Ich schalte um auf Bienensummen.

Um 10 Uhr vormittags erscheint Gott sei Dank die Christl von der Post und bringt gute Laune mit. Die Briefträgerin, mit vollem Namen Christine Unger, ist Österreichs Vorzeige-Postlerin. Finde ich jedenfalls. Wären alle Zusteller dieses staatlichen Betriebes so engagiert wie sie, dann wären *UPS*, *DPD* und wie sie alle heißen chancenlos. Denn die Christl bringt's persönlich. Und sie ist Zustellerin, Seelsorgerin und Styling-Expertin in Personalunion. Die Christl hat unglaublich feine Antennen, die sofort jegliche Reaktionen auf die von ihr überbrachte Post empfangen. Sie hat die Fähigkeit, Informationen schnellstmöglich einzuordnen, Schlüsse daraus zu ziehen und ihr Handeln an den Gemütszustand ihrer Kunden anzupassen. Kommt eine Hochzeitseinladung ungelegen, feilt sie mit dem Adressaten an einer plausiblen Ausrede. Ist man ahnungslos, wie man sich zum drohenden Scheidungstermin kleiden soll, bietet sie Personal Shopping an. Außerdem ist sie unschlagbar, wenn es um Prognosen geht. Lange bevor ein Kuvert geöffnet wird, weiß die Christl schon, was drinnen steht. Sie schöpft dabei aus ihrer langjährigen Erfahrung und kann die Codes auf den *RSA*- und *RSB*-Briefen deuten. Strafanzeigen, Grundbucheinträge, Erbschaftsverhandlungen: Die Christl weiß Bescheid.

»Guten Morgen, Frau Doktor! Servus, Rosmarie!« Sie trägt eine dunkelblaue Baseballkappe mit dem gelben Posthorn darauf, dazu Jeans und Bergschuhe. Wer wie die Christl den ganzen Tag auf den Beinen ist, braucht gutes Schuhwerk.

»Frau Doktor, Ihre bestellten Ohrringe sind da!«

Die Christl wedelt mit einem schwarzen Kuvert. »Edition Lieblingsstückerl« steht auf dem Absender. Ich muss an die zwei Streithanseln im Freilichtmuseum denken und grinse.

»Herr Rettenbacher …?« Die Christl sieht sich im Wartezimmer um und dreht sich mit einem Kuvert im Kreis. Der Rettenbacher sitzt am Fenster und hebt den Kopf. Er wartet schon seit zwei Stunden, bis er seine Stuhlproben abgeben kann. Soll heißen, bis sein Darm bereit ist, etwas auszuscheiden. Daheim funktioniert das nicht, behauptet er. Das macht er lieber hier, an Ort und Stelle. Einen konkreten Verdacht, woher seine Beschwerden rühren, hat er bereits: Wurmbefall. Aber das soll sich die Frau Doktor selber anschauen. Bis es soweit ist, muss er sich allerdings um seine Post kümmern. Die Christl schaut ihn auffordernd an.

»Na, wollen Sie sich Ihre Mahnung nicht bei mir abholen, Herr Rettenbacher?«

»Haben Sie noch nie etwas von Diskretion gehört, Christl?«, faucht der Rettenbacher feindselig und springt von seinem Platz auf. »Wer schickt mir überhaupt eine Mahnung? Ich zahl meine Steuern immer brav!«

Die Christl schaut auf den Brief. »Das mag schon sein, aber …« Sie hält das Kuvert gegen das Licht und kneift die Augen zusammen. »…bei *FUNERAL TO GO* haben Sie noch eine Rechnung offen. Der Schnuppertag im Krematorium ist noch nicht bezahlt.«

Eines muss man der Christl lassen: Detektivisches Gespür hat sie. Muss ich mir merken. Der Rettenbacher holt sich sein Kuvert widerwillig bei ihr ab und flucht leise vor sich hin.

»Rosmarie?« Die Christl kommt zu meinem Schreibtisch. »Für dich hab ich auch was.«

Sie legt den Brief auf meine Unterlage, stellt sich hinter mich und reicht mir meinen Brieföffner aus dem Schreibzeugbehälter. Ich starre auf das blaue Kuvert. Mein Bauchgefühlt schlägt Alarm.

»Da, mach auf!« Die Christl wedelt mit dem Brieföffner vor meiner Nase herum. »Ein Brief von der Modeschule?«

Ich atme tief ein und halte die Luft an. Dann schlitze ich das Kuvert auf und ziehe den Brief heraus. Den Inhalt überfliege ich, lese ihn ein zweites Mal langsamer und dann ein drittes Mal. Glauben kann ich trotzdem nicht, was ich da sehe.

»… aus gegebenen Umständen müssen wir Ihnen mitteilen, dass die Schülerin Susanne Dorn …« Christl liest halblaut hinter mir mit.

Ich stopfe den Brief zurück ins Kuvert. Alle im Wartezimmer starren mich an, ein Herr jenseits der 80 dreht sein Hörgerät lauter und reckt den Kopf in meine Richtung. Wunderbar.

»Wenn ich jemanden brauche, der mein Privatleben in die Welt hinausposaunt, lasse ich es dich wissen, okay?«

Ich stehe auf und öffne die Eingangstür. Die Postlerin der Herzen begreift noch immer nicht. »Du findest allein raus, Christl, oder?«

Christl knallt die restliche Post auf meinen Schreibtisch und verlässt grußlos die Praxis.

Die Frau Doktor winkt mich in ihr Behandlungszimmer und schließt die Tür. »Was ist los, Rosmarie?«

Sie lehnt sich mit dem Hintern an ihren Schreibtisch. Ich reiche ihr kommentarlos den Brief und warte, bis sie mit dem Lesen fertig ist.

Meine Chefin bläst die Luft aus den Backen und gibt mir das Kuvert zurück. »Die wollen deine Tochter von der Schule suspendieren?«

Ich nicke. »Wenn ihre Unschuld im Mordfall Ella Krumbichler nicht bewiesen werden kann, ja. Und der Diebstahl am Ur-Dirndl ist auch noch nicht geklärt.«

Meine Chefin verschränkt die Arme und schaut zu Boden. »War klar, dass das früher oder später die Runde macht. Ich hab's heute in den Nachrichten gehört. Zumindest das mit dem Diebstahl. Somit ist es offiziell.«

Ich nicke wieder und reibe mir über die nackten Oberarme. Mir ist kalt. Ich hätte etwas Wärmeres anziehen sollen.

»Also gut, eigentlich wollte ich es dir erst am Nachmittag sagen, wenn die Herta den Dienst übernimmt. Aber …«, meine Chefin stemmt sich vom Schreibtisch ab und geht zu ihrem Monitor, »warum damit warten? Wir wissen jetzt, woran Ella gestorben ist.«

Ich setze mich auf den Gymnastikball, auf dem sonst immer meine Chefin vor dem Schreibtisch herumwippt. »Und? Woran?«

»Polonium 210.«

»Haha, sehr witzig.« Polonium. Vom Physik- und Chemieunterricht hat es nur wenig in mein Langzeitgedächtnis geschafft, aber an das Kapitel über radioaktive Elemente kann ich mich noch erinnern.

18. KAPITEL

Erzählt von Agenten, Polizisten und Geliebten, von Wanzen, Kleidern und Biertischen. Es geht um Lebensträume, Kinder und Wahnsinn. Außerdem um Häuser, Schlafsäcke und Stecknadeln. Ich fahre schnell, habe eine Idee und miste aus. Der Laurenz überwindet sich und macht mir ein Geschenk. In den Sonnenuntergang reiten wir trotzdem nicht.

Polonium 210 im Körper einer Schülerin? Das muss ich erst einmal verarbeiten. Radioaktive Substanzen haben den Touch von *James Bond*-Filmen, Geheimdienst und international agierenden Bösewichten. Aber hier in Salzburg?

»Ella wurde mit demselben Gift ermordet wie Alexander Litwinenko? Der Doppelagent?« Ich bin misstrauisch, weiß aber gleichzeitig, dass ich damit Doktor Putschauers Arbeit in Frage stelle. Meine Chefin nickt und kramt einen Zettel von ihrem Schreibtisch.

»Nur mit dem Unterschied, dass Litwinenko das Polonium im Tee verabreicht wurde.« Sie schaut vom Zettel auf. »Bei Ella ist es nicht durch Nahrung in den Körper gelangt.«

»Sondern?«

»Moment, da muss ich weiter ausholen. Gott sei Dank arbeitet die Heidi, also die Frau Doktor Putschauer, sehr gründlich. Ella ist zwar schwer gestürzt, aber Heidi war von Anfang an skeptisch bezüglich einer Schädelfraktur. Ella hat aus allen Körperöffnungen geblutet. Nase, Mund und Rektum. Das passt nicht zu einer Schädelverletzung.«

Nasenbluten. Das Blut hat nicht aufgehört, aus Ellas Nase zu tropfen nach ihrem Zusammenbruch. So viel zu Hermis *Bergdoktor*-Diagnose.

»Die Wirkung von Polonium ist unglaublich heftig und nicht aufzuhalten. Alle Zellen im menschlichen Körper werden zerstört. Darm, Knochenmark … alles ist betroffen.«

»Ein schrecklicher Tod«, flüstere ich.

»Und ein sehr praktischer für den Mörder«, sagt meine Chefin und liest wieder von ihrem Zettel ab. »Es reichen schon kleinste Mengen Polonium 210, um jemanden zu vergiften. Schon null Komma zwölf Millionstel Gramm genügen als tödliche Dosis. Polonium ist leicht transportabel und außerhalb vom menschlichen Körper ungefährlich. Man braucht nicht einmal Schutzhandschuhe, wenn man damit hantiert. Und«, meine Chefin fährt sich mit den Händen durch die Haare, »es ist wahnsinnig schwer nachweisbar.«

»Wie hat Frau Doktor Putschauer denn das Gift entdeckt?«

»Spuren davon waren in Ellas Schweiß vorhanden.«

»Aber … wenn Ella das Gift nicht mit der Nahrung aufgenommen hat: Wie ist es in ihren Körper gelangt?«

»Durch einen Einstich.« Die Frau Doktor schaut mich an und faltet den Zettel wieder zusammen. »Ein sehr frischer Einstich, das heißt: Ella wurde höchstwahrscheinlich am Tag der Modeschau vergiftet. Nicht vorher. Und es wäre beinahe der perfekte Mord gewesen: ein winziger Piekser in Taillenhöhe, Heidi hätte ihn fast übersehen.«

»Ein Einstich?« Ich überlege. »Aber … kann man Polonium mit einer Spritze aufziehen?«

»Sicher, aber …«, die Frau Doktor schüttelt den Kopf, »das wäre viel zu auffällig. Für den Einstich hat Heidi noch keine Erklärung. Man kann keine Spritze verabreichen, ohne dass derjenige es merkt. Außer, das Opfer ist zu diesem Zeitpunkt bereits bewusstlos, aber das war nicht der Fall. Im Gegenteil: Ella war aufgedreht und das blühende Leben.« Sie schüttelt den Kopf, schaut aus dem Fenster und überlegt. »Wichtig ist eigentlich nur, dass die Nadel tief genug unter die Haut geht, damit das Polonium in die Blutbahn gelangt.«

»Ja, eben. Aber …« Drei Worte ploppen auf: Einstich. Modeschau. Taillenhöhe. Und dann springe ich vom Hüpfball hoch.

»Ich weiß es!« Das war es, was der Rettenbacher gemeint hat!

Was hat der Rettenbacher gesagt? Eine junge Frau im Dirndl, die mit einem Nadelkissen zum Salinenstadel unterwegs war! Die Stecknadeln waren weiß, nur eine in der Mitte war schwarz.

»Ella ist mit einer Stecknadel vergiftet worden!«

»Was?« Die Frau Doktor schaut erst verdattert, dann begreift sie.

Ich falle ihr um den Hals vor Erleichterung. »Danke!« Ich küsse sie auf beide Wangen. »Danke, danke, danke!«

Die Frau Doktor lächelt verlegen. »Naja, ich will mich nicht mit fremden Federn schmücken. Eigentlich solltest du der Heidi …«

»Mach ich, Frau Doktor, mach ich! Aber zuerst muss ich telefonieren! Und etwas ganz Dringendes erledigen!«

Noch in der Tür drehe ich mich um, fische den Zipperbeutel mit dem Kaugummi aus meiner Hosentasche und lege ihn meiner Chefin auf den Tisch. »Untersuchen und abgleichen, bitte!«

»Rosmarie, ich …«

… hab die Praxis voller Patienten, will sie wahrscheinlich sagen. Aber darauf kann ich jetzt keine Rücksicht nehmen.

»Sie schaffen das heute ohne mich!«, rufe ich über die Schulter zurück und bin schon bei der Tür draußen. Ich schnappe mein Smartphone und meine Tasche vom Schreibtisch und renne aus der Praxis. Jetzt muss es schnell gehen.

Vroni hat gerade Freistunde und korrigiert Aufsätze, als ich sie anrufe.

»Ich weiß jetzt, wer's war!«, keuche ich ins Telefon, während ich mit dem Rad nach Hause fahre. Ich trete so schnell, dass ich zwei Mal ins Schleudern komme und nur in letzter Sekunde einen Sturz verhindern kann. Warum liegt auf dem Radweg so viel Kies?

»Darf man fragen, woher die plötzliche Erkenntnis rührt?«

»Vroni, red' nicht so geschraubt, hör einfach zu!«

Ich weiche haarscharf einem Traktor aus, der vom Recyclinghof Richtung Glanegg abbiegt. Der Bauer schimpft und schreit.

»Die Ella ist mit Polonium vergiftet worden, das auf einer Stecknadel war!«

»Polonium?« Ich höre, wie sie einen Sessel rückt und

dann eine Tür öffnet. Wahrscheinlich, um den neugierigen Ohren der Kollegen im Konferenzzimmer zu entgehen. »Wie der russische Geheimagent, der zu den Engländern übergelaufen ist? Alexander Litwinenko?«

»Exakt. Jemand hat Ella das Gift durch einen Nadelstich verabreicht. Einen Stecknadel-Stich!«

Vroni schweigt kurz und atmet durch. »Wahrscheinlich bei der Anprobe vor ihrem Auftritt, oder?«

Ich rase mit einem Höllentempo Richtung Glanegg. Eine Mutter mit Kinderwagen, die ich nur knapp verfehle, zeigt mir den Vogel.

Ich erhöhe das Tempo und stelle mir das Szenario vor: Ella, die alles in Kauf nimmt, um den anderen die Show zu stehlen. Sie bereitet sich für den Laufsteg vor, steht in der improvisierten Umkleidekabine im Salinenstadel und hat ihr Dirndl an. Beim Abstecken vertraut sie nur Profis. Alexis ist schon weg, wahrscheinlich, um peinlichen Situationen zu entgehen. Also sucht sie jemand anderen, dem sie vertraut. Jemanden, der mit Nadel und Faden perfekt umgehen kann. Jemanden, der ebenfalls die Modeschule besucht hat.

»Eigentlich genial«, schnaufe ich und trete weiter. »Nichts ist bei einer Modeschau unauffälliger als eine Stecknadel in einem Dirndl.«

»Noch dazu, wo alle Modelle selbst angefertigt sind und das Schönste gekürt wird. Da muss jedes Teil sitzen!«

»Und deshalb wurden wahrscheinlich alle Dirndln kurz vor dem Auftritt noch einmal abgesteckt.« Ich denke an Susis Perfektionismus. »Damit auch nicht das kleinste Fältchen eine Chance hat.« Ich atme durch. »Jemand wusste das und hat die Chance genutzt, um Ella aus dem Weg zu räumen. Todesursache: Dirndl-Stich.«

»Stellt sich die Frage, wer das Abstecken übernommen hat?«

»Darüber habe ich auch schon nachgedacht. Die Schülerinnen eher nicht, die waren alle zu aufgeregt und mit sich selbst beschäftigt. Es muss jemand sein, der das Schneiderhandwerk beherrscht.« Ich schnaufe ins Telefon. Das Treten raubt mit fast den Atem. »Beziehungsweise jemand, der Erfahrung mit Modeschauen und Auftritten hat.«

Vroni saugt die Luft ein. »Jemand, der weiß, wo man Polonium beschaffen kann.«

»Und wie man die Polizei auf seine Seite zieht.«

Mein erster Weg führt nach Hause. Ich stürme in Susis Zimmer und krame in einer ihrer Laden. Dem Himmel sei Dank, dass sie aufgeräumt hat. Unter ihren vielen Make-Up-Utensilien und Haargummis finde ich schnell, was ich suche.

Dann ab zu Susi. Zum Haus in der Kurve. Ich werfe mein Rad ins hüfthohe Gras, trample über die Brennnesseln und laufe die Betonstiegen hinauf in den ersten Stock. Bei Tageslicht sieht der Rohbau von innen nicht mehr ganz so trostlos aus. Susi sitzt auf der umgedrehten Getränkekiste, den Kopf an die Wand gelehnt, und starrt mich verwirrt an. Ihr Blick ist fahl, die Haare sind struppig.

»Susi, alles wird gut!«

»Was?« Es scheint, als hätte sie mich gar nicht gehört. »Mama. Der Roderich ...«

»Scheiß auf den Roderich. Der kann dir gar nix mehr.«

Stimmt zwar nicht ganz, aber fast. Jetzt, wo ich weiß, welche Rolle der Roderich in dem ganzen Fall spielt, sind seine Tage als Polizist ohnehin gezählt. Oder besser gesagt: seine Stunden.

»Mama, hat dich jemand gesehen?« Susi ist panisch.

Ich würde ihr gern alles erzählen, aber das würde zu lange dauern. Ein bisschen muss ich meine Tochter noch vertrösten mit der Lösung des Falles. Ich hebe den Schlafsack vom Boden auf, klopfe den Staub ab und lege ihn sorgfältig wieder auf die Isomatte.

»Du brauchst jetzt Schlaf. Erhol dich, Susi. Alles wird gut.«

Es sind genau diese Momente im Leben eines Findelkindes, die den Blutdruck heben und den ganzen Körper unter Strom setzen. Die Fragen, die seit Ewigkeiten im Kopf kreisen wie die Untersberger Geier über ihrer Beute und die mir keine Ruhe lassen. Was wäre, wenn? Was wäre, wenn mich meine Mutter in exakt diesem Moment sähe? Wie würde sie reagieren? Wäre sie stolz auf mich und würde ihre Freude in die Welt hinaustrompeten? Manchmal, wenn mir das alte Waswäre-wenn-Spiel zu langweilig wird und meine Fantasie endgültig mit mir durchgeht, packt mich der Übermut und ich passe die Idealvorstellung meiner Mutter an meine jeweilige Situation an. Momentan wäre das eine toughe Hüterin des Gesetzes in dunkelblauer Uniform, natürlich maßgeschneidert. Auf den Epauletten hätte sie vier Sterne, die Oberarme durchtrainiert von ihrer täglichen Aktivität im Polizeisportverein, Kurzhaarschnitt, gepflegte Nägel und eine kleine Lücke zwischen den oberen Schneidezähnen. Nicht, dass es mir auf Zähne und Nägel ankommt, aber meine Fantasie arbeitet präzise, dagegen kann ich gar nichts machen. Natürlich hätte meine Mutter mein kriminalistisches Gespür längst erkannt, aber mich gewähren lassen, als ich sturköpfig nach der Matura für ein paar Jahre als Erntehelferin auf Orangenplantagen nach Sizilien abgehauen bin. Sie hätte den Roderich als Gustostückerl für mich aufbewahrt und ihn im Glauben gelassen, alles sei in bester Ordnung, weil sie wusste, dass ich ihn eines Tages zur Strecke bringen und damit mein Können unter Beweis stellen würde. Natürlich erst, nachdem ich mir auf Sizilien meiner Berufung bewusst geworden wäre und Polizeischule und Jura-Studium in Mindestzeit und mit Bestnoten absolviert hätte. Der Roderich hätte solang als Reserve-Schurke darauf gewartet, von mir überführt zu werden, und nähme mir das nicht einmal übel, weil ich auf diese Weise meine Mutter stolz machen könnte. Stelle ich mir vor. Aber jetzt habe ich den Faden verloren.

Natürlich ist alles ganz anders, als man es sich vorstellt. Der Roderich wartet nicht geduldig auf mich, sondern sitzt mit seiner Schwester und dem Alexander Krimpelstätter beim *Bauernherbst*-Heurigen und lässt es sich schmecken. Das *Trio Infernal* sozusagen auf dem Silbertablett, beziehungsweise auf der Bierbank.

In weiser Voraussicht habe ich mich an den Polizeiposten Anif gewandt und Verstärkung mitgenommen. In Zivil, damit der Roderich nicht gleich misstrauisch wird, sondern eher an ein gemütliches Zusammensein unter Kollegen denkt. Noch vor einem Jahr wäre dieser Schritt für mich undenkbar gewesen: sich an die offizielle Seite des Gesetzes zu wenden als Miss-Marple-Verschnitt. Aber dieser Fall hat mein Selbstbewusstsein gestärkt.

Der Grödiger Bauernhof, vor dem Tische und Bänke aufgestellt sind, ist gut besucht. Schweinshaxen und Bauernkrapfen werden auf Papptellern serviert, der Roderich holt sich gerade ein Kürbiskern-Schnitzel, und die Ines stößt mit dem Alexis K. an.

»Mahlzeit!« Ich schnappe mir eine Breze aus dem Korb am Tisch und setze mich direkt neben das *Trio Infernal*. Dem Roderich schläft sofort das Gesicht ein, der Alexis K. schaut ein bisserl doof, und die Waselberger Ines hebt eine Augenbraue. Das Rot ihrer Haare leuchtet nicht halb so schön wie das von Luisa. Überhaupt ist sie eine eher unscheinbare Gestalt: schmächtig, blass und schmallippig. Ihre Haltung ist geduckt, die Halswirbel bilden einen leichten Buckel und verleihen ihr etwas Hexenhaftes.

Seine Kollegen postieren sich ein wenig abseits in der Nähe der Schank. Das Bier halten sie nur alibihalber: kein Alkohol im Dienst.

»Sodala!« Die Vroni nimmt an der Bierbank mir gegenüber Platz und taucht ein Paar Frankfurter in süßen Senf. Die neuen Ohrringe passen perfekt zu ihrem Jägerleinen-Dirndl. Wenn das hier vorbei ist, verspreche ich mir selber, beschenke ich mich auch mit Lieblingsstückerln.

»Wie geht's eigentlich der Susi?«, fragt die Vroni deutlich hörbar.

Die Waselberger Ines neben mir spitzt die Ohren.

»Ach, geht so. Die Sache mit der Ella hat sie natürlich mitgenommen.« Ich zupfe an der Breze, lasse absichtlich ein Stück fallen, bücke mich, um es wieder aufzuheben. Jetzt darf nichts schiefgehen. Unter dem Tisch klebe ich eine winzige Wanze auf die Dirndlschleife von Ines. Passenderweise ist sie genau auf meiner Seite gebunden. Rechts. Als ob Ines offiziell vergeben wäre. Schönen Gruß und ein fettes Danke an Vronis Mann und die Elektro-Abteilung der *HTL* für das Equipment. Ich tauche wieder auf und beantworte Vronis Frage.

»Aber jetzt, wo einiges klarer ist als noch vor ein paar Tagen, geht's wieder bergauf mit ihr.«

Vroni beugt sich zu mir über den Tisch. »Und wo ist sie jetzt?«

Kurzer Seitenblick zum Roderich: Er ist ganz Trommelfell. Am liebsten würde er über den Tisch zu mir herüber kriechen, um alles mitzubekommen. Aber da wird er sich wohl auf die Ohren seiner Schwester verlassen müssen.

»Das leere Haus in der Kurve«, sage ich halblaut und zwinkere Vroni zu. Mehr sage ich nicht. Muss ich auch nicht. Jeder, der sich in Grödig halbwegs auskennt, weiß, welches Haus gemeint ist. Dann stehe ich auf. »Ich hol mir ein Bier, magst auch eines?«

»Ja, warum nicht?«

Kaum, dass die Vroni und ich unsere Plätze verlassen haben und uns bei der Schank anstellen, stehen der Roderich und Ines auf und machen sich vom Acker. Wohin, ist nicht schwer zu erraten. Der Alexis K. bleibt sitzen und starrt missmutig in sein Bierglas. Ich suche den Blick von Roderichs Kollegen in Zivil und gebe ihnen ein Zeichen. In diesem Moment klingelt mein Handy. Frau Doktor Fleischer.

»Rosmarie, du warst vorhin so schnell weg!«

»Tut mir leid, Frau Doktor. Jetzt kommt eh bald die Herta, und bis dahin schaffen Sie das schon. Die meisten Rezepte habe ich schon ausgedruckt, drei Termine wurden abgesagt … Es sind nicht so arg viele Patienten heute da.« Die Vroni deutet auf die Polizisten, die dem Roderich und der Ines folgen. Unschwer zu erkennen, dass sie schnellstmöglich hinterherwill, um nichts zu verpassen.

»Natürlich schaffe ich das, Rosmarie«, sagt meine Chefin leicht gereizt, »aber ich wollte dir noch etwas Wichtiges sagen.«

Die Vroni zappelt ungeduldig auf der Stelle und nimmt mich am Arm. Ich schüttle den Kopf. Ein bisserl muss sie noch warten. »Worum geht's denn?«

»Um den Kaugummi. Und um Ella und Alexis K.«

So ein Rohbau auf einem verwilderten Grundstück ist die ideale Location zur Verbrecherjagd, finde ich. Im roten Ziegelstaub lassen sich Spuren lesen, zwischen den hüfthohen Brennnesseln und den Rosenzweigen kratzt und schürft man sich Arme und Beine auf bei der Flucht, und der Hall der leeren Räume bietet eine grandiose Showdown-Akustik. Die Ines ist jedenfalls schon da, als ich mit der Vroni die Betonstiege hinaufsteige. Sie hockt neben Susis Schlafsack und starrt auf die langen braunen Haare, die auf dem staubigen Rohboden liegen. Der kleine Finger ihrer rechten Hand ist abgespreizt, zwischen Zeigefinger und Daumen hält sie einen silbernen Gegenstand. Ich sehe nur die Spitze und weiß Bescheid. Eine Stecknadel.

Als sie Vroni und mich kommen sieht, dreht sie den Kopf zur Stiege und hebt den Arm mit der Nadel.

»Keinen Schritt näher!«, kreischt sie.

»Sonst was?«

Ines schnauft schwer. Ihr Brustkorb hebt und senkt sich schnell. »Sie haben gesehen, was mit Ella passiert ist, oder?«

Ich nicke.

Ines hebt die Stecknadel vor ihr Gesicht und fixiert die Spitze mit ihrem Blick. »Wo das herkommt, gibt's noch viel mehr. Es reicht für alle, die meinem Glück im Weg stehen!«

»Davon bin ich überzeugt«, sage ich trocken.

»Das Flittchen hat sich an meinen Alexander herangemacht«, keucht Ines, »und sie war richtig gut darin. Zum ersten Mal ist er schwach geworden.«

Kein Wunder: Verglichen zu Ines war Ella eine ätherische Schönheit. Eine Königin der Anmut. Jetzt, in der Wut, ist Ines noch hässlicher. Ich frage mich ernsthaft, was Alexander Krimpelstätter an dieser Frau findet.

»Alexis hatte ständig Affären, aber geliebt hat er mich. Das Problem war nur: Dieses Mädchen hätte ihn endgültig in den Abgrund gerissen.« Sie kichert in sich hinein. »Und er hat es nicht einmal bemerkt.«

»Männer sind manchmal sehr simpel gestrickt.«

Der Satz aus dem Freilichtmuseum. Vroni neben mir lacht kurz auf, hat sich aber sofort wieder im Griff.

Ines nickt. »Und dann muss man ihnen eben auf die Sprünge helfen. Sie zu ihrem Glück zwingen, wenn es nicht anders geht.«

»Und diesmal ist es nicht anders gegangen?«

Ines schüttelt den Kopf. Die rennt echt nicht ganz sauber. Aus dem Augenwinkel sehe ich den Roderich draußen in der Wiese stehen. Er telefoniert. Vielleicht mit seinem Bruder, um ihn zu warnen?

»Die Ella wollte ihm ein Kind anhängen«, flüstert die Ines. »Um ihn endgültig an sich zu binden.«

Ein Kind. Laut Frau Doktor Putschauers Obduktionsbericht war Ella Krumbichler bereits in der 13. Woche schwanger. Von Alexis. Der Kaugummi aus der Modeschule war das letzte fehlende Puzzleteilchen in Sachen DNA.

»Wissen Sie, wie oft ich schon abgetrieben habe?« Über Ines' Wangen rinnen Tränen-Sturzbäche. Ihre Haut wird rot und fleckig. »Dreimal. Drei Kinder, die ich mit dem Mann meines Lebens haben hätte können, wenn er sich zu mir bekannt hätte.« Jetzt schluchzt sie hemmungslos. Die Stecknadel in ihrer Hand zittert.

»Und da haben Sie die Chance mit der Modeschau genutzt?«

Ines wischt sich mit dem Handrücken über die Nase. »Es ging nicht anders. Und es war so leicht. Wer schöpft schon Verdacht bei einer Stecknadel?« Ihre Augen sind vom Make-up verschmiert. Zu ihrer blassen Haut wirkt das gespenstisch.

»Ella war die Eitelste von allen.« Sie kichert. Aus dem Kichern wird ein schrilles Lachen. Vroni neben mir schüttelt den Kopf, aber ich deute ihr, noch ein bisschen zu warten. Gleich ist es soweit. Nach ein paar Momenten hat sie sich wieder im Griff. »Sie hat mir vertraut. Können Sie sich das vorstellen? Dieses Flittchen, das sich an meinen Alexander herangemacht hat, hat mir vertraut.«

»Weil sie nicht wusste, dass Sie und Alexis …«

»Natürlich wusste sie es nicht. Alexis hat sich nie zu mir bekannt. Nie. Nicht einmal seiner Frau hat er von mir erzählt, dabei wäre das doch das Mindeste gewesen, was er für mich tun hätte können. Und ihr gegenüber wäre es nur fair gewesen.« Ines schnieft wieder und wischt sich über die Nase. Ihr Handrücken glänzt feucht.

»Meine ärgste Feindin hat mir erzählt, dass sie schwanger ist …« Ines schaut mir direkt ins Gesicht. »Vom Mann *meines* Lebens. Sie hat *meinen* Lebenstraum unter ihrem Herzen getragen.«

»Und da haben Sie sich das Polonium verschafft?«

Ines schaut kurz verblüfft, reißt sich aber zusammen. »Ja. In unserer Familie sind immer alle füreinander da. Mein Bruder war mir gern behilflich.«

»Ja, der eine Bruder. Und der andere hat den Teil mit dem Ur-Dirndl und dem Kalenderbuch meiner Tochter erledigt.«

Ines schaut anerkennend. »Für eine Arzthelferin sind Sie gar nicht schlecht. Zugegeben: Das mit dem Buch war eher eine spontane Idee. Ich habe während der Vorbereitungen zur Modeschau mitbekommen, dass Ihre Tochter gern zeichnet. Sie zeichnet übrigens wirklich gut.«

»Danke.«

»Aber sie ist zu unvorsichtig. Wer alles, was ihn bewegt, mit dem Stift festhält, sollte besser aufpassen. In den falschen Händen kann so ein Buch viel Schaden anrichten. Vor allem, wenn es um ernste Dinge geht.«

»So wie den Streit mit Ella.«

Ines nickt. »Den Rest kennen Sie ja. Wollen Sie übrigens dabei sein, wenn ich …?« Sie hält die Stecknadel in die Höhe und deutet auf den Schlafsack.

Ich wende mich zum Gehen. »Besser nicht.« Aus dem Augenwinkel sehe ich, wie Ines ausholt und die Hand mit der Nadel auf den leeren Schlafsack niedersausen lässt. Zweimal, dreimal. Als sie keinen Widerstand spürt, reißt sie an der langen braunen Mähne, die aus dem Schlafsack ragt.

»Ein Haarteil«, sage ich knapp.

Aus der Türöffnung hinter Ines tritt ein Polizist und packt sie bei den Armen. Ines brüllt los vor Wut, schlägt um sich und tritt ins Leere.

»Sie haben mich reingelegt!«

»Gut erkannt.«

Draußen knackst ein Funkgerät. Zwei Beamte stapfen durch das Gras auf den Roderich zu und legen ihm Handschellen an. Er wehrt sich nicht einmal. Gut möglich, dass sein geplagtes Gemüt sogar erst jetzt richtig unbeschwert sein kann. Kein Druck mehr, sich beweisen zu müssen.

Die Vroni beugt sich aus dem Fenster und schaut zu ihm hinunter. »Das war's dann mit dem ruhmreichen Roderich.«

»Ruhmreich war er eh noch nie«, sage ich und beuge mich auch aus dem Fenster. »Übrigens: Den Alexis K. könnt's auch gleich einkassieren!«

Das ist natürlich eine rein rhetorische Anweisung, denn der Haftbefehl gegen den Designer liegt längst am Tisch der Exekutive. Aber ich will, dass Ines es erfährt. Hier und jetzt.

»Hä? Wieso?« Vronis Gemurmel geht in einem Protestschrei von Ines unter.

»Weil die Autopsie und der DNA-Abgleich noch etwas ergeben haben: Alexis K. war der leibliche Vater von Ella Krumbichler.«

Vroni saugt die Luft ein und starrt entsetzt zu Ines. Mit einem würgenden Geräusch übergibt die sich auf den Schlafsack, in dem tagelang die Susi gedämmert hat.

»Das heißt …«

»Das heißt«, unterbreche ich die Vroni, »Alexis K. hat sich der Blutschande schuldig gemacht und mit seiner Tochter wiederum ein Kind gezeugt.« Jetzt wird es sogar mir zu viel. Ich muss hier raus. Die Uniformierten draußen nicken mir kurz zu. Alles Weitere überlasse ich jetzt denen.

Die Mädchenleiche, die vor ein paar Wochen aus der Salzach gefischt wurde, geht übrigens auch auf das Konto von Ines. Frau Doktor Putschauer konnte zwar keine Spermaspuren von Alexis K. mehr nachweisen, aber er war geständig und hat seine Affäre mit der Austauschschülerin gebeichtet. Laut eigenen Aussagen hat er sie bei einem Charity-Event kennengelernt, bei dem sie als Hostess assistiert hat. Ich frage mich, ob er von ihrem Tod gewusst und ihn einfach hingenommen hat. Ob er Ines' Gewaltpotential unterschätzt oder sich einfach in männlicher-naiver Eitelkeit gebadet hat. Sein hoher Marktwert bei der holden Weiblichkeit hat ihn unvorsichtig und blind für das Wesentliche werden lassen. Das Wesentliche, das waren seine Geliebte und seine Frau, die in guten wie in schlechten Zeiten ihren Kopf für den Mann ihres Lebens hingehalten haben. Damit dürfte jetzt Schluss sein. In Sachen Mord kann man dem Designer zwar nichts vorwerfen, aber die Inzest-Sache wiegt natürlich schwer. Wobei unklar ist, ob Alexis K. einfach nichts von seiner Vaterschaft und Ellas Existenz wusste, oder ob er mit der griechischen Helena immer noch in Kontakt war und tatsächlich abwegige Neigungen hat. Das muss die Exekutive herausfinden. Ein bisserl Arbeit soll denen schließlich auch noch bleiben, finde ich. Dass die Modeschule Hallein die Zusammenarbeit mit ihm sofort beendet hat, versteht sich von selbst. Seine Frau hat die Scheidung eingereicht und eine Stelle bei Ausgrabungen in Peru angenommen.

Gott sei Dank sind die nächsten Tage nur mittelmäßig spannend. Alles wie immer in der Praxis. Ich fühle mich ausgelaugt und funktioniere nur auf Sparflamme. Das Angebot meiner Chefin, für ein paar Tage in Krankenstand zu gehen, schlage ich aus. Die Arbeit lenkt mich ab und tut mir gut. Selten habe ich mich so über Darmverschlüsse und Blutvergiftungen gefreut. Mein aktuelles Stickmemo ist ein Kreuz an einer Kette. Wahrscheinlich, weil da noch eine große Frage offen ist. Aber momentan fehlt mir die Energie dafür.

»Glaubst du, dass meine Mutter den Anhänger ins Gotteslob gelegt hat?«, frage ich Tante Zenzi, und sie zuckt die Schultern.

»Wenn es so sein soll, soll es so sein. Gib dir Zeit.«

Und die Sache mit Susi und Max im Rohbau muss ich natürlich auch noch wissen. Laut unserer Putzperle Miri Pelzinger ist die Herta in den letzten Tagen ein paarmal in der Nähe vom Rohbau gesichtet worden. Dem Haus in der Kurve, wo Susi sich versteckt hat. Weil Susi selbst noch an den Erlebnissen der letzten Tage zu knabbern hat, falle ich nicht mit der Tür ins Haus, sondern frage ganz vorsichtig.

Die Susi wird trotzdem bleich und schickt einen hilfesuchenden Blick zu Tante Zenzi. Nur ganz kurz, aber es entgeht mir nicht.

»Sag ich dir, wenn es soweit ist, okay?«, sagt sie hektisch, »aber es ist nichts Verbotenes.«

Und damit lasse ich es gut sein. In den letzten Tagen habe ich so viele Fragen gestellt und Zusammenhänge gefunden, dass ich mir eine Recherche-Pause verdient habe. Finde ich.

Natürlich muss ich mich in Schale werfen, wenn Laurenz und seine Architekten-Buddys auf ihr gelungenen Projekt anstoßen und ihre besseren Hälften mitnehmen. Und weil mein Mann von der Altkleidersache total fasziniert ist, hat er einen exklusiven Styling-Tipp für mich auf Lager.

»Ich hoffe, du bist dir deiner Vorbildwirkung bewusst.« Der Oberlehrerton in Laurenz' Stimme ist unüberhörbar. »Das Gebot der Stunde heißt Upcycling«, doziert er und kramt ungebeten in meinem Schrank. »Nichts Neues kaufen, sondern Altes wiederbeleben.«

Redet der von unserer Ehe? Ich mustere ihn von der Seite.

»Manchmal reicht ja schon ein Accessoire für eine ganz neue Optik, zum Beispiel neue Ohrringe.«

Er überreicht mir eine kleine schwarze Schachtel mit einer Schleife darauf. Und noch bevor ich sie öffnen kann, macht sich der Laurenz an meinem Kleiderschrank zu schaffen.

»Wie wär's mit dem hier?« Mein Göttergatte zupft an einem Schlauchkleid aus schwarzem Pannesamt, das zwischen blauem Tüll und lachsfarbener Spitze hervorlugt. Mein erstes Ballkleid. Es hängt seit Ewigkeiten unberührt am selben Bügel. Mit 16 Jahren habe ich es zum ersten und letzten Mal getragen. Das Kleid war meine große Liebe. Übrigens nicht nur das Kleid.

»Auf keinen Fall!« Ich stopfe den Samt wieder zurück und ersticke Laurenz' Hoffnungen im Keim. Er ist sichtlich enttäuscht.

»Zeig halt wenigstens einmal her!« Laurenz schiebt mich beiseite, holt das Kleid samt Bügel aus dem Kasten und hält es mir vor den Leib. »Ich bin sicher, das passt noch einwandfrei.«

Tut es tatsächlich; der hohe Stretchanteil im Samt erlaubt Gewichtsschwankungen bis zu 15 Kilo. Somit war das Kleid in den 90ern seiner Zeit weit voraus. Um ehrlich zu sein ist es sogar die bequemste Robe, die ich je hatte. Weich und gemütlich wie ein Jogginganzug. Trotzdem schüttle ich entschlossen den Kopf und will es wieder an seinen Platz hängen, aber Laurenz gibt sich nicht geschlagen. Er nimmt das Kleid vom Bügel und legt es vorsichtig auf dem Doppelbett ab. Seinem Blick nach zu urteilen, hat er sich gerade in die Vorstellung verliebt, mich in diesem schwarzen Samtschlauch auszuführen. Aber daraus wird nichts. Es gibt einen Grund, warum es im hintersten Winkel meines Schrankes hängt. Der Grund heißt Henning.

»Ich trag' nichts Schulterfreies!« Ich verscheuche die Erinnerung an jenen Abend, schnappe das Kleid und rausche damit an Laurenz vorbei. Das Kleid muss weg, sofort! Totale Fehlentscheidung, es so lange aufzuheben. In der Garderobe liegt noch der Sack für die *Rot-Kreuz*-Kleidersammlung. Vollgestopft, aber für ein Teil ist noch Platz.

»Heißt das jetzt, du hältst dich nicht an deine eigenen Regeln?« Hinter mir galoppiert Laurenz die Treppe herunter.

Ich schüttle den Kopf. »Du verstehst mich falsch!«

Der Sack muss schleunigst aus dem Haus, bevor Laurenz das Samtkleid wieder herauszieht. Oder seine dunkelblauen Wollpullis entdeckt. Ich brauche einen Verschluss. Einen Gummiring, eine Klammer, irgendwas. Je schneller der *Rot-Kreuz*-Sack verschwindet, desto besser. »Ich breche keine Regeln! Meinetwegen ziehe ich etwas anderes Altes an, aber NICHT DIESES KLEID!«

Laurenz macht einen Schritt auf mich zu und greift nach dem Sack. »Warum denn nicht? Es schaut fantastisch aus, und du passt immer noch hinein!«

Herrschaftszeiten, ist der hartnäckig! »Weil ich mich darin einfach nicht wohlfühle!« Das muss als Antwort reichen, finde ich. Außerdem kommt es der Wahrheit am nächsten. Ich bemühe mich um einen gleichgültigen Gesichtsausdruck und streiche mit der Hand über den Plastiksack, damit die überschüssige Luft entweicht. Verschluss finde ich keinen, also packe ich links und rechts je einen Zipfel des oberen Randes und knote den Sack zu. Und jetzt weg damit! Ich puste mir eine Haarsträhne aus der Stirn und will zur Haustür, aber dort steht schon Laurenz und verschränkt die Arme vor der Brust.

»Wenn du das Kleid nicht magst, warum hast du es dann so lange aufgehoben?«

»Weil ich, also …« Ich blase Luft aus den Backen und suche nach einer Antwort. Ja, warum eigentlich? Wegen der Erinnerung an den schönen Abend? Wohl kaum. Nach der Sache mit dem BH hatte ich den Ballsaal fluchtartig verlassen. Danach war ich Henning ausgewichen, wo immer es möglich war. Irgendwann hatte er die Schule gewechselt. Durchgefallen, flüsterte die *Stille Post*. Ich weiß noch, wie erleichtert ich war. Seitdem habe ich nichts mehr von Henning gehört. Zumindest bis zum Vorfall auf der Damentoilette.

»Ist doch egal jetzt.« Ich bugsiere Laurenz von der Tür weg und wuchte den Sack nach draußen.

»Übrigens: Es tut mir leid.« Laurenz lässt mich vorbei, nach draußen gehen. Seine Stimme klingt anders als sonst.

Ich lasse den Sack fallen und bleibe stehen. »Was tut dir leid?«

Er zögert. »Ich hab das Ganze falsch eingeschätzt.« Laurenz sucht nach Worten. »Das mit der Polizei und dem Mord …« Er atmet tief durch. »Ich dachte nicht …«

»Ja?« Mein direkter Blick bringt ihn zusätzlich aus dem Konzept.

Es kostet ihn sichtlich Überwindung, mir nicht auszuweichen.

»Ich dachte nicht, dass du das schaffst. Einen Mord aufklären, meine ich.«

»Schon überraschend, so ganz ohne Wetterfleck«, ätze ich.

»Ich mein's ernst, Rosmarie.« Laurenz schaut mir jetzt fest in die Augen. »Du hast das drauf. Ich hab's dir nur nicht zugetraut.«

Ein paar Sekunden lang sagt er nichts, und weil ich so viel Pathos nicht aushalte, hauche ich ihm ein Bussi auf die Wange und trage den Altkleidersack nach draußen. Mitsamt dem schwarzen Kleid und allen Erinnerungen. Denn heute Abend trage ich sowieso mein Dirndl.

ENDE

GLOSSAR

…und hier noch ein paar Ausdrücke aus dem Salzburgischen, damit alle verstehen, was Rosmarie meint:

Troadkasten: Getreidekasten. Kleines Nebengebäude (gemauert oder Blockbau), in dem Getreide gespeichert wurde.

Jessasmarandjosef: die Namen der Heiligen Familie, schlampig ausgesprochen. Ausruf des Erstaunens oder Entsetzens.

Warm abtragen: Ein Feuer legen, um den Abriss eines Gebäudes zu beschleunigen

Trutschn, die: dumme, einfältige Frau

Trutscherl, das: dummes, einfältiges Mädchen

Fetzentandlerin, die: umherziehende Altkleiderhändlerin, Lumpensammlerin

Schupfen/Schuppen, der: Hütte oder Verschlag zum Verstauen von Gerätschaften und Krimskrams für Haus und Garten

Rotzmensch, das: sehr herablassender Ausdruck für ungehorsame Jugendliche, meist weiblich

Gschaftsnasen, die: neugierige Person, die ihre Meinung anderen aufdrängt und sich darum reißt, alle Probleme zu lösen.

Wetterfleck, der: großes Stück Stoff mit Ausschnitt für den Kopf in der Mitte. Idealerweise aus Loden. Wärmt, hält Feuchtigkeit ab und ist atmungsaktiv.

Nicht ganz rund rennen: nicht richtig funktionieren, einen an der Waffel haben

Tschäsn, die: aus dem Französichen übernommen (Chaise = Sitzgelegenheit) Hier: sehr altes, klappriges Gefährt

Keusche, die: hier nicht eine enthaltsame Frau, sondern kleines Bauernhaus in Österreich

Tschickwuzler, der: Vorrichtung, um losen Tabak und Filterpapier zu Zigaretten zu pressen bzw. drehen

ins Narrenkastl schauen: vor sich hin starren

Ungustl, der: unappetitlicher Mensch

DANKSAGUNG

In der Kürze liegt die Würze. Daher komme ich zum Punkt und widme diese Seite allen, die zu diesem Buch beigetragen haben.

Mein Dank gilt Frau Dr. Gexi Tostmann, die mich für meine Recherche zum Thema Dirndl ins Stammhaus nach Seewalchen eingeladen hat.

Dr. Wolfgang Schlemitz und Mag. Elisabeth Maurer für medizinische Auskünfte und ausführliche Informationen über Polonium und seine Wirkung.

Dr. Wilfried Kovacsovics für komprimiertes Wissen über Archäologie, das Freilichtmuseum und die organisatorischen Abläufe betreffend Grabungen in Österreich.

Frau Direktorin MMag. Elke Austerhuber und dem Team der Modeschule Hallein für spontane Unterstützung und Ideen.

Meiner Lektorin Claudia Senghaas, die meine nach hinten verschobenen Deadlines mit ihren zahlreichen anderen Terminen vereinbart hat und trotzdem noch abhebt, wenn ich sie anrufe.

Aber alles zusammengetragene Wissen wäre nie zu einem Buch geworden ohne die Unterstützung meiner Familie! Ohne euch wären meine vielen Schreibstunden nicht möglich gewesen!

Die vorgegaukelte Liebe zur Tiefkühlpizza nehme ich euch zwar nicht ab, aber sie hat mir enorm viel Zeit zum

Schreiben verschafft. Danke dem harten Kern meiner Fans (meinem Vater, meiner Tante und meinen Freundinnen) und natürlich allen anderen, die sich auf Rosmarie Dorns nächsten Fall freuen – bis bald!

Carlos Ávila de Borba
**Commissario Conti
und der Tote im See**
Kriminalroman
315 Seiten, 13,5 x 21 cm,
Premium-Klappenbroschur
ISBN 978-3-8392-0241-8
€ 17,00 [D] / € 17,50 [A]

Während einer morgendlichen Bootsfahrt zur Isola del
Garda entdeckt eine Familie einen unter der Wasser-
oberfläche treibenden Körper. Offenbar handelt es sich
bei dem Toten um einen Ranger aus Tignale, der im
Naturpark Gardasena arbeitete. Zur gleichen Zeit wird
am Brenner ein Transporter kontrolliert, der illegal eine
riesige Trüffelmenge nach München liefern soll. Luca
Conti, der gerade seinen letzten Lehrgang zum Kom-
missaranwärter absolviert, glaubt an eine Verbindung
zwischen den Fällen und beginnt auf eigene Faust zu
ermitteln …

GMEINER SPANNUNG

WWW.GMEINER-VERLAG.DE
Wir machen's spannend

Norbert Klugmann
**Bitte parken Sie nicht
in unserem Schaufenster**
Roman
283 Seiten
12,5 x 20,5 cm, Paperback
ISBN 978-3-8392-0237-1
€ 14,00 [D] / € 14,40 [A]

Dutzende Male kam es in der Waitzstraße zu spektakulären Unfällen beim Ein- und Ausparken. Fast immer saß ein betagter Mensch am Steuer, der nächste Crash liegt stets in der Luft. Er rauscht in ein Schaufenster oder prallt gegen eine Hauswand. Alle Schutzmaßnahmen versagen.

Doch dann der Bums in Poppenbüttel. Ein Pensionär im SUV brettert in den Eingang eines Kaufhauses. Konkurrenz für Othmarschen! Was die im wilden Westen können, können sie in Poppenbüttel auch. Von wegen »gebrechliche Senioren« – mit den mobilen Rentnern muss man jederzeit rechnen.

GMEINER SPANNUNG

WWW.GMEINER-VERLAG.DE
Wir machen's spannend